EL BESO DE LA MUJER ARAÑA

Manuel Puig

Manuel Puig nació en General Villegas, Argentina, en 1932. En 1946 se traslada a Buenos Aires y en 1951 inicia estudios de Filosofía y Letras en la universidad. Apasionado desde niño por el cine, se traslada a Roma en 1956, donde una beca le permitió seguir cursos de dirección en el Centro Sperimentale di Cinematografia. Su primera novela, *La traición de Rita Hayworth* (1968), tiene su origen en un guion cinematográfico, a la que seguiría *Boquitas pintadas* (1969). Tras la publicación de *The Buenos Aires Affair* (1973), la novela fue prohibida por el gobierno y Puig tuvo que exiliarse en México, donde terminaría *El beso de la mujer araña* (1976). Entre 1978 y 1980 vivió en Nueva York donde escribió *Pubis angelical* (1979). En 1980 se establece en Brasil y publica *Maldición eterna a quien lea estas páginas* (1980). Sus últimas novelas fueron *Sangre de amor correspondido* (1982) y *Cae la noche tropical* (1988). Falleció en la ciudad de Cuernavaca, México, en 1990.

Carolina De Robertis

Carolina De Robertis es una escritora de origen uruguayo, autora de *Perla* y el bestseller internacional, *La montaña invisible*. Sus novelas han sido traducidas a diecisiete idiomas y han sido galardonadas con el Stonewall Book Award, el Premio Rhegium Julii en Italia, y el National Endowment for the Arts, entre otros. De Robertis también es traductora de literatura española y latinoamericana, y editora de una antología. En 2017, el centro de artes Yerba Buena nombró a De Robertis como una de las 100 personas, organizaciones y movimientos que están formando el futuro de la cultura. De Robertis es profesora en la Universidad Estatal de San Francisco y vive en Oakland, California, con su esposa y dos hijos.

EL BESO DE LA MUJER ARAÑA

MANUEL PUIG

Prólogo de Carolina De Robertis

Vintage Español
Una división de Penguin Random House LLC
Nueva York

PRIMERA EDICIÓN VINTAGE ESPAÑOL, MARZO 2021

Copyright © 1976 por Manuel Puig
Copyright del prólogo © 2021 por Carolina De Robertis

Todos los derechos reservados. Publicado
en los Estados Unidos de América por Vintage Español,
una división de Penguin Random House LLC, Nueva York,
y distribuido en Canadá por Penguin Random House Canada
Limited, Toronto. Originalmente publicado en España por
Editorial Seix Barral, Barcelona, en 1976.

Vintage es una marca registrada y Vintage Español
y su colofón son marcas de Penguin Random House LLC.

Información de catalogación de publicaciones disponible
en la Biblioteca del Congreso de los Estados Unidos.

Vintage Español ISBN en tapa blanda: 978-0-593-31364-0

Para venta exclusiva en EE.UU., Canadá, Puerto Rico y Filipinas.

www.vintageespanol.com

Impreso en los Estados Unidos de América
10 9 8 7 6 5 4 3 2 1

EL BESO
DE LA MUJER
ARAÑA

Una visión profética: Manuel Puig y el genio de *El beso de la mujer araña*

Cuando reflexiono sobre cómo transmitir el impacto que *El beso de la mujer araña* —la obra maestra audaz, innovadora, tierna e incandescente de Manuel Puig— ha tenido en la literatura y la cultura de Latinoamérica, y especialmente en los lectores, incluyéndome a mí, recuerdo algo que me dijo una vez una periodista lesbiana durante una entrevista: "Solamente puedo leer tu libro con el cuerpo que tengo".

Tenía razón. A pesar de que la crítica literaria tradicional y prefeminista nos urge a separar nuestros empeños intelectuales de nuestra verdad física, como si esto último no importara, existe en la lectura una subjetividad que vive en la médula de nuestros huesos y puede contribuir a nuestros conocimientos más profundos. Por esa razón, y desafiando las viejas normas intelectuales, les contaré un secreto sobre mi propio cuerpo de lesbiana rioplatense: la primera vez que leí *El beso de la mujer araña*, hace años, lloré tan fuerte que no podía respirar por la nariz. Jamás me había pasado antes con ningún libro y tampoco me ha pasado desde entonces. Había vivido una experiencia que en ese momento todavía no podía expresar con palabras.

Las novelas pueden ofrecer entretenimiento, como es el caso de esta, pero también pueden ser mucho más. Pueden hechizar al mundo para transformarlo en algo mejor o sostener nuevas visiones para la humanidad, ocultas a la vista, como una mujer que contrabandea planes subversivos bajo su vestido. La verdad que yo sostengo, tanto con mi cuerpo como con mi intelecto, es que este libro no es solamente una historia fascinante, un clásico internacionalmente reconocido y una ventana reveladora a los años 70 en Latinoamérica, sino también una obra esencial que contiene, bajo una superficie estéticamente ingeniosa, la materia prima para una liberación colectiva auténtica y urgente.

El beso de la mujer araña es, entre otras cosas, un milagro de sobriedad artística. Tiene lugar casi enteramente en la celda de una prisión, donde dos hombres forjan un vínculo complejo e improbable que los pone a prueba y transforma a ambos. Valentín es un revolucionario marxista heterosexual, mientras que Molina, un diseñador de escaparates, tiene la afición nocturna de contar las tramas de las películas, como una Scheherezade gay. La novela transcurre casi totalmente en forma dialogada y, hasta cuando rompe con ese estilo, lo hace con un espíritu innovador: inmersiones en el flujo de conciencia, reportes de vigilancia o extensas notas a pie de página que detallan teorías psicológicas sobre la sexualidad y el género. La estructura es ingeniosa y atractiva, pero es también mucho más que eso porque tiene un propósito narrativo: sin descripciones ambientales y con poco acceso a los pensamientos o incluso al lenguaje corporal de los personajes, los lectores tenemos que ajustar la atención más profundamente a lo que dicen y no dicen, al subtexto de las películas contadas, a las subversiones y los giros narrativos, a los significados implícitos bajo esas historias y, por asociación, a los significados implícitos de la historia de la novela misma.

La novela está ambientada en Buenos Aires en el año 1975, una época de creciente represión gubernamental y de profunda agitación política, y fue publicada en 1976, el mismo año en que Argentina cayó presa de una dictadura despiadada que causaría un terror generalizado y la desaparición de al menos 30,000 ciudadanos. *El beso de la mujer araña* muestra, entre otras cosas, una representación profundamente incisiva del mecanismo de vigilancia y represión que sacudió al país natal del autor y a otras naciones de América Latina en la segunda mitad del siglo xx.

Cuando escribió este libro el propio Puig ya había experimentado personalmente los efectos de la represión política, así como el azote de la homofobia desde una temprana edad. Nacido en el pequeño pueblo de General Villegas en 1932, en una modesta familia de clase media, encontró un refugio en el cine de la localidad a donde su madre lo llevaba desde niño y donde el *glamour* desbordado de Hollywood y otras industrias extranjeras de cine le abrían puertas a un mundo diferente. Como su personaje Molina, Puig encontró en el cine una fuente de fantasías y sueños ilícitos. A los tres años, ya se vestía con el camisón y los tacones altos de su madre, tratando de emular a las estrellas femeninas de la gran pantalla, algo que seguiría haciendo durante toda su infancia a pesar de las violentas cachetadas de su padre y de las amenazas verbales de que lo mataría a golpes. Aunque a lo largo de su vida tendría muchas relaciones románticas, Puig siempre sería soltero ante los ojos de su familia cercana, con la que solía evitar el tema de su sexualidad*.

De joven, Puig soñaba con dedicarse al cine, no a la literatura, y con escapar de la prisión patriarcal de su propia cultura. En 1956 ganó una beca para ir a estudiar cine en Italia que le permitió salir al mundo y trabajar en algunas películas, pero tras varios guiones fallidos su sueño terminó con una decepción profesional. Se dejó entonces llevar de un país a otro subsistiendo como traductor, lavaplatos y recepcionista de aeropuerto, hasta publicar *La traición de Rita Hayworth* en 1968, inicialmente un guion que se convirtió en una novela autobiográfica. A esta siguió la más exitosa *Boquitas pintadas* en 1969, y en 1973 *The Buenos Aires Affair,* que fue censurada por su mezcla incendiaria de sexo y política, y terminó por acarrearle amenazas de muerte. Temiendo por su seguridad, abandonó Argentina en 1973. Tras pasar dos años en México regresó a su país, pero en 1976 salió de nuevo a un exilio ahora permanente. Ese mismo año, *El beso de la mujer araña* fue inmediatamente censurada en Argentina, y seguiría así hasta el regreso de la democracia en 1983. Puig permaneció en el exilio en varios países hasta su muerte en 1990 en la ciudad de Cuernavaca, México, a la edad de 57 años.

El beso de la mujer araña puede ser considerada como una obra clave del *boom* de la literatura latinoamericana, el explosivo renacimiento literario de los años 60 y 70 que catapultó las voces de una región a la esfera mundial. Sin embargo, a pesar de la coincidencia temporal con el *boom,* la novela también existe más allá y fuera de ese movimiento. Puig disfrutó del éxito en vida pues se vendieron

---

* Levine, Suzanne Jill, *Manuel Puig y la mujer araña* (Nueva York: Farrar, Straus y Giroux, 2000).

muchos ejemplares de sus novelas, que incluso inspiraron películas y una exitosa comedia musical de Broadway, y fue honrado con una nominación al Premio Nobel. Aun así, durante toda su carrera como autor, Puig experimentó el desdén de la crítica oficial y de sus propios pares. El escritor argentino César Aira, un gran admirador de Puig, diría años después que, cuando se publicó *El beso de la mujer araña,* Puig provocaba "tremenda ansiedad, rechazo, repugnancia"*. La homofobia no se expresaba siempre de forma explícita. A veces se camuflaba bajo un disimulado desprecio por incluir en sus novelas personajes que disfrutaban de las radionovelas y las películas románticas, elementos de la cultura popular considerados "femeninos" e incultos. El hecho de que Puig fuera un pionero en el empleo de la estética que se llamaría "camp" se les escapaba a aquellos críticos, aunque posiblemente lo hubieran repudiado igual. Algunas de las voces literarias más prominentes hasta desestimaron públicamente a Puig solo para luego imitarlo y seguir su ejemplo, como hizo Julio Cortázar con *Queremos tanto a Glenda* y Mario Vargas Llosa con dos obras, *La tía Julia y el escribidor* e *Historia de Mayta*†.

El *boom* nos trajo creaciones brillantes, autores geniales e historias y prosa incomparables. Sus logros transformaron la literatura y trascendieron fronteras. Además, fueron revolucionarios en su exploración estética y en la decisión de abordar temas políticos en sus obras usando la ficción como una herramienta para iluminar la injusticia y desafiar al poder. Sin embargo, en estas mismas obras revolucionarias de los más destacados escritores del *boom,*

---

* Aira, César, discurso, 12 de abril de 1989, citado por S. Carcamo, "Manuel Puig en los años setenta", *Homenagem a Manuel Puig, Revista América Hispánica* 3, no. 4 (julio-diciembre de 1990).
† Levine, Suzanne Jill, *Manuel Puig y la mujer araña* (Nueva York: Farrar, Straus y Giroux, 2000).

que eran hombres y heterosexuales, la "masculinidad tóxica" generalmente se daba por hecho. Los retratos de mujeres o de personajes gay o transgénero eran con frecuencia estereotípicos, y no digamos la representación de personajes de origen africano o indígenas. Ante esto surge la pregunta: ¿Liberación, para quién?

El beso de la mujer araña le da la vuelta a toda esta situación. Fue la primera novela latinoamericana en conectar directamente la liberación política con la dignidad del amor *queer*. Dos hombres encerrados, conversando, se convierten en el microcosmos de un diálogo que la cultura necesitaba desesperadamente tener y sin el cual nadie puede considerarse libre.

La celda en esta novela es un espacio aislado, un ámbito de cautiverio, pero es al mismo tiempo un oasis donde los límites de la realidad se pueden imaginar de formas nuevas. Se desbordan las historias, y también los secretos. Se encienden llamas y brillan al arder. A la luz de esas llamas, bailan como sombras las preguntas: ¿cómo puede un movimiento declarar que sirve al pueblo si deja atrás a un grupo, o grupos, de gente marginalizada?; ¿cómo sería la revolución que abrazara sin restricciones a los Molina del mundo? Cuando vislumbramos el ser interior de los repudiados por la sociedad, ¿qué se transforma?, ¿qué se derrumba?, ¿qué se hace posible?

Algunos tal vez sentirán la tentación de descartar la literatura *queer* como una categoría o insinuar que la inclusión de esta novela dentro de esa herencia de alguna forma disminuiría su valor o su poder. Pero eso sería un error. La incomparable escritora estadounidense Toni Morrison, ganadora del Premio Nobel, se expresó con elocuencia cuando le preguntaron si le molestaba el término "escritora negra". "Puedo aceptar los términos", dijo, "porque ser una escritora negra no es un lugar poco importante desde el cual escribir, sino un lugar muy rico.

No limita mi imaginación; la expande. Tiene más riqueza que si fuera un escritor blanco porque sé más y he experimentado más"*. Las identidades marginalizadas no empobrecen a los escritores ni a sus libros si percibimos lo que realmente son: una forma de ser humana, un enriquecimiento, un conocimiento que se hace más profundo por experiencias vividas con dificultad y ofrecidas al mundo en forma de producción creativa. Vista como una obra de literatura *queer*, además de una obra de literatura argentina, latinoamericana y mundial, *El beso de la mujer araña* no se reduce: se enriquece, y a su vez enriquece al mundo.

Existen mil razones para leer este libro en nuestro tiempo y en Estados Unidos en particular. En Estados Unidos, las representaciones de la latinidad frecuentemente nos simplifican con estereotipos patriarcales que insinúan que somos gente atrasada, sexista por ignorancia o estupidez, o que necesitamos la iluminación de la más sofisticada cultura anglosajona. Estas representaciones no existen por ser verdaderas. Existen porque cumplen una función arraigada en la xenofobia y el racismo, como lo evidenció cierto hombre que lanzó una campaña presidencial declarando que los mexicanos eran violadores y ganó la elección (por poco). Los años recientes han expuesto la hipocresía de esas acusaciones y ese desprecio cultural al revelar la intolerancia y la capacidad de este país de descender al caos político. Esta época ha sido dolorosa para cientos de millones de personas de todos los orígenes que anhelan una mejor encarnación del país que llaman suyo. Por lo tanto, *El beso de la mujer araña* se vuelve nuevamente oportuno por retratar un clima social que ahora podría parecerles todavía más pertinente a los lectores estadou-

---

* Hilton Als, "Toni Morrison and the Ghosts in the House" (en inglés), *The New Yorker*, 20 de octubre de 2003.

nidenses, y que podría ofrecer consuelo y una parábola relevante del amor en tiempos de agitación política.

Pero los estereotipos en realidad están completamente equivocados. Las culturas latinas y latinoamericanas no son inmunes a las actitudes homofóbicas, como las experiencias de Puig dejan claro. Sin embargo, en años recientes, la latinidad también ha sido un crisol de suntuosa innovación cultural y visibilidad *queer*. En Sudamérica, en Argentina y Uruguay se legalizó el matrimonio igualitario antes que en Estados Unidos. En Estados Unidos la hermosura vibrante de la latinidad *queer* está en todos lados. Tanto es así que un estudio del año 2018 encontró que el 22 % de los latinos de la generación Y se identifica como LGBT, más que en cualquier otra categoría étnica y mucho más que la cifra general del 14%*. Posiblemente la evidencia más clara se halle en el ascenso meteórico de la "x" y la "e" del lenguaje inclusivo, que se encuentra hasta en la evolución de cómo nos autodenominamos: el término "latinx" en Estados Unidos o en ámbitos de habla inglesa, y el término "latine" en Latinoamérica y en formas del habla hispana. Estos movimientos lingüísticos, liderados en gran medida por generaciones jóvenes, por mujeres y por gente LGBT, empujan el lenguaje y la conciencia misma hacia una mayor inclusión y un mayor reconocimiento de la igualdad de género, las verdades gay y la realidad deslumbrantemente rica de la gente no binaria o transgénero. No es solamente que nosotros —la gente *latinx*, la gente *latine*— no seamos tan atrasados como los estereotipos insisten en presentarnos: somos, de hecho, comunidades que se encuentran en la vanguardia radiante del cambio inclusivo e interseccional, hacia un futuro más promisorio para todos.

* Eric Duran, "Latino Millennials Least Likely to Identify as Heterosexual, Survey Finds" (en inglés), NBC News Online, 23 de julio de 2018.

En este contexto es una alegría volver a Puig como temprano innovador, muy avanzado para su tiempo, como un abuelo que nunca verá cuán alto han crecido sus queridos descendientes. *El beso de la mujer araña* palpita con desafíos al binarismo de género en sus notas a pie de página embriagadoras y escrutadoras, tanto como en la experiencia de carne y hueso de Molina con su anhelo ricamente *queer* por una conexión más libre con el género. Nuestro léxico contemporáneo en expansión ofrece nuevas palabras para lo que tal vez fue Molina: gay, sí; homosexual, quizás; pero, además, muy posiblemente trans, una mujer transgénero o una persona no binaria o de género fluido. Se refiere a sí mismo —se podría decir *a sí misma* o *a sí misme*— como "una loca"; afirma claramente su deseo de ser mujer en relaciones románticas y sexuales; tuerce el lenguaje feminizando los adjetivos que usa para describirse; y se dedica con gusto a unos juegos lingüísticos con otras "locas" como él (o como *ella* o *elle*) en los que se llaman entre ellos por una letanía de nombres de mujer. Esta es la persona ante quien Valentín (embajador de la revolución) se encuentra en el desafío de ver, querer, incorporar a su mente y su corazón. Esta es la persona a la que Puig dio vida con una intricada alquimia tan profética e intensamente humana que solamente se puede llamar arte.

Algunos clásicos nos invitan a volver a sus páginas por ser una elocuente cápsula de tiempo de lo que una vez fue el mundo. Otros perduran por su belleza estética y sus temas universales, que trascienden las épocas y las culturas. Y luego hay obras trascendentales que requieren nuestra atención renovada porque el alcance completo de su resonancia, urgencia y visión solo se visualiza cuando el mundo ha empezado a ponerse al día con lo que el autor, de forma valiente y audaz, inmortalizó sobre la página.

El beso de la mujer araña es todas esas cosas. Se puede

leer como un retrato complejo y potente de los años 70 en América Latina. Se puede gozar de la universalidad de sus temas, como, por ejemplo, la confianza y la traición, el amor y el deseo, el encanto de la fantasía, el ansia de ser libre y la valentía que requiere el dejarse ver. Se puede abrazar este libro como una historia genial y entretenida, con suficiente acción dramática como para llenar la gran pantalla. Y también se puede leer esta novela como una obra visionaria que dio vida y aliento a ciertas dimensiones del potencial humano mucho antes de que la sociedad en general se encontrara lista para imaginarlas. No le puedo decir, querido lector (podría decir *queride lector*), cuáles de estas capas será más relevante para usted en este libro. Solamente usted sabe lo que es leer esta novela con el cuerpo que usted tiene. Puede ser que *El beso de la mujer araña* le entretenga, le dé placer, le confunda o le emocione; tal vez será buena compañía, o un espejo para su espíritu, o un prisma a través del cual ver el mundo de un modo diferente. Sea lo que sea, la Mujer Araña lo espera. Extienda la mano. Porque, aunque este viaje es de Molina y Valentín, también le pertenece a cada lector, y ahora es suyo también.

—Carolina De Robertis
Oakland, CA, octubre de 2020

PRIMERA PARTE

CAPITULO UNO

—A ELLA se le ve que algo raro tiene, que no es una mujer como todas. Parece muy joven, de unos veinticinco años cuanto más, una carita un poco de gata, la nariz chica, respingada, el corte de cara es... más redondo que ovalado, la frente ancha, los cachetes también grandes pero que después se van para abajo en punta, como los gatos.

—¿Y los ojos?

—Claros, casi seguro que verdes, los entrecierra para dibujar mejor. Mira al modelo, la pantera negra del zoológico, que primero estaba quieta en la jaula, echada. Pero cuando la chica hizo ruido con el atril y la silla, la pantera la vio y empezó a pasearse por la jaula y a rugirle a la chica, que hasta entonces no encontraba bien el sombreado que le iba a dar al dibujo.

—¿El animal no la puede oler antes?

—No, porque en la jaula tiene un enorme pedazo de carne, es lo único que puede oler. El guardián le pone la carne cerca de las rejas, y no puede entrar ningún olor de afuera, a propósito para que la pantera no se alborote. Y es al notar la rabia de la fiera que la chica empieza a dar trazos cada vez más rápidos, y dibuja una cara que es de animal y también de diablo. Y la pantera la mira, es una pantera macho y no se sabe si es para despedazarla y después comerla, o si la mira llevada por otro instinto más feo todavía.

—¿No hay gente en el zoológico ese día?

—No, casi nadie. Hace frío, es invierno. Los árboles del parque están pelados. Corre un aire frío. La chica es casi la única, ahí sentada en el banquito plegadizo que se trae ella misma, y el atril para apoyar la hoja del dibujo.

Un poco más lejos, cerca de la jaula de las jirafas hay unos chicos con la maestra, pero se van rápido, no aguantan el frío.

—¿Y ella no tiene frío?

—No, no se acuerda del frío, está como en otro mundo, ensimismada dibujando a la pantera.

—Si está ensimismada no está en otro mundo. Ésa es una contradicción.

—Sí, es cierto, ella está ensimismada, metida en el mundo que tiene adentro de ella misma, y que apenas si lo está empezando a descubrir. Las piernas las tiene entrelazadas, los zapatos son negros, de taco alto y grueso, sin puntera, se asoman las uñas pintadas de oscuro. Las medias son brillosas, ese tipo de malla cristal de seda, no se sabe si es rosada la carne o la media.

—Perdón pero acordate de lo que te dije, no hagas descripciones eróticas. Sabés que no conviene.

—Como quieras. Bueno, sigo. Las manos de ella están enguantadas, pero para llevar adelante el dibujo se saca el guante derecho. Las uñas son largas, el esmalte casi negro, y los dedos blancos, hasta que el frío empieza a amoratárselos. Deja un momento el trabajo, mete la mano debajo del tapado para calentársela. El tapado es grueso, de felpa negra, las hombreras bien grandes, pero una felpa espesa como la pelambre de un gato persa, no, mucho más espesa. ¿Y quién está detrás de ella?, alguien trata de encender un cigarrillo, el viento apaga la llama del fósforo.

—¿Quién es?

—Esperá. Ella oye el chasquido del fósforo y se sobresalta, se da vuelta. Es un tipo de buena pinta, no un galán lindo, pero de facha simpática, con sombrero de ala baja y un sobretodo bolsudo, pantalones muy anchos. Se toca el ala del sombrero como saludo y se disculpa, le dice que el dibujo es bárbaro. Ella ve que es buen tipo, la cara lo vende, es un tipo muy comprensivo, tranquilo. Ella se retoca un poco el peinado con la mano, medio deshecho por el viento. Es un flequillo de rulos, y el pelo hasta los hombros que es lo que se usaba, también con rulos chicos en las puntas, como de permanente casi.

—Yo me la imagino morocha, no muy alta, redondita, y que se mueve como una gata. Lo más rico que hay.

—¿No era que no te querías alborotar?

—Seguí.

—Ella contesta que no se asustó. Pero en eso, al retocarse el pelo suelta la hoja y el viento se la lleva. El muchacho corre y la alcanza, se la devuelve a la chica y le pide disculpas. Ella le dice que no es nada y él se da cuenta que es extranjera por el acento. La chica le cuenta que es una refugiada, estudió bellas artes en Budapest, al estallar la guerra se embarcó para Nueva York. Él le pregunta si extraña su ciudad. A ella es como si le pasara una nube por los ojos, toda la expresión de la cara se le oscurece, y dice que no es de una ciudad, ella viene de las montañas, por ahí por Transilvania.

—De donde es Drácula.

—Sí, esas montañas tienen bosques oscuros, donde viven las fieras que en invierno se enloquecen de hambre y tienen que bajar a las aldeas, a matar. Y la gente se muere de miedo, y les pone ovejas y otros animales muertos en las puertas y hacen promesas, para salvarse. A todo esto el muchacho quiere volver a verla y ella le dice que a la tarde siguiente va a estar dibujando ahí otra vez, como toda esa última temporada cuando ha habido días de sol. Entonces él, que es un arquitecto, está a la tarde siguiente en su estudio con sus arquitectos compañeros y una chica colega también, y cuando suenen las tres y ya queda poco tiempo de luz quiere largar las reglas y compases para cruzarse al zoológico que está casi enfrente, ahí en el Central Park. La colega le pregunta adónde va, y por qué está tan contento. Él la trata como amiga pero se nota que en el fondo ella está enamorada de él, aunque lo disimula.

—¿Es un loro?

—No, de pelo castaño, cara simpática, nada del otro mundo pero agradable. Él sale sin darle el gusto de decirle adónde va. Ella queda triste pero no deja que nadie se dé cuenta y se enfrasca en el trabajo para no deprimirse más. Ya en el zoológico no ha empezado todavía a hacerse de noche, ha sido un día con luz de invierno muy rara, todo parece que se destaca con más nitidez que nunca, las rejas son negras, las paredes de las jaulas de mosaico blanco, el pedregullo blanco también, y grises los árboles deshojados. Y los ojos rojo sangre de las fieras. Pero la muchacha, que se llamaba Irena, no está. Pasan los días y el muchacho no la puede olvidar, hasta que un día caminando por una avenida lujosa algo le llama la atención en la vidriera de una galería de arte. Están expuestas las obras de alguien que dibuja nada más que panteras. El muchacho entra, allí está Irena, que es felicitada por otros concurrentes. Y no sé bien cómo sigue.

—Hacé memoria.

—Esperá un poco... No sé si es ahí que la saluda una que la asusta... Bueno, entonces el muchacho también la felicita y la nota distinta a Irena, como feliz, no tiene esa sombra en la mirada, como la primera vez. Y la invita a un restaurant y ella deja a todos los críticos ahí, y se van. Ella parece que pudiera caminar por la calle por primera vez, como si hubiese estado presa y ahora libre puede agarrar para cualquier parte.

—Pero él la lleva a un restaurant, dijiste vos, no para cualquier parte.

—Ay, no me exijas tanta precisión. Bueno, cuando él se para frente a un restaurant húngaro o rumano, algo así, ella se vuelve a sentir rara. Él creía darle un gusto llevándola ahí a un lugar de compatriotas de ella, pero le sale el tiro por la culata. Y se da cuenta que a ella algo le pasa, y se lo pregunta. Ella miente y dice que le trae recuerdos de la guerra, que todavía está en pleno fragor en esos momentos. Entonces él le dice que van a otra parte a almorzar. Pero ella se da cuenta que él, pobre, no tiene mucho tiempo, está en su hora libre de almuerzo y después tiene que volver al estudio. Entonces ella se sobrepone y entra al restaurant, y todo perfecto, porque el ambiente es muy tranquilo y comen bien, y ella otra vez está encantada de la vida.

—¿Y él?

—Él está contento, porque ve que ella se sobrepuso a un complejo para darle el gusto a él, que él justamente al principio lo había planeado, de ir ahí, para darle un gusto a ella. Esas cosas de cuando dos se conocen y las cosas empiezan a funcionar bien. Y él está tan embalado que decide no volver al trabajo esa tarde. Le cuenta que pasó por la galería de casualidad, lo que él estaba buscando era otro negocio, para comprar un regalo.

—Para la colega arquitecta.

—¿Cómo sabés?

—Nada, lo acerté no más.

—Vos viste la película.

—No, te lo aseguro. Seguí.

—Y la chica, la Irena, le dice que entonces pueden ir a ese negocio. Él enseguida lo que piensa es si le alcanzará la plata para comprar dos regalos iguales, uno para el cumpleaños de la colega y otro para Irena, así termina de conquistársela. Por la calle Irena le dice que esa tarde, cosa rara, no le da lástima notar que ya está anocheciendo, apenas a las tres de la tarde. Él le pregunta por qué le da tristeza que anochezca, si es porque le tiene miedo a la oscuridad. Ella lo piensa y le contesta que sí.

25

Y él se para frente al negocio donde van, ella mira la vidriera con desconfianza, se trata de una pajarería, lindísima, en las jaulas que se pueden ver desde afuera hay pájaros de todo tipo, volando alegres de un trapecio a otro, o hamacándose, o picoteando hojitas de lechuga, o alpiste, o tomando a sorbos el agüita fresca, recién cambiada.

—Perdoná... ¿hay agua en la garrafa?

—Sí, la llené yo cuando me abrieron para ir al baño.

—Ah, está bien entonces.

—¿Querés un poco?, está linda, fresquita.

—No, así mañana no hay problema con el mate. Seguí.

—Pero no exageres. Nos alcanza para todo el día.

—Pero vos no me acostumbres mal. Yo me olvidé de traer cuando nos abrieron la puerta para la ducha, si no era por vos que te acordaste después estábamos sin agua.

—Hay de sobra, te digo. ...Pero al entrar los dos a la pajarería es como si hubiese entrado quién sabe quién, el diablo. Los pájaros se enloquecen y vuelan ciegos de miedo contra las rejitas de las jaulas, y se machucan las alas. El dueño no sabe qué hacer. Los pajaritos chillan de terror, son como chillidos de buitres, no como cantos de pájaros. Ella le agarra la mano al muchacho y lo saca afuera. Los pájaros enseguida se calman. Ella le pide que la deje irse. Hacen cita y se separan hasta la noche siguiente. Él vuelve a entrar a la pajarería, los pájaros siguen cantando tranquilos, compra un pajarito para la del cumpleaños. Y después... bueno, no me acuerdo muy bien como sigue, tengo sueño.

—Seguí un poco más.

—Es que con el sueño se me olvida la película, ¿qué te parece si la seguimos mañana?

—Si no te acordás, mejor la seguimos mañana.

—Con el mate te la sigo.

—No, mejor a la noche, durante el día no quiero pensar en esas macanas. Hay cosas más importantes en que pensar.

—...

—Si yo no estoy leyendo y me quedo callado es porque estoy pensando. Pero no me vayas a interpretar mal.

—No, está bien. No te voy a distraer la atención, perdé cuidado.

—Veo que me entendés, te lo agradezco. Hasta mañana. .

—Hasta mañana. Que sueñes con Irena.

—A mí me gusta más la colega arquitecta.

—Yo ya lo sabía. Chau.

—Hasta mañana.

.   .   .   .
.   .   .   .
.   .   .   .

—Habíamos quedado en que él entró a la pajarería y los pájaros no se asustaron de él. Que era de ella que tenían miedo.

—Yo no te dije eso, sos vos que lo pensaste.

—¿Qué pasa entonces?

—Bueno, ellos se siguen viendo y se enamoran. A él ella lo atrae bárbaramente, porque es tan rara, por un lado ella lo mima con muchas ganas, y lo mira, lo acaricia, se le acurruca en los brazos, pero cuando él la quiere abrazar fuerte y besarla ella se le escurre y apenas si le deja rozarle los labios con los labios de él. Le pide que no la bese, que la deje a ella besarlo a él, besos muy tiernos, pero como de una nena, con los labios carnosos, suavecitos, pero cerrados.

—Antes en las películas nunca había sexo.

—Esperá, y vas a ver. La cuestión es que una noche él la lleva de nuevo al restaurant aquel, que es no de lujo pero muy pintoresco, con manteles a cuadros y todo de madera, o no, de piedra, no, sí, ahora sé, adentro parece como estar en una cabaña, y con lámparas a gas y en las mesas simples velas. Y él levanta el vaso de vino, un vaso de estilo rústico, y brinda porque esa noche un hombre muy enamorado se va a comprometer en matrimonio, si su elegida lo acepta. A ella se le llenan los ojos de lágrimas, pero de felicidad. Chocan los vasos y toman sin decir más nada, se agarran las manos. De golpe ella se le retira: ha visto que alguien se acerca a la mesa. Es una mujer hermosa, al primer vistazo, pero enseguida después se le nota algo rarísimo en la cara, algo que da miedo y no se sabe qué es. Porque es una cara de mujer pero también una cara de gato. Los ojos para arriba, y raros, no sé como decirte, el blanco del ojo no lo tiene, el ojo es todo color verde, con la pupila negra en el centro y nada más. Y el cutis muy pálido, como con mucho polvo.

—Pero me decías que era linda.

—Sí, es hermosa. Y por la ropa rara se nota que es europea, un peinado de banana todo alrededor de la cabeza.

—¿Qué es banana?

—Como un..., ¿cómo te puedo explicar?, un rodete así como un tubo alrededor de la cabeza, que alza la frente y sigue todo para atrás.

—No importa, seguí.

—Pero es que a lo mejor me equivoco, me parece que tiene como una trenza alrededor de la cabeza, que es más de esa región. Y un traje largo hasta los pies, una capa corta de zorros sobre los hombros. Y llega a la mesa y la mira a Irena como con odio, o no, una forma de mirar como de quien hipnotiza, pero un mirar mal intencionado de todas formas. Y le habla en un idioma rarísimo, parada al lado de la mesa. Él, como le corresponde a un caballero, se levanta, al acercarse una dama, pero la felina ésta ni lo mira y le dice una segunda frase a Irena. Irena le contesta en el mismo idioma, muy asustada. Él no entiende ni una palabra de lo que se dicen. La mujer entonces, para que entienda también él, le dice a Irena "Te reconocí enseguida, tú sabes por qué. Hasta pronto..." Y se va, sin haber siquiera mirado al muchacho. Irena está como petrificada, los ojos los tiene llenos de lágrimas, pero turbios, parecen lágrimas de agua sucia de un charco. Se levanta sin decir ni una palabra y se envuelve la cabeza con un velo largo, blanco, él deja un billete en la mesa, y sale con ella tomándola del brazo. No se dicen nada, él ve que ella mira con miedo para Central Park, nieva despacito, la nieve amortigua todos los ruidos y sonidos, los autos pasan por la calle como deslizándose, bien silenciosos, el farol de la calle ilumina los copos blanquísimos que caen, muy lejos parece que se oyen rugidos de fieras. Y no sería difícil que fuera cierto, porque a poca distancia de ahí es donde está el zoológico de la ciudad, en el mismo parque. Ella no sigue, le pide que la abrace. Él la estrecha en sus brazos. Ella tiembla, de frío o de miedo, aunque los rugidos parecen haberse aplacado. Ella dice, apenas en su susurro, que tiene miedo de ir a su casa y pasar la noche sola. Pasa un taxi, él le hace señas de parar, suben los dos sin decir una palabra. Van al departamento de él, en todo el trayecto no hablan. Llegan al edificio, es una de esas casas de departamentos antiguas muy cuidada, con alfombras, de techo de vigas muy alto, una escalera de madera oscura toda tallada y ahí a la entrada al pie de la escalera una planta grande de palmera aclimatada en una maceta regia. Ponele que con dibujos chinos. La planta que se refleja en un espejo alto de marco también muy trabajado, como los tallados de la escalera. Ella se mira al espejo, se estudia la cara, como buscando algo en sus facciones, no hay ascensor, en el primer piso vive él. Los pasos en la alfombra no se oyen casi, como en la nieve. Es un departamento grande, con todas cosas fin de siglo, muy sobrio, era el departamento de la madre del muchacho.

—¿Él qué hace?

—Nada, sabe que ella tiene algo adentro, que la está atormentando. Le ofrece bebidas, café, lo que quiera. Ella no toma nada, le pide que se siente, tiene algo que decirle. Él enciende la pipa y la mira con esa bondad que se le nota en todo momento. Ella no se anima a mirarlo en los ojos, coloca la cabeza sobre las rodillas de él. Entonces empieza a contar que había una leyenda terrible en su aldea de la montaña, que siempre la ha aterrorizado, desde chica. Y eso yo no me acuerdo bien cómo era, algo de la Edad Media, que una vez esas aldeas quedaron aisladas por la nieve meses y meses, y se morían de hambre, y que todos los hombres se habían ido a la guerra, algo así, y las fieras del bosque llegaban hambrientas hasta las casas, no me acuerdo bien, y el diablo se apareció y pidió que saliera una mujer si querían que él les trajese comida, y salió una mujer, la más valiente, y el diablo tenía al lado una pantera hambrienta enfurecida, y esa mujer hizo un pacto con el diablo, para no morir, y no sé qué pasó y la mujer tuvo una hija con cara de gata. Y cuando volvieron los cruzados de la Guerra Santa, el soldado que estaba casado con esa mujer entró a la casa y cuando la fue a besar ella lo despedazó vivo, como una pantera lo hubiese hecho.

—No entiendo bien, es muy confuso como lo contás.

—Es que la memoria me falla. Pero no importa. Lo que cuenta Irena que sí me acuerdo bien es que siguieron naciendo en la montaña mujeres pantera. De todos modos ya ese soldado había muerto pero otro cruzado se dio cuenta que era la mujer la que lo había matado y la empezó a seguir y por la nieve ella se escapó y primero eran pisadas de mujer las huellas que quedaban y al acercarse al bosque eran de pantera, y el cruzado la siguió y se metió al bosque que era de noche, hasta que vio en la oscuridad los ojos verdes brillantes de alguien que lo esperaba agazapado, y él hizo con la espada y el puñal una cruz y la pantera se quedó quieta y se transformó de nuevo en mujer, ahí echada medio dormida, como hipnotizada, y el cruzado retrocedió porque oyó otros rugidos que se acercaban y eran las fieras que la olieron a la mujer y se la comieron. El cruzado llegó casi desfalleciente a la aldea y lo contó. Y la leyenda es que la raza de las mujeres pantera no se acabó y están escondidas en algún lugar del mundo, y parecen mujeres normales, pero si un hombre las besa se pueden transformar en una bestia salvaje.

—¿Y ella es una mujer pantera?

—Ella lo único que sabe es que esos cuentos la asustaron mucho cuando era chica, y ha vivido siempre con la pesadilla de ser una descendiente de aquellas mujeres.

—¿Y la del restaurant qué le había dicho?

—Eso es lo que le pregunta el muchacho. Y entonces Irena se echa en los brazos de él llorando y le dice que esa mujer la saludó simplemente. Pero después no, se arma de valor y cuenta que en el dialecto de su aldea le dijo que recordara quién era, que de sólo verle la cara se había dado cuenta que eran hermanas. Y que se cuidara de los hombres. Él se echa a reír. "No te das cuenta", le dice, "ella vio que eras de esa zona, porque todos los compatriotas se reconocen, si yo veo un norteamericano en la China también me acerco y lo saludo. Y porque era mujer, y un poco chapada a la antigua, te dijo que te cuidaras, ¿no te das cuenta?" Eso lo dice él, y ella se tranquiliza bastante. Y tan tranquila se siente que se empieza a dormir en los brazos de él, y él la recuesta ahí en el sofá, le coloca un almohadón debajo de la cabeza, y le trae una frazada de su cama. Ella se duerme. Entonces él se va a su pieza y la escena termina que él está en piyama y una robe de chambre buena pero no de lujo, lisa, y la mira desde la puerta como duerme y enciende la pipa y se queda pensativo. La chimenea está encendida, no, no me acuerdo, la luz debe venir del velador de la mesa de luz de él. Cuando la chimenea ya se está apagando Irena se despierta, queda apenas una brasa. Está ya aclarando.

—Se despierta de frío, como nosotros.

—No, otra cosa la despierta, sabía que ibas a decir eso. La despierta un canario que canta en la jaula. Irena primero siente miedo de acercarse, pero oye que el pajarito está contento y ella se anima a acercársele. Lo mira, y suspira hondo, aliviada, contenta porque el pajarito no se asusta de ella. Va a la cocina y prepara tostadas, con mantequilla como dicen ellos, y cereales y...

—No hables de comidas.

—Y panqueques...

—De veras, te lo pido en serio. Ni de comidas ni de mujeres desnudas.

—Bueno, y lo despierta y él está feliz al ver que ella está tan a gusto en la casa y le pregunta si se quiere quedar a vivir para siempre ahí.

—¿Él está acostado todavía?

—Sí, ella le llevó el desayuno a la cama.

—A mí nunca me gustó desayunarme recién levantado, primero más que nada me gusta lavarme los dientes. Seguí por favor.

—Bueno, él la quiere besar. Y ella no se le deja acercar.

—Y tendrá mal aliento, que no se lavó los dientes.

—Si te vas a burlar no tiene gracia que te cuente más.

—No, por favor, te escucho.

—Él le repite si se quiere casar. Ella le contesta que lo quiere con toda el alma, y que no quiere irse más de esa casa, se siente tan bien ahí, y mira y las cortinas son de terciopelo oscuro para atajar la luz y para hacer entrar la luz ella va y las corre y detrás hay otro cortinado de encaje. Se ve entonces toda la decoración de fin de siglo. Ella pregunta quién eligió esas cosas tan lindas y me parece que él le cuenta que está ahí presente la madre, en todos esos adornos, que la madre era muy buena y la hubiese querido a Irena, como a una hija. Irena se le acerca y le da un beso casi de adoración, como se besa a un santo, ¿no?, en la frente. Y le pide que nunca la deje, que ella quiere estar con él para siempre, que lo único que quiere es poder despertarse cada día para volver a verlo, siempre al lado de ella..., pero que para ser su esposa de verdad le pide que le dé un poco de tiempo, hasta que se le pasen todos los miedos...

—Vos te das cuenta de lo que le pasa, ¿no?

—Que tiene miedo de volverse pantera.

—Bueno, yo creo que ella es frígida, que tiene miedo al hombre, o tiene una idea del sexo muy violenta, y por eso inventa cosas.

—Esperate. Él acepta, y se casan. Y cuando llega la noche de bodas, ella duerme en la cama y él en el sofá.

—Mirando los adornos de la madre.

—Si te vas a reír no sigo, yo te la estoy contando en serio, porque a mí me gusta. Y además hay otra cosa que no te puedo decir, que hace que esta película me guste realmente mucho.

—Decime lo que sea, ¿qué es?

—No, yo te iba a sacar el tema pero ahora veo que te reís, y a mí me da rabia, la verdad sea dicha.

—No, me gusta la película, pero es que vos te divertís contándola y por ahí también yo quiero intervenir un poco, ¿te das cuenta? No soy un tipo que sepa escuchar demasiado, ¿sabés, no?, y de golpe me tengo que estarte escuchando callado horas.

—Yo creí que te servía para entretenerte, y agarrar el sueño.

—Sí, perfecto, es la verdad, las dos cosas, me entretengo y agarro el sueño.

—¿Entonces?

—Pero, si no te parece mal, me gustaría que fuéramos comentando un poco la cosa, a medida que vos avanzás, así yo puedo descargarme un poco con algo. Es justo, ¿no te parece?

—Si es para burlarte de una película que a mí me gustó, entonces no.

—No, mirá, podría ser que comentemos simplemente. Por ejemplo: a mí me gustaría preguntarte cómo te la imaginás a la madre del tipo.

—Si es que no te vas a reír más.

—Te lo prometo.

—A ver... no sé, una mujer muy buena. Un encanto de persona, que ha hecho muy feliz a su marido y a sus hijos, muy bien arreglada siempre.

—¿Te la imaginás fregando la casa?

—No, la veo impecable, con un vestido de cuello alto, la puntilla le disimula las arrugas del cuello. Tiene esa cosa tan linda de algunas mujeres grandes, que es ese poquito de coquetería, dentro de la seriedad, por la edad, pero que se les nota que siguen siendo mujeres y quieren gustar.

—Sí, está siempre impecable. Perfecto. Tiene sirvientes, explota a gente que no tiene más remedio que servirla, por unas monedas. Y claro, fue muy feliz con su marido, que la explotó a su vez a ella, le hizo hacer todo lo que él quiso, que estuviera encerrada en su casa como una esclava, para esperarlo...

—Oíme...

—... para esperarlo todas las noches a él, de vuelta de su estudio de abogado, o de su consultorio de médico. Y ella estuvo perfectamente de acuerdo con ese sistema, y no se rebeló, y le inculcó al hijo toda esa basura y el hijo ahora se topa con la mujer pantera. Que se la aguante.

—¿Pero no te gustaría, la verdad, tener una madre así?, cariñosa, cuidada siempre en su persona... Vamos, no macanees...

—No, y te voy a explicar por qué, si no entendiste.

—Mirá, tengo sueño, y me da rabia que te salgas con eso porque hasta que saliste con eso yo me sentía fenómeno, me había olvidado de esta mugre de celda, de todo, contándote la película.

—Yo también me había olvidado de todo.

—¿Y entonces?, ¿por qué cortarme la ilusión, a mí, y a vos también?, ¿qué hazaña es ésa?

—Veo que tengo que hacerte un planteo más claro, porque por señas no entendés.

—Aquí en la oscuridad me hacés señas, me parece perfecto.

—Te voy a explicar.

—Sí, pero mañana, porque ahora me vino toda la mufa encima, mañana la seguís... Por qué no me habrá tocado de compañero el novio de la mujer pantera, en vez de vos.

—Ah, esa es otra historia, y no me interesa.

—¿Tenés miedo de hablar de esas cosas?

—No, miedo no. Es que no me interesa. Yo ya sé todo de vos, aunque no me hayas contado nada.

—Bueno, te conté que estoy acá por corrupción de menores, con eso te dije todo, no la vayas de psicólogo ahora.

—Vamos, confesá que te gusta porque fuma en pipa.

—No, porque es un tipo pacífico, y comprensivo.

—La madre lo castró, eso es todo.

—Me gusta y basta. Y a vos te gusta la colega arquitecta, ¿qué tiene de guerrillera ésa?

—Me gusta, bueno, más que la pantera.

—Chau, mañana me explicás por qué. Dejame dormir.

—Chau.

. . ..

. . . .

. . . .

—Estábamos en que se va a casar con el de la pipa. Te escucho.

—¿Por qué ese tonito burlón?

—Nada, contame, dale Molina.

—No, hablame del de la pipa vos, ya que lo conocés mejor que yo, que vi la película.

—No te conviene el de la pipa.

—¿Por qué?

—Porque vos lo querés con fines no del todo castos, ¿eh?, confesá.

—Claro.

—Bueno, a él le gusta Irena porque ella es frígida y no la tiene que atacar, por eso la protege y la lleva a la casa donde está la madre presente; aunque esté muerta está presente, en todos los muebles, y cortinas y porquerías, ¿no lo dijiste vos mismo?

—Seguí.

—Él si ha dejado todo lo de la madre en la casa intacto es porque quiere ser siempre un chico, en la casa de la madre, y lo que trae a la casa no es una mujer, sino una nena para jugar.

—Pero eso es todo de tu cosecha. Yo qué sé si la casa era de la madre, yo te dije eso porque me gustó mucho ese departamento y como era de decoración antigua dije que podía ser de la madre, pero nada más. A lo mejor él lo alquila amueblado.

—Entonces me estás inventando la mitad de la película.

—No, yo no invento, te lo juro, pero hay cosas que para redondeártelas, que las veas como las estoy viendo yo, bueno, de algún modo te las tengo que explicar. La casa, por ejemplo.

—Confesá que es la casa en que te gustaría vivir a vos.

—Sí, claro. Y ahora te tengo que aguantar que me digas lo que dicen todos.

—A ver... ¿qué te voy a decir?

—Todos igual, me viene con lo mismo, ¡siempre!

—¿Qué?

—Qué de chico me mimaron demasiado, y por eso soy así, que me quedé pegado a las polleras de mi mamá y soy así, pero que siempre se puede uno enderezar, y que lo que me conviene es una mujer, porque la mujer es lo mejor que hay.

—¿Te dicen eso?

—Sí, y eso les contesto... ¡regio!, de acuerdo!, ya que las mujeres son lo mejor que hay... yo quiero ser mujer. Así que ahorrame de escuchar consejos, porque yo sé lo que me pasa y lo tengo todo clarísimo en la cabeza.

—Yo no lo veo tan claro, por lo menos como lo acabás de definir vos.

—Bueno, no necesito que vengas a aclararme nada, y si querés te sigo la película, y si no querés, paciencia, me la cuento yo a mí mismo en voz baja, y saluti tanti, arrivederci, Sparafucile.

—¿Quién es Sparafucile?

—No sabés nada de ópera, es el traidor de *Rigoletto*.

—Contame la película y chau, que ahora quiero saber cómo sigue.

—¿En qué estábamos?

—En la noche de bodas. Que él no la toca.

—Así es, él duerme en el sofá de la sala, ah, y lo que no te dije es que han arreglado, se han puesto de acuerdo, en que ella vaya a un psicoanalista. Y ella empieza a ir, y va la primera vez y se encuentra con que el tipo es un tipo buen mocísimo, un churro bárbaro.

—¿Qué es para vos un tipo buen mocísimo?, me gustaría saber.

—Bueno, es un morocho alto, de bigotes, muy distinguido, frente amplia, pero con un bigotito medio de hijo de puta, no sé si me explico, un bigote de cancherito, que lo vende. Bueno, ya que estamos, no es mi tipo el que hace de psicoanalista.

—¿Qué actor es?

—No me acuerdo, es un papel de reparto. Es buen mozo pero muy flaco para mi gusto, si te interesa saber, esos tipos que quedan bien con un traje cruzado, o si es traje derecho tienen que llevar chaleco. Es un tipo que gusta a las mujeres. Pero a este tal por cual algo se le nota, no sé, de que está muy seguro de gustar a las mujeres, que ni bien aparece... choca, y también le choca a Irena, ella ahí en el diván empieza a hablar de sus problemas pero no se siente cómoda, no se siente al lado de un médico, sino al lado de un tipo, y se asusta.

—Es notable la película.

—¿Notable de qué?, ¿de ridícula?

—No, de coherente, está bárbara, seguí. No seas tan desconfiado.

—Ella le empieza a hablar de su miedo de no ser una buena esposa y quedan en que la vez siguiente le va a contar de sus sueños, o pesadillas, y de que en un sueño se convirtió en pantera. Y todo tranquilo, se despiden, pero la vez siguiente que le toca sesión ella no va, le miente al marido, y en vez de ir al médico se va al zoológico, a mirar a la pantera. Y ahí se queda como fascinada, ella está con ese tapado de felpa negra pero con reflejos como tornasolados, y la piel de la pantera también es negra tornasolada. La pantera se pasea en la jaula enorme, sin sacarle la vista de encima a la chica. Y en eso aparece el cuidador, y abre la puerta de la jaula que está a un costado. Pero la abre apenas un segundo, le echa la carne y vuelve a cerrar, pero distraído con el gancho de que traía colgada la carne, se deja olvidada la llave en la cerradura de la jaula. Irena ve todo, se queda callada, el cuidador agarra una escoba y se pone a barrer los papeles y puchos de cigarrillos que hay desparramados por ahí cerca de las jaulas. Irena se acerca un poco, disimuladamente, a la cerradura. Saca la llave y la mira, una llave grande, oxidada, se queda pensando, pasan unos segundos.

—¿Qué va a hacer?

—Pero va adonde está el cuidador y se la entrega. El viejo, un tipo tranquilo de buen humor, se lo agradece. Irena vuelve a la casa, espera que llegue el marido, es ya la hora en que tiene que volver de la oficina. Y a todo esto se me olvidó decirte que a la mañana ella con todo cariño siempre le pone alpiste al canario, y le cambia el agua, y el canario canta. Y llega por fin el marido y ella lo abraza y casi lo besa, tiene un gran deseo de besarlo, en la boca, y él se alborota, y piensa que tal vez el tratamiento psicoanalítico le está haciendo bien a ella, y se acerca el momento de ser realmente marido y mujer. Pero comete el error de preguntarle cómo le fue esa tarde en la sesión. Ella, que no fue, se siente pésima, culpable, y ya se le escurre de los brazos y le miente, que sí fue y todo anduvo bien. Pero se le escurre y ya no hay nada que hacer. Él se tiene que aguantar las ganas. Y al otro día está en el trabajo con los otros arquitectos, y la colega que siempre lo está estudiando, porque lo sigue queriendo, lo nota preocupado y le dice de ir a tomar una copa a la salida, para levantar el espíritu, y él no, dice que tiene mucho que hacer, que se va a quedar después de hora y entonces ella que siempre lo ha querido le dice que se puede quedar también ella a ayudarlo.

—Le tengo simpatía a la mina ésa. Qué cosas raras hay, vos no me has dicho nada de ella pero me cayó simpática. Cosas raras de la imaginación.

—Ella se queda ahí con él, pero no es que sea una cualquiera, ella después que él se casó ya se resignó, pero ahora lo quiere ayudar como amiga. Y ahí están trabajando después de la hora. El salón es grande, hay varias mesas de trabajo, de diseño, cada arquitecto tiene una, pero ahora ya se han ido y está todo sumido en la oscuridad, salvo la mesa del muchacho, que tiene un vidrio y de abajo del vidrio viene la luz, entonces las caras están iluminadas de abajo, y los cuerpos echan una sombra medio siniestra contra las paredes, sombras de gigantes, y la regla de dibujo parece una espada cuando él o la colega la agarran para trazar una línea. Pero trabajan callados. Ella lo relojea de tanto en tanto, y aunque se muere por saber qué es lo que lo preocupa, no le pregunta nada.

—Está muy bien. Es respetuosa, discreta, será eso que me gusta.

—Mientras tanto, Irena espera y espera y por fin se decide y llama a la oficina. Atiende la otra y le pasa al muchacho. Irena está celosa, trata de disimular, él le dice que la llamó temprano para avisarle pero que ella no estaba. Claro, ella se había ido de nuevo al zoológico. Entonces como él la agarra en falta ella tiene que quedarse callada, no puede protestar. Y él empieza a llegar tarde seguido, porque algo le hace retrasar la llegada a la casa.

—Está todo tan lógico, es fenómeno.

—Entonces en qué quedamos... ves que él es bien normal, quiere acostarse con ella.

—No, escuchá. Antes él volvía con gusto a la casa porque sabía que ella no se iba a acostar, pero ahora con el tratamiento hay posibilidad, y eso lo inquieta. Mientras que si ella era como una nena, como al principio, no iban más que a jugar, como chicos. Y por ahí a lo mejor jugando empezaban a hacer algo sexualmente.

—Jugando como chicos, ¡ay, qué desabrido!

—A mí eso no me suena mal, ves, de parte de tu arquitecto. Perdoname que me contradiga.

—¿Qué no te suena mal?

—Que empezaran como jugando, sin tantos bombos y platillos.

—Bueno, vuelvo a la película. Pero una cosa, ¿por qué entonces él ahora se queda a gusto con la colega?

—Y, porque se supone que siendo casado no puede pasar nada, la colega ya no es una posibilidad sexual, porque aparentemente él ya está copado por la esposa.

—Es todo imaginación tuya.

—Si vos también ponés de tu cosecha, ¿por que no yo?

—Sigo. Irena una noche está con la cena preparada, y él no llega. La mesa está puesta, con luz de velas. Ella no sabe una cosa, que él, como es el aniversario del día en que se casaron, ha ido a buscarla esa tarde temprano a la salida del psicoanalista, y claro, no la encuentra porque ella no va nunca. Y él ahí se entera que ella no va desde hace tiempo y telefonea a Irena, que no está en la casa, por supuesto como todas las tardes ha salido, atraída irresistiblemente en dirección al zoológico. Él entonces se ha vuelto desesperado a la oficina, necesita contarle todo a la compañera. Y se van a un bar cerca a tomar una copa, pero lo que quieren no es tomar, sino hablar en privado y fuera del estudio. Irena cuando ve que se hace tan tarde empieza a pasearse por el cuarto como una fiera enjaulada, y llama a la oficina. No contesta nadie. Trata de hacer algo para entretenerse, está nerviosísima, se acerca a la jaula del canario y nota que el canario aletea desesperado al sentirla acercarse, y vuela como ciego de un lado a otro de la jaulita, machucándose las alas. Ella no resiste un impulso y abre la jaula y mete la mano. El pájaro cae muerto, como fulminado, al sentir la mano acercarse. Irena se desespera, todas sus alucinaciones vuelven, sale corriendo, va en busca de su marido, solamente a él le puede pedir ayuda, él la va a comprender. Pero al ir hacia la oficina pasa inevitablemente por el bar y los ve. Queda inmóvil, no puede dar un paso más, la rabia la hace temblar, los celos. La pareja se levanta para salir, Irena se esconde detrás de un árbol. Los ve que se saludan y se separan.

—¿Cómo se saludan?

—Él la besa en la mejilla. Ella tiene un sombrero de ala requintada. Irena no tiene sombrero, el pelo enrulado le brilla bajo los faroles de la calle desierta, porque la está siguiendo a la otra. La otra toma un camino directo a su casa, que es atravesando el parque, el Central Park, que está ahí frente a las oficinas, es una calle que a veces es como túnel, porque el parque tiene como lomas, y este camino es recto, y está a veces excavado en las lomas, es como una calle, con tráfico pero no mucho, como un atajo, y un ómnibus que la atraviesa. Y a veces la colega toma el ómnibus para no caminar tanto, y otras veces va caminando, porque el ómnibus pasa de tanto en tanto. Y la colega decide caminar esta vez, para un poco ventilarse las ideas, porque le explota la cabeza después de hablar con el muchacho, él le ha contado todo, de Irena que no se acuesta con él, de las pesadillas que tiene con las mujeres panteras. Y esta tipa que está enamorada del muchacho, de veras se siente de lo más confundida, porque ya se había resignado a perderlo, y ahora no, está otra vez con esperanza. Y por un lado está contenta, ya que no todo se perdió, y por el otro lado tiene miedo de ilusionarse de nuevo y después sufrir, de quedarse con las manos vacías todas las veces. Y va pensando en todo eso, caminando rapidito porque hace frío. No hay nadie por ahí, a los lados del camino está el parque oscuro, no hay viento, no se mueve una hoja, lo único que se siente es pasos detrás de la colega, taconeo de zapatos de mujer. La colega se da vuelta y ve una silueta, pero a cierta distancia, y con la poca luz no distingue quién es. Pero por ahí el taconeo cada vez se oye más rápido. La colega se empieza a alarmar, porque vos vistes como es, cuando has estado hablando de cosas de miedo, como fantasmas o crímenes, uno está más impresionable, y se sugestiona por cualquier cosa, y esta mujer se acuerda de las mujeres panteras y todo eso y se empieza a asustar y apura el paso, pero está justo por la mitad del camino, como a cuatro cuadras del final, donde empiezan las casas porque termina el parque. Así que si se pone a correr casi que es peor.

—¿Te puedo interrumpir, Molina?

—Sí, pero ya falta poco, por esta noche quiero decir.

—Una cuestión sola, que me intriga un poco.

—¿Qué?

—¿No te vas a enojar?

—Depende.

—Es interesante saberlo. Y después vos si querés me lo preguntás a mí.

—Dale.

—¿Con quién te identificás?, ¿con Irena o la arquitecta?

—Con Irena, qué te creés. Es la protagonista, pedazo de pavo. Yo siempre con la heroína.

—Seguí.

—¿Y vos Valentín, con quién?, estás perdido porque el muchacho te parece un tarado.

—Reíte. Con el psicoanalista. Pero nada de burlas, yo te respeté tu elección, sin comentarios. Seguí.

—Después lo comentamos si querés, o mañana.

—Sí, pero seguí un poco más.

—Un poquito no más, me gusta sacarte el dulce en lo mejor, así te gusta más la película. Al público hay que hacerle así, si no no está contento. En la radio antes te hacían siempre eso. Y ahora en las telenovelas.

—Dale.

—Bueno, estábamos en que esta mina no sabe si ponerse a correr o no, cuando por ahí los pasos casi no se oyen más, el taconeo de la otra quiero decir, porque son pasos distintos, imperceptibles casi, los que siente ahora la arquitecta, como los pasos de un gato, o algo peor. Y se da vuelta y no ve a la mujer, ¿como pudo desaparecer de golpe?, pero cree ver otra sombra, que se escurre, y que también enseguida desaparece. Y lo que se oye ahora es el ruido de pisadas entre los matorrales del parque, pisadas de animal, que se acercan.

—¿Y?

—Mañana seguimos. Chau, que duermas bien.

—Ya me las vas a pagar.

—Hasta mañana.

—Chau.

CAPÍTULO DOS

—Cocinás bien.

—Gracias, Valentín.

—Pero me vas a acostumbrar mal. Eso me puede perjudicar.

—Vos sos loco, ¡viví el momento!, ¡aprovechá!, ¿te vas a amargar la comida pensando en lo que va a pasar mañana?

—No creo en eso de vivir el momento, Molina, nadie vive el momento. Eso queda para el paraíso terrenal.

—¿Vos creés en el cielo y el infierno?

—Esperate Molina, si vamos a discutir que sea con cierto rigor; si nos vamos por las ramas es cosa de pibes, de discusión de bachillerato.

—Yo no me voy por las ramas.

—Perfecto, entonces primero dejame establecer mi idea, que te haga un planteo.

—Escucho.

—Yo no puedo vivir el momento, porque vivo en función de una lucha política, o bueno, actividad política digamos, ¿entendés? Todo lo que yo puedo aguantar acá, que es bastante, ... pero que es nada si pensás en la tortura, ... que vos *no* sabés lo que es.

—Pero me puedo imaginar.

—No, no te lo podés imaginar... Bueno, todo me lo aguanto... porque hay una planificación. Está lo importante, que es la revolución social, y lo secundario, que son los placeres de los sentidos. Mientras dure la lucha, que durará tal vez toda mi vida, no me conviene cultivar los placeres de los sentidos, ¿te das cuenta?, porque son, de verdad, secundarios para mí. El gran placer es otro, el de saber que estoy al servicio de lo más noble, que es... bueno... todas mis ideas...

45

—¿Cómo tus ideas?

—Mis ideales, ... el marxismo, si querés que te defina todo con una palabra. Y ese placer lo puedo sentir en cualquier parte, acá mismo en esta celda, y hasta en la tortura. Y ésa es mi fuerza.

—¿Y tu mina?

—Eso también tiene que ser secundario. Para ella también soy yo secundario. Porque también ella sabe qué es lo más importante.

—¿Se lo inculcaste vos?

—No, creo que los dos lo fuimos descubriendo juntos. ¿Me entendiste lo que quise decir?

—Sí...

—No parecés muy convencido, Molina.

—No, no me hagás caso. Y me voy a dormir ya.

—¡Estás loco!, ¿y la pantera? Me dejaste en suspenso desde anoche.

—Mañana.

—¿Pero qué te pasa?

—Nada...

—Hablá...

—No, soy sonso, nada más.

—Aclarame, por favor.

—Mirá, yo soy así, me hieren las cosas. Y te hice esa comida, con mis provisiones, y lo peor de todo: con lo que me gusta la palta te di la mitad, que podría haberme quedado la mitad para mañana. Y para qué... para que me eches en cara que te acostumbro mal.

—Pero no seas así, sos demasiado sensible...

—Qué le vas a hacer, soy así, muy sentimental.

—Demasiado. Eso es cosa...

—¿Por qué te callás?

—Nada.

—Decílo, yo sé lo que ibas a decir, Valentín.

—No seas sonso.

—Decílo, que soy como una mujer ibas a decir.

—Sí.

—¿Y qué tiene de malo ser blando como una mujer?, ¿por qué un hombre o lo que sea, un perro, o un puto, no puede ser sensible si se le antoja?

—No sé, pero al hombre ese exceso le puede estorbar.

—¿Para qué?, ¿para torturar?

—No, para acabar con los torturadores.

—Pero si todos los hombres fueran como mujeres no habría torturadores.

—¿Y vos qué harías sin hombres?

—Tenés razón. Son unos brutos pero me gustan.

—Molina... pero vos decís que si todos fueran como mujeres no habría torturadores. Ahí tenés un planteo siquiera, irreal pero planteo al fin.

—Qué modo de decir las cosas.

—¿Qué modo qué?

—Sos muy despreciativo para hablar: "un planteo siquiera".

—Bueno, perdoname si te molesté.

—No hay nada que perdonar.

—Bueno, entonces ponete más contento y no me castigues.

—¿Castigar qué?, estás loco.

—Hacé como si nada hubiese pasado, entonces.

—¿Querés que te siga la película?

—Pero claro, hombre.

—¿Qué hombre?, ¿dónde está el hombre?, decime dónde que no me lo dejo escapar.

—Bueno, basta de bromas y contá.

—¿Estábamos...?

—En que la arquitecta mi novia no oía más pasos humanos.

—Bueno, ahí empieza a temblar de terror, no atina a nada, no se atreve a darse vuelta por miedo a ver la pantera, se para un momento para ver si vuelve a oír los pasos humanos, pero nada, el silencio es total, apenas un murmullo de matorrales movidos por el viento... o por otra cosa. Entonces lanza un grito de desesperación que es como una mezcla de llanto y queja, cuando el grito queda como tapado por el ruido de la puerta automática del ómnibus, que se acaba de parar junto a ella. Esas puertas hidráulicas que hacen como un ruido de ventosa, y se salva. El chofer la vio ahí parada y le abrió la puerta; le pregunta qué tiene, pero ella dice que nada, que no se siente bien, nada más. Y sube... Bueno, y cuando vuelve Irena a la casa está como desgreñada, los zapatos sucios de barro. Él está totalmente desorientado, no sabe qué decir, qué hacer con este bicho raro con que se ha casado. Ella entra, lo nota raro, va al baño a dejar los zapatos embarrados, y oye que él le dice, animándose a hablar porque ella no lo mira, que fue a buscarla a lo del médico y se enteró de que ella no había ido más. Ella entonces llora y le dice que todo está perdido, que es lo que siempre tuvo miedo de ser, una loca, con alucinaciones, o peor todavía... una mujer pantera. Él entonces se ablanda de nuevo, y la toma en los brazos, y tenías razón vos, que para él es como una nena, porque cuando la ve así tan indefensa, tan perdida, siente de nuevo que la quiere con toda el alma, y le acomoda la cabeza de ella en su hombro, el hombro de él, y le acaricia el pelo y le dice que tenga fe, que todo se va a arreglar.

—Está bien la película.

—Pero sigue, no terminó.

—Ya sé, me imagino que no va a quedar ahí. ¿Pero sabés qué me gusta?, que es como una alegoría, muy clara además, del miedo de la mujer a entregarse al hombre, porque al entregarse al sexo se vuelve un poco animal, ¿te das cuenta?

—A ver...

—Hay ese tipo de mujer, que es muy sensible, demasiado espiritual, y que ha sido criada con la idea de que el sexo es sucio, que es pecado, y ese tipo de mina está jodida, recontrajodida, es lo más probable que resulte frígida cuando se case, porque tiene adentro una barrera, le han hecho levantar como una barrera, o una muralla, y por ahí no pasan ni las balas.

—Y menos que menos otras cosas.

—Ahora que yo hablo en serio sos vos el que embromás, ¿ves cómo sos, vos también?

—Seguí, voz de la sabiduría.

—Eso, no más. Seguí con la pantera.

—Bueno, la cuestión es que él la convence de que vuelva a tener fe y que vaya a ver al médico.

—A mí.

—Sí, pero ella le dice que hay algo en el médico que no le gusta.

—Claro, porque si la cura la va a entregar a la vida matrimonial, al sexo.

—Pero el marido la convence de que vuelva. Y ella va, pero con miedo.

—¿Sabés de qué es el miedo, ante todo?

—¿De qué?

—El médico es un tipo sexual, me dijiste.

—Sí.

—Y ahí está el problema, porque él la excita, y por eso ella se resiste a entregarse al tratamiento.

—Bueno, y va al consultorio. Y ella le habla con toda sinceridad, de que su miedo más grande es a que la bese un hombre y se vuelva pantera. Y el médico ahí se equivoca, y le quiere quitar el temor demostrándole que él mismo no le tiene miedo, que está seguro de que es una mujer encantadora, adorable y nada más, es decir que el tipo elige un tratamiento medio feo, porque llevado por las ganas busca el modo de besarse con ella, eso es lo que busca. Pero ella no se entrega, siente por el contrario, que sí, que el médico tiene razón y que ella es normal y se va del consultorio ya mismo y sale contenta, se va derecho al estudio de los arquitectos, como con el propósito, la decisión ya tomada, de esa noche entregarse al marido. Está feliz, y corre, y llega sin respiración casi. Pero en la puerta se queda paralizada. Ya es tarde y se han ido todos, excepto el marido y la colega, y están hablando, con las manos tomadas, que no se sabe si es un gesto de amistad o qué. Él está hablando, con la vista baja, mientras la colega lo escucha comprensiva. No se dan cuenta que ha entrado alguien. Y acá me falla la memoria.

—Esperá un poco, ya te va a volver.

—Me acuerdo que viene una escena de una pileta, y otra ahí en el estudio de los arquitectos, y otra más, la última, con el psicoanalista.

—No me digas que al final la pantera se queda conmigo.

—No. No te apures. Bueno, toda esta parte final si querés te la cuento deshilvanada, no más lo que me acuerdo.

—Bueno.

—Entonces ahí en el estudio están él y la otra hablando, y paran de hablar porque oyen una puerta que hace un chirrido. Miran y no hay nadie, está oscuro el estudio, nada más que la mesa de ellos, con esa luz medio siniestra de abajo para arriba. Y se oyen pisadas de animal, que abollan algún papel al pisarlo y, sí, ahora me acuerdo, hay un tachito para los papeles en un rincón oscuro y el tacho se vuelca y las pisadas hacen crujir los papeles. La otra pega un grito y se refugia detrás de él. Él grita "¿quién está ahí?, ¿quién?", y ahí por primera vez se oye la respiración del animal, como un rugido entre dientes, ¿viste? Él no sabe con qué defenderse y agarra una regla de esas grandes. Y se ve que inconscientemente o como sea él se acuerda de lo que le contó Irena, de que la cruz asusta al diablo y a la mujer pantera, y la luz de la mesa echa unas sombras como de gigante sobre la pared, de él con la colega agarrada a él y a pocos metros la sombra de una fiera de cola larga, y parece como que él tiene una cruz en la mano. Son nada más que las reglas de dibujo que él las pone en cruz, pero ahí se oye un rugido terrible y en la oscuridad los pasos del animal que se escapa despavorido. Bueno, ahora lo que sigue no me acuerdo si es esa misma noche, creo que sí, la otra se vuelve a la casa, que es como un hotel de mujeres muy grande, un club de mujeres, donde viven, con una pileta grande de natación en el subsuelo. La arquitecta está muy nerviosa, por todo lo que pasó, y esa noche al volver a su hotel donde está prohibido que entren hombres piensa que para calmar los nervios que tiene tan alterados lo mejor es bajar a nadar un rato. Ya es tarde de noche y no hay absolutamente nadie en la pileta. Ahí abajo hay vestuarios y tiene un casillero donde cuelga la ropa y se pone la malla y salida de baño. Mientras tanto en el hotel se abre la puerta de calle y aparece Irena. A la mujer de la conserjería le pregunta por la otra, y la conserje le dice, sin sospechar nada, que la otra acaba de bajar a la pileta. Irena, por ser mujer, no tiene ningún inconveniente en entrar, la dejan pasar no más. Abajo la pileta está a oscuras, la otra sale del vestuario y prende las luces, las de la pileta, que están debajo del agua. Se está acomodando el pelo para colocarse la gorra de baño cuando oye pasos. Pregunta, un poquito alarmada, si es la portera. No hay contestación. Entonces se aterroriza, larga la salida de baño y se zambulle. Mira desde el medio del agua a los bordes de la pileta, que están oscuros, y se oyen los rugidos de una fiera negra que

—¿Qué es lo que te asustó?

—No me dio miedo por mí sino por mi compañera.

—Ah...

—Yo estoy loco, sacarte este tema.

—¿Por qué? Hablá si tenés ganas...

—Cuando empezaste a hablar de que a la muchacha la seguía la pantera, me la imaginé a mi compañera que estaba en peligro. Y me siento tan impotente acá, de avisarle que se cuide, que no se arriesgue demasiado.

—Te entiendo.

—Bueno, vos te imaginarás, si ella es mi compañera, es porque está en la lucha también. Aunque no debería decírtelo, Molina.

—No te preocupes.

—Es que no te quiero cargar con informaciones que es mejor que no las tengas. Son una carga, y ya tenés bastante con lo tuyo.

—Yo también, sabés, tengo esa sensación, desde acá, de no poder hacer nada; pero en mi caso no es una mujer, una chica quiero decir, es mi mamá.

—Tu madre no está sola, ¿no?, ¿o sí?

—Bueno, está con una tía mía, hermana de mi papá. Pero es que está enferma. Tiene presión y el corazón le falla un poco.

—Pero con esas cosas pueden durar, tirar años, vos sabés...

—Pero hay que evitarles disgustos, Valentín.

—Qué le vas a hacer...

—Sí, ya más mal de lo que le hice no le puedo hacer.

—¿Por qué decís eso?

—Imaginate, la vergüenza de tener un hijo preso. Y la razón.

—No pienses más. Ya lo peor pasó, ¿no? Ahora se tiene que conformar, nada más.

—Pero es que extraña mucho. Éramos muy unidos.

—No pienses más. O si no... conformate que no está en peligro, como la persona que yo quiero.

—Pero ella tiene el peligro adentro, al enemigo lo lleva adentro de ella, que es el corazón que tiene delicado.

—Ella te espera, sabe que vas a salir, los ocho años pasan, y con la esperanza de buena conducta y todo. Eso le da fuerzas para esperarte, pensalo así.

—Sí, tenés razón.

—Si no, te vas a volver loco.

—Contame más de tu novia, si querés...

—¿Qué te puedo decir? Con la arquitecta no tiene nada que ver, no sé por qué la asocié.

—¿Es linda?

—Sí, claro.

—Podía ser fea, ¿de qué te reís, Valentín?

—Nada, no sé por qué me río.

—¿Pero qué te hace tanta gracia?

—No sé...

—Algo debe ser... de algo te reís.

—De vos, y de mí.

—¿Por qué?

—No sé, dejame pensarlo, porque no te lo podría explicar.

—Bueno, pero pará esa risa.

—Mejor te lo digo cuando sepa bien por qué me río.

—¿Termino la película?

—Sí, por favor.

—¿En qué estábamos?

—En que la muchacha se salva en la pileta.

—Bueno, cómo era entonces... Ahora viene el encuentro con la pantera y el psicoanalista.

—Perdoname... No te vayas a enojar.

—¿Qué pasa?

—Mejor seguimos mañana, Molina.

—Falta poco para terminar.

—No me puedo concentrar en lo que me contás. Perdoname.

—¿Te aburriste?

—No, eso no. Tengo un lío en la cabeza. Quiero estar callado, y ver si se me pasa la histeria. Porque me reía de histérico no más.

-Como quieras.

—Quiero pensar en mi compañera, hay algo que no entiendo, y quiero pensarlo. No sé si te ha pasado, que sentís que te estás por dar cuenta de algo, que tenés la punta del ovillo y que si no empezás a tirar ya... se te escapa.

—Bueno, hasta mañana entonces.

—Hasta mañana.

—Mañana ya se termina la película.

—No sabés qué lástima me da.

—¿A vos también?

—Sí, querría que siguiese un poco más. Y lo peor es que va a terminar mal, Molina.

—¿Pero de veras te gustó?

—Bueno, se nos pasaron las horas más rápido, ¿no?

—Pero gustarte gustarte, no te gustó.

—Sí, y me da lástima que se termine.

—Pero sos sonso, te puedo contar otra.

—¿De veras?

—Sí, me acuerdo clarito clarito de muchas.

—Entonces perfecto, vos ahora te pensás una que te haya gustado mucho, y mientras yo pienso en lo que tengo que pensar, ¿de acuerdo?

—Tirá del ovillo.

—Perfecto.

—Pero si se le enreda la madeja, niña Valentina, le pongo cero en labores.

—Vos no te preocupés por mí.

—Está bien, no me meto más.

—Y no me llames Valentina, que no soy mujer.

—A mí no me consta.

—Lo siento, Molina, pero no hago demostraciones.

—No te preocupes, que no te las voy a pedir.

—Hasta mañana, que descanses.

—Hasta mañana, igualmente.

. . . .

. . . .

. . . .

—Te escucho.

—Bueno, como ya te dije ayer, esta última parte no me la acuerdo bien. El marido esa misma noche llama al psicoanalista para que vaya a la casa, la esperan a ella que no está, a Irena.

—En qué casa.

—En la del arquitecto. Entonces la colega lo llama al muchacho que vaya al hotel de mujeres y de ahí a la policía, porque acaba de pasar lo de la pileta, entonces el muchacho deja al psicoanalista solo por un rato no más, y, ¡zápate!, cuando llega Irena a casa se encuentra frente a frente con el psicoanalista. Es de noche, claro, la habitación está alumbrada con un velador solo. El psicoanalista que estaba leyendo se saca los anteojos, la mira. Irena siente esa mezcla de ganas y rechazo por él, porque él es atractivo, ya te dije, un tipo sexual. Y ahí pasa algo raro, ella se le echa en los brazos, porque está desamparada, siente que nadie la quiere, que el marido la abandonó. Y el psicoanalista interpreta que ella lo desea sexualmente, y encima piensa que si la besa y si hasta consigue mandársela completa, entonces le va a quitar de la cabeza esas ideas raras de que es una mujer pantera. Y la besa y se aprietan, se abrazan y se besan. Hasta que ella... como que se le va escurriendo, lo mira con los ojos entornados, le brillan los ojos verdes como de ganas y al mismo tiempo de odio. Y se le suelta y se va a la otra punta de esa sala de muebles tan lindos de fin de siglo. Todo con sillones de terciopelo y mesas con carpetas de crochet. Pero ella se va a ese rincón porque ahí la luz del velador no llega. Y se echa al suelo, y el psicoanalista se quiere defender pero es demasiado tarde, porque ahí en ese rincón oscuro todo se vuelve borroso un instante y ella se transformó ya en pantera, y él alcanza a agarrar el atizador de la chimenea para defenderse pero ya la pantera le saltó encima, y él le quiere dar golpes con el atizador pero ya con una garra ella le abrió el cuello y el hombre cae al suelo echando sangre a borbotones, la pantera ruge y muestra los colmillos blancos perfectos y le hunde otra vez las garras, ahora en la cara, para deshacérsela, el cachete y la boca que unos momentos antes le había besado. A todo esto la arquitecta ya está con el marido de Irena que le fue al encuentro y desde la recepción del hotel llaman al psicoanalista y avisarle que está en peligro, porque ya no hay vueltas que darle, no era solamente imaginación de Irena, realmente es una mujer pantera.

—No, es una psicópata asesina.

—Bueno, pero el teléfono suena y suena y nadie contesta, el psicoanalista está tirado muerto, desangrado. Entonces el marido, la colega y la policía que ya habían llamado van a la casa, suben despacio por la escalera, encuentran la puerta abierta y adentro al tipo muerto. Ella, Irena, no está.

—¿Y entonces?

—El marido sabe donde la puede encontrar, es el único lugar donde ella va, y aunque sea ya medianoche van al parque, más precisamente al zoológico. ¡Ay, pero me olvidé de contarte una cosa!

—¿Qué?

—Esa tarde Irena fue al zoológico igual que todas las tardes a ver a esa pantera que la tiene como hipnotizada.

Y estaba ahí cuando viene el cuidador con las llaves para darle la carne a las fieras. El cuidador es ese viejo desmemoriado que te conté. Irena se mantuvo a una distancia, pero miró todo. El cuidador se acercó con las llaves, abrió la cerradura de la jaula, descorrió la barra atravesada, abrió la puerta y echó adentro los pedazos grandísimos de carne, después volvió a correr la barra de la puerta de la jaula, pero se olvidó de la llave en la cerradura. Cuando no la ve, Irena se acerca a la jaula y se guarda la llave. Bueno, todo esto fue a la tarde pero ahora ya es de noche y ya está muerto el psicoanalista, cuando el marido con la otra y la policía se largan para el zoológico, que queda a pocas cuadras. Pero Irena ya está llegando, a la jaula misma de la pantera. Va caminando como una sonámbula. Tiene las llaves en la mano. La pantera está dormida, pero el olor de Irena la despierta, Irena la mira a través de las rejas. Se acerca despacio a la puerta, pone la llave en la cerradura, abre. Mientras tanto, los otros van llegando, se oyen los autos acercándose con las sirenas para abrirse camino entre el tráfico, aunque a esa hora ya está casi desierto el lugar. Irena descorre la barra y abre la puerta, le deja paso libre a la pantera. Irena está como transportada a otro mundo, tiene una expresión rara, entre trágica y de placer, los ojos húmedos. La pantera se escapa de la jaula de un salto, por un momentito parece suspendida en el aire, delante no tiene otra cosa que Irena. No más con el mismo envión que trae, ya la voltea. Los autos se están acercando. La pantera corre por el parque y cruza la carretera, justo cuando pasa a toda velocidad uno de los autos de la policía. El auto la pisa. Bajan y encuentran a la pantera muerta. El muchacho va hasta las jaulas y encuentra a Irena tirada en el pedregullo, ahí mismo donde la conoció. Irena tiene la cara desfigurada de un zarpazo, está muerta. La muchacha colega llega hasta don-

de está él y juntos se van abrazados, tratando de olvidarse de ese espectáculo terrible que acaban de ver, y fin.

—...

—¿Te gustó?

—Sí...

—¿Mucho o poco?

—Me da lástima que se terminó.

—Pasamos un buen rato, ¿no es cierto?

—Sí, claro.

—Me alegro.

—Yo estoy loco.

—¿Qué te pasa?

—Me da lástima que se terminó.

—Y bueno, te cuento otra.

—No, no es eso. Te vas a reír de lo que te voy a decir.

—Dale.

—Que me da lástima porque me encariñé con los personajes. Y ahora se terminó, y es como si estuvieran
muertos.

—Al final, Valentín, vos también tenés tu corazoncito.

—Por algún lado tiene que salir... la debilidad, quiero
decir.

—No es debilidad, che.

—Es curioso que uno no puede estar sin encariñarse
con algo... Es... como si la mente segregara sentimiento,
sin parar...

—¿Vos creés?

—... lo mismo que el estómago segrega jugo para digerir.

—¿Te parece?

—Sí, como una canilla mal cerrada. Y esas gotas van
cayendo sobre cualquier cosa, no se las puede atajar.

—¿Por qué?

—Qué sé yo... porque están rebalsando ya el vaso que
las contiene.

—Y vos no querés pensar en tu compañera.

—Pero es como si no pudiese evitarlo,... porque me encariño con cualquier cosa que tenga algo de ella.

—Contame un poco cómo es.

—Daría... cualquier cosa por poder abrazarla, aunque fuera un momento sólo.

—Ya llegará el día.

—Es que a veces pienso que no va a llegar.

—Vos no estás a cadena perpetua.

—Es que a ella le puede pasar algo.

—Escribile, decile que no se arriesgue, que vos la necesitás.

—Eso nunca. Si vas a pensar así nunca vas a poder cambiar nada en el mundo.

—¿Y vos te creés que vas a cambiar el mundo?

—Sí, y no importa que te rías. ... Da risa decirlo, pero lo que yo tengo que hacer antes que nada... es cambiar el mundo.

—Pero no podés cambiarlo de golpe, y vos solo no vas a poder.

—Es que no estoy solo, ¡eso es!... ¿me oís?... ahí está la verdad, ¡eso es lo importante!... En este momento no estoy solo, estoy con ella y con todos los que piensan como ella y yo, ¡eso es!,... y no me lo tengo que olvidar. Es ésa la punta del ovillo que a veces se me escapa. Pero por suerte ya la tengo. Y no la voy a soltar. ...Yo no estoy lejos de todos mis compañeros, ¡estoy con ellos!, ¡ahora, en este momento!..., no importa que no los pueda ver.

—Si así te podés conformar, fenómeno.

—¡Mirá que sos idiota!

—Qué palabras...

—No seas irritante entonces... No digas eso, como si fuese yo un iluso que se engaña con cualquier cosa, ¡sabés que no es así! No soy un charlatán que habla de política en el bar, ¿no?, la prueba es que estoy acá, ¡no en un bar!

—Perdoname.

—Está bien...

—Me ibas a contar de tu compañera y no me contaste más nada.

—No, mejor nos olvidamos de eso.

—Como quieras.

—Aunque no tendría por qué no hablar. No me tiene que hacer mal hablar de ella.

—Si te hace mal no...

—No me tiene que hacer mal... Lo único que mejor no te digo es el nombre.

—Yo ahora me acordé el nombre de la artista que hace de arquitecta.

—¿Cómo es?

—Jane Randolph.

—Nunca la oí nombrar.

—Es de hace mucho, del cuarenta, por ahí. A tu compañera le podemos decir Jane Randolph.

—Jane Randolph.

—Jane Randolph en... *El misterio de la celda siete.*

—Una de las iniciales le va...

—¿Cuál?

—¿Qué querés que te cuente de ella?

—Lo que quieras, el tipo de chica que es.

—Tiene veinticuatro años, Molina. Dos menos que yo.

—Trece menos que yo.

—Siempre fue revolucionaria. Primero le dio por... bueno, con vos no voy a tener escrúpulos... le dio por la revolución sexual.

—Contame por favor.

—Ella es de un hogar burgués, gente no muy rica, pero vos sabés, desahogada, casa de dos pisos en Caballito. Pero toda su niñez y juventud se pudrió de ver a los

padres destruirse uno al otro. Con el padre que engañaba a la madre, pero vos sabés lo que quiero decir...

—No, ¿qué querés decir?

—La engañaba al no decirle que necesitaba de otras
relaciones. Y la madre se dedicó a criticarlo delante de la
hija, se dedicó a ser víctima. Yo no creo en el matrimonio, en la monogamia más precisamente.

—Pero qué lindo cuando una pareja se quiere toda la
vida.

—¿A vos te gustaría eso?

—Es mi sueño.

—¿Y por qué te gustan los hombres entonces?

—Qué tiene que ver... Yo quisiera casarme con un
hombre para toda la vida.

—¿Sos un señor burgués en el fondo, entonces?

—Una señora burguesa.

—¿Pero no te das cuenta que todo eso es un engaño?
Si fueras mujer no querrías eso.

—Yo estoy enamorado de un hombre maravilloso, y lo
único que quisiera es vivir al lado de él toda la vida.

—Y como eso es imposible, porque si él es hombre
querrá a una mujer, bueno, nunca te vas a poder desen-
gañar.

—Seguí con lo de tu compañera, no tengo ganas de
hablar de mí.

—Y bueno, como te decía, a... ¿cómo se llamaba?

—Jane. Jane Randolph.

—A Jane Randolph la criaron para ser una señora de
su casa. Lecciones de piano, francés, y dibujo, y terminado el liceo la Universidad Católica.

—¡Arquitectura!, por eso la asociabas.

—No, Sociología. Ya ahí empezó el lío en la casa. Ella
quería ir a la Facultad estatal pero la hicieron inscribir
en la Católica. Ahí conoció a un pibe, se enamoraron y
tuvieron relaciones. El muchacho vivía también con los

padres pero se fue de la casa, se empleó de telefonista nocturno y tomó un departamento chico, y ahí empezaron a pasar todo el día.

—Y no estudiaron más.

—Ese año estudiaron menos, al principio, pero después ella sí estudió mucho.

—Pero él no.

—Exacto, porque trabajaba. Y un año después Jane se fue a vivir con él. En la casa de ella hubo lío al principio pero después se conformaron. Pensaron que como los pibes se querían tanto se iban a casar. Y el pibe se quería casar. Pero Jane no quería repetir ningún esquema viejo, y tenía desconfianza.

—¿Abortos?

—Sí, uno. Eso la afianzó más en vez de deprimirla. Vio claro que si tenía un hijo ella misma no iba a poder madurar, no iba a poder seguir una evolución. Su libertad iba a quedar limitada. Entró a trabajar en una revista como redactora, como informante mejor dicho.

—¿Informante?

—Sí.

—Qué palabra fea.

—Es un trabajo más fácil que el de redactor, en general vas a la calle a buscar la información que después se va a usar para los artículos. Y ahí conoció a un muchacho de la sección política. Sintió enseguida que lo necesitaba, que la relación con el otro estaba estancada.

—¿Por qué estancada?

—Ya se habían dado todo lo que podían. Se tenían mucho apego, pero eran demasiado jóvenes para quedarse en eso, no sabían bien todavía... lo que querían, ninguno de los dos. Y... Jane, le propuso al pibe una apertura de la relación. Y el pibe aceptó, y ella empezó a verse con el compañero de la revista también.

—¿Seguía durmiendo en casa del pibe?

—Sí, y a veces no. Hasta que se fue a vivir del todo con el redactor.

—¿De qué tendencia era el redactor?

—De izquierda.

—Y le inculcó todo a ella.

—No, ella siempre había sentido la necesidad del cambio. Bueno, sabés que es tarde, ¿no?

—Ya las dos de la mañana.

—Mañana te la sigo, Molina.

—Sos vengativo.

—No, pavote. Estoy cansado.

—Yo no. No tengo nada de sueño.

—Hasta mañana.

—Hasta mañana.

. . . .

—¿Te dormiste?

—No, te dije que no tenía sueño.

—Yo estoy un poco desvelado.

—Dijiste que tenías sueño.

—Sí, pero después me quedé pensando, porque te dejé colgado.

—¿Me dejaste colgado?

—Sí, no te seguí conversando.

—No te preocupes.

—¿Te sentís bien?

—Sí.

—¿Y por qué no dormís?

—No sé, Valentín.

—Mirá, yo sí tengo un poco de sueño y me voy a dormir enseguida. Y para que vos agarres el sueño te tengo una solución.

—¿Cuál?

—Pensá en la película que me vas a contar.

—Fenómeno.

—Pero que sea buena, como la pantera. Elegila bien.

—Y vos me vas a contar más de Jane.

—No, eso no sé... Hagamos una cosa: cuando yo sienta que te pueda contar algo te lo voy a contar con todo gusto. Pero no me lo pidas, yo sólo te voy a sacar el tema. ¿De acuerdo?

—De acuerdo.

—Y ahora pensá en la película.

—Bueno.

—Chau.

—Chau.

CAPÍTULO TRES

—Estamos en París, hace ya unos meses que los alemanes la tienen ocupada. Las tropas nazis pasan bien por el medio del Arco del Triunfo. En todas partes, como en las Tullerías y esas cosas, está flameando la bandera con la cruz esvástica. Desfilan los soldados, todos rubios, bien lindos, y las chicas francesas los aplauden al pasar. Hay una tropa de pocos soldados que va por una callecita típica, y entra en una carnicería, el carnicero es un viejo de nariz ganchuda, con la cabeza en punta, y un gorrito ahí en el casco puntiagudo.

—Como un rabino.

—Y cara de maldito. Y le viene un miedo bárbaro cuando ve a los soldados que entran y le empiezan a revisar todo.

—¿Qué le revisan?

—Todo, y le encuentran un sótano secreto lleno de mercaderías acaparadas, que por supuesto vienen del mercado negro. Y se junta la chusma afuera del negocio, sobre todo amas de casa, y franceses con gorra, con pinta de obreros, que comentan el arresto del viejo atorrante, y dicen que en Europa ya no va a haber hambre, porque los alemanes van a terminar con los explotadores del pueblo. Y cuando salen los soldados nazis, al muchacho que los dirige, un teniente jovencito, con cara de muy bueno, una viejita lo abraza, y le dice gracias hijo, o algo así. Pero a todo esto había una camioneta que venía por esa callecita, pero uno que va al lado del que maneja al ver a los soldados o a la gente amontonada le dice al chofer que pare. El chofer tiene una cara de asesino bárbara, medio bizco, cara entre de retardado y de criminal. Y el otro, que se ve que es el que manda, mira para atrás y acomoda una loneta que tapa lo que llevan de carga, que es comida acaparada. Y dan marcha atrás y se escapan de ahí, hasta que el que manda se baja de la camioneta y entra en un bar típico de París. Es un rengo, tiene uno de los zapatos con una plataforma altísima, con un remache muy raro, de plata. Habla por teléfono para avisar del agiotista que cayó preso, y cuando va a colgar como saludo dice viva el maquís, porque son todos del maquís.

—¿Y vos dónde la viste?

—Acá en Buenos Aires, en un cine del barrio de Belgrano.

—¿Y daban películas nazis antes?

—Sí, yo era chico pero durante la guerra venían las películas de propaganda. Pero yo las vi después, porque a esas películas las seguían dando.

—¿En qué cine?

—En uno chiquito que había en la parte más alemana del barrio de Belgrano, la parte que era toda de casas grandes con jardín, en la parte de Belgrano no que va para el río, la que va para el otro lado, para Villa Urquiza, ¿viste? Hace pocos años lo tiraron abajo. Mi casa está cerca, pero del lado más chusma.

—Seguí con la película.

—Bueno, de golpe se ve un teatro bárbaro de París, de lujo, todo tapizado de terciopelo oscuro, con barrotes cromados en los palcos y escaleras y barandas también siempre cromadas. Es de music-hall, y hay un número musical con coristas nada más, de un cuerpo divino todas, y nunca me voy a olvidar porque de un lado están embetunadas de negro y cuando bailan tomándose de la cintura y las enfoca la cámara parecen negras, con una pollerita hecha toda de bananas, nada más, y cuando los platillos dan un golpe muestran el otro lado, y son todas rubias, y en vez de las bananas tienen unas tiritas de strass, y nada más, como un arabesco de strass.

—¿Qué es el strass?

—No te creo que no sepas.

—No sé que es.

—Ahora está otra vez de moda, es como los brillantes, nada más que sin valor, pedacitos de vidrio que brillan, y con eso se hacen tiras, y cualquier tipo de joya falsa.

—No pierdas tiempo, contame la película.

—Y cuando termina ese número queda el escenario todo a oscuras hasta que por allá arriba una luz se empieza a levantar como niebla y se dibuja una silueta de mujer divina, alta, perfecta, pero muy esfumada, que cada vez se va perfilando mejor, porque al acercarse va atravesando colgajos de tul, y claro, cada vez se la va pudiendo distinguir mejor, envuelta en un traje de lamé plateado que le ajusta la figura como una vaina. La mujer más más divina que te podés imaginar. Y canta una canción primero en francés y después en alemán. Y ella está en lo alto del escenario y de repente a los pies de ella como un rayo se enciende una línea recta de luz, y va dando pasos para abajo y a cada paso, ¡paf! una línea más de luz, y al final queda el escenario todo atravesado de estas líneas, que en realidad cada línea era el borde de un escalón, y se formó sin darte cuenta una escalera toda de luces. Y en un palco hay un oficial alemán joven, no tan joven como el teniente del principio, pero muy buen mozo también.

—Rubio.

—Sí, y ella es morocha, blanquísima pero de pelo renegrido.

—¿Cómo es de cuerpo?, ¿flaca o bien formada?

—No, es alta pero bien formada, aunque pechugona no, porque en esa época se usaba la silueta llovida. Y al saludar se cruzan las miradas con el oficial alemán. Y cuando va al camarín encuentra un ramo hermoso de flores, sin tarjeta. Y en eso le golpea la puerta una de las coristas rubias, bien francesa. Bueno, lo que no te dije es que lo que cantó fue algo muy raro, a mí me da miedo cada vez que me acuerdo de esa pieza que canta, porque cuando la canta está como mirando fijo en el vacío, y no con mirada de felicidad, no te vayas a creer, no, está asustada, pero al mismo tiempo no hace nada por defenderse, está como entregada a lo que le va a pasar.

—¿Y qué es lo que canta?

—No tengo idea, una canción de amor, seguro. Pero a mí me impresionó. Bueno, y en el camarín una de las coristas rubias viene toda ilusionada y le cuenta lo que le pasa, porque quiere que sea ella, la artista que más admira, la primera que sepa lo que le está pasando. Es que va a tener un hijo. Y claro, la cancionista, que se llama Leni, nunca me voy a olvidar, se alarma porque sabe que la chica es soltera. Pero la otra le dice que no se preocupe, que el padre del bebé es un oficial alemán, un muchacho joven que la quiere mucho y van a arreglar todo para casarse. En eso el semblante se le nubla un poco a la corista, y le dice a Leni que tiene miedo de otra cosa. La Leni le pregunta si cree que el muchacho la va a dejar. La chica le dice que no, que tiene miedo de otra cosa. Leni le pregunta de qué, pero la chica le dice que de nada, de tonterías, y se va. Entonces Leni se queda sola y piensa si ella podría querer a un invasor de su patria, y se queda pensando... y por ahí ve las flores que le han mandado, y pregunta a su mucama personal qué son esas flores, y resulta que son de los Alpes alemanes traídas especialmente a París, carísimas. A todo esto la corista rubia va por las calles de París, unas calles oscuras de noche por tiempos de guerra, pero mira para arriba y ve que en el último piso de un edificio antiguo de departamentos hay luz, y se le ilumina la cara con una sonrisa. Tiene un relojito antiguo, ella, como prendedor sobre el pecho, y lo mira y ve que es justo la medianoche. Entonces se abre una ventana ahí donde hay luz y se asoma el mismo muchacho del principio, el tenientito alemán, y le sonríe con una cara de enamorado perdido, y le tira la llave, que cae en el medio de la calle. Y ella va a levantarla. Pero desde el principio que se vio esa calle había pasado como una sombra. No, había un auto estacionado cerca, y en la oscuridad apenas se entrevé que hay alguien en ese auto. ¡No, ahora me acuerdo!, cuando la chica va caminando por ese barrio le parece que alguien la sigue, y es un paso raro lo que se oye, primero una pisada y después algo que se arrastra.

—El rengo.

—Y después ya se aparece el rengo que ve llegar una cupé, y el que maneja es el bizco cara de asesino. El rengo se sube al auto y le hace la seña al asesino. El auto arranca a todo lo que da. Y cuando la chica está en el medio de la callecita y se agacha para levantar la llave, los del auto pasan a todo lo que da y la atropellan. Y después siguen la marcha y se pierden en las calles oscuras y sin tráfico. El muchacho que ha visto todo baja desesperado. La chica está agonizando, él la toma en los brazos, ella quiere decirle algo, apenas si se le entiende, le dice a él que no tenga miedo, que el hijo va a nacer sano, y va a ser un orgullo para su padre. Y queda con los ojos abiertos, perdidos, ya muerta. ¿Te gusta la película?

—No sé todavía. Pero seguí, por favor.

—Bueno. Entonces sale que a la mañana siguiente la llaman a la Leni, a que declare todo lo que sepa a la policía alemana, porque ellos saben que era confidente de la chica muerta. Pero Leni no sabe nada, que la chica estaba enamorada de un teniente alemán, y nada más. Pero no le creen, y la detienen unas horas, pero como ella es una cantante conocida una voz por teléfono ordena que la dejen en libertad bajo custodia, para que esa

noche pueda actuar como todas las noches. Leni está
asustada, pero canta esa noche y al volver al camarín se
encuentra de nuevo las flores de los Alpes y está buscando la tarjeta cuando una voz de hombre le dice que no la
busque, que ahora él las ha traído personalmente. Ella
se da vuelta sobresaltada. Es un oficial de alto rango,
pero bastante joven, el hombre más buen mozo que se
pueda pedir. Ella le pregunta quien es él, pero claro, ya
se ha dado cuenta que es el mismo que la había aplaudi-
do tanto la noche anterior, el del palco. Él le dice que
está a cargo de los servicios alemanes de contraespionaje
en París, y que viene personalmente a disculparse por
las molestias de esa mañana. Ella le pregunta si esas flores son de su país, y él le dice que son del Alto Palatinado, donde él nació, junto a un lago maravilloso entre
montañas de picos nevados. Pero me olvidé de decirte
una cosa, él no está de uniforme, sino de smoking, y la
invita a cenar después de la función, al cabaret más fabuloso y chiquito de París. Hay una orquesta de músicos negros, y no se ve casi la gente por la oscuridad, un
reflector flojito cae sobre la orquesta y muestra el aire
cargado de humo. Tocan un jazz de antes, bien de negros, él pregunta por qué ella tiene nombre alemán, Leni, y apellido francés, que no me acuerdo como era. Y
ella le dice que viene de Alsacia, en la frontera, donde a
veces ha flameado la bandera alemana. Pero le dice también que fue educada para querer a Francia, y que ella
quiere el bien de su país, y que no sabe si los ocupantes
extranjeros lo van a ayudar. Él le dice que no tenga la
menor duda, que el deber de Alemania es el de liberar a
Europa de los verdaderos enemigos del pueblo, que a
veces se ocultan bajo la máscara de patriotas. Él pide
una especie de aguardiente alemán, y en ese momento
parece que ella lo quiere molestar, porque pide whisky
escocés. Es que ella no consigue aceptarlo, se moja ape-

nas los labios con el whisky, dice que está cansada, y él la
lleva a la casa, en una limusín bárbara, manejada por
chofer. Para frente a la casa de ella, un petit hotel precioso, y ella con ironía le pregunta si va a continuar el
interrogatorio personal otro día. Él le dice que no hubo
tal cosa, ni la habrá. Ella baja del auto, él le besa la
mano enguantada. Ella hierática, fría como un témpano. Él le pregunta si vive sola, si no tiene miedo. Ella
contesta que en el fondo del jardín hay una pareja de
ancianos cuidadores. Pero al darse vuelta para entrar a
la casa ve una sombra en la ventana del piso alto, que
desaparece inmediatamente. Ella se estremece, no atina
a nada más que a decirle a él, que no ha visto nada, en-
candilado como está por la belleza de ella, que esa noche sí tiene miedo de estar sola, que la saque de ahí. Y
van al departamento de él, lujosísimo, pero muy raro,
de paredes blanquísimas sin cuadros y techos muy altos,
y pocos muebles, oscuros, casi como cajones así de em-
balaje, pero que se ve que son finísimos, y casi nada de
adornos, cortinados blancos de gasa, y unas estatuas de
mármol blanco, muy modernas, no estatuas griegas, con
figuras de hombres como de un sueño. Él le hace preparar la habitación de huéspedes por un mayordomo que
la mira raro. Pero antes le pregunta si no quiere una
copa de champagne, del mejor champagne de su Francia, que es como la sangre nacional que brota de la tierra. Y suena una música maravillosa, y ella le dice que lo
único que ama de la patria de él es esa música. Y entra
una brisa por la ventana, un ventanal muy alto, con un
cortinado de gasa blanca que flota con el viento como
un fantasma, y se apagan las velas, que eran toda la iluminación. Y entra nada más que la luz de la luna, y la
ilumina a ella, que parece una estatua también, alta
como es con un traje blanco que la ciñe bien, parece un
ánfora griega, claro que con las caderas no demasiado

anchas, y un pañuelo blanco casi hasta los pies que le envuelve la cabeza, pero sin aplastarle el pelo, apenas enmarcándoselo. Y él se lo dice, que ella es un ser maravilloso, de belleza ultraterrena, y seguramente con un destino muy noble. Las palabras de él la hacen medio estremecerse, todo un presagio la envuelve, y tiene como la certeza de que en su vida sucederán cosas muy importantes, y casi seguramente con un fin trágico. Le tiembla la mano, y cae al suelo la copa, el bacará se hace mil pedazos. Es como una diosa, y al mismo tiempo una mujer fragilísima, que tiembla de miedo. Él le toma la mano, le pregunta si siente frío. Ella contesta que no. En eso la música toma más fuerza, los violines suenan sublimes, y ella le pregunta qué significa esa melodía. Él dice que es su favorita, esas especies de oleadas de violines son las aguas de un río alemán por donde navega un hombre-dios, que no es más que un hombre pero que su amor a la patria le quita todo miedo, ése es su secreto, el afán de luchar por su patria lo vuelve invencible, como un dios, porque desconoce el miedo. La música se vuelve tan emocionante que a él se le llenan los ojos de lágrimas. Y eso es lo más lindo de la escena, porque ella al verlo conmovido, se da cuenta que él tiene los sentimientos de un hombre, aunque parezca invencible como un dios. Él trata de esconder su emoción y va hacia el ventanal. Hay una luna llena sobre la ciudad de París, el jardín de la casa parece plateado, los árboles negros se recortan contra el cielo grisáceo, no azul, porque la película es en blanco y negro. La fuente blanca está bordeada de plantas de jazmín, con flores también blancas plateadas, y la cámara entonces muestra la cara de ella en primer plano, en unos grises divinos, de un sombreado perfecto, con una lágrima que le va cayendo. Al escapar la lágrima del ojo no le brilla mucho, pero al ir resbalándole por el pómulo altísimo le va brillando tanto como los diamantes del collar. Y la cámara vuelve a enfocar el jardín de plata, y vos estás ahí en el cine y hacete de cuenta que sos un pájaro que levanta el vuelo porque se va viendo desde arriba cada vez más chiquito el jardín, y la fuente blanca parece... como de merengue, y los ventanales también, un palacio blanco todo de merengue, como en algunos cuentos de hadas, que las casas se comen y lástima que no se ve a ellos dos, porque parecerían como dos miniaturas. ¿Te gusta la película?

—No sé todavía. ¿A vos por qué te gusta tanto? Estás transportado.

—Si me dieran a elegir una película que pudiera ver de nuevo, elegiría ésta.

—¿Y por qué? Es una inmundicia nazi, ¿o no te das cuenta?

—Mirá... mejor me callo.

—No te calles. Decí lo que ibas a decir, Molina.

—Basta, me voy a dormir.

—¿Qué te pasa?

—Por suerte no hay luz y no te tengo que ver la cara.

—¿Eso era lo que me tenías que decir?

—No, que la inmundicia serás vos y no la película. Y no me hables más.

—Disculpame.

—...

—De verás, disculpame. No creí que te iba a ofender tanto.

—Me ofendés porque te... te creés que no... no me doy cuenta que es de propaganda na... nazi, pero si a mí me gusta es porque está bien hecha, aparte de eso es una obra de arte, vos no sabés po... porque no la viste.

—¿Pero estás loco, llorar por eso?

—Voy... voy a... llorar... todo lo que se me dé la gana.

—Como quieras. Lo siento mucho.

—Y no creas que sos vos el que me hace llorar. Es que me acordé de... de él, de lo que sería estar con él, y hablarle a él de todas estas co... cosas que a mí me gustan tanto, en vez de a vos. Hoy estuve todo el día pensando en él. Hoy hace tres años que lo conocí. Por... por eso lloro...

—Te lo vuelvo a decir, no fue mi intención molestarte. ¿Por qué no me contás un poco de tu amigo?, te va a hacer bien desahogarte un poco.

—¿Para qué?, ¿para que me digas que es una inmundicia también él?

—Vamos, contame, ¿en qué trabaja?

—Es mozo, de un restaurant...

—¿Es buena persona?

—Sí, pero tiene su carácter, no te vayas a creer.

—¿Por qué lo querés tanto?

—Por muchas cosas.

—Por ejemplo...

—Te voy a ser sincero. Ante todo porque es lindo. Y después porque me parece que es muy inteligente, pero en la vida no tuvo oportunidades para nada, y está ahí haciendo un trabajo de mierda, cuando se merece mucho más. Y me dan ganas de ayudarlo.

—¿Y él quiere que lo ayudes?

—¿Qué querés decir?

—Si él se deja ayudar o no.

—Vos sos brujo, ¿por qué hacés esa pregunta?

—No sé.

—Pusiste el dedo en la llaga.

—Él no quiere que lo ayudes.

—Él no quería, antes. Ahora no sé, vaya a saber en qué anda...

—¿No es él el amigo que te vino a visitar, que me contaste?

—No, el que vino es una amiga, es tan hombre como

yo. Porque el otro, el mozo, tiene que trabajar a la hora en que acá entran visitas.

—¿Nunca te vino a ver?

—No.

—El pobre tiene que trabajar.

—Escuchame, Valentín, ¿vos te creés que no podría cambiar turno con algún compañero?

—No se lo permitirán.

—Son buenos ustedes para defenderse, entre ustedes.

—¿Quiénes son ustedes?

—Los hombres, buena raza de...

—¿De qué?

—De hijos de puta, con el perdón de tu mamá, que no tiene la culpa.

—Mirá, vos sos hombre como yo, no embromés... No establezcas distancias.

—¿Querés que te me acerque?

—Ni que te distancies ni que te acerques.

—Escuchame, Valentín, yo me acuerdo muy bien que una vez él cambió turno con un compañero para llevarla a la mujer al teatro.

—¿Es casado?

—Sí, él es un hombre normal. Fui yo quien empezó todo, él no tuvo la culpa de nada. Yo me le metí en la vida, pero lo que quería era ayudarlo.

—¿Cómo fue que empezó?

—Yo un día fui al restaurant, y lo vi. Y me quedé loco. Pero es muy largo, otra vez te lo cuento, o mejor no, no te cuento nada, quien sabe con qué me vas a salir.

—Un momento, Molina, estás muy equivocado, si yo te pregunto es porque tengo un... ¿cómo te puedo explicar?

—Una curiosidad, eso es lo que tendrás.

—No es verdad. Creo que para comprenderte necesito saber qué es lo que te pasa. Si estamos en esta celda

77

juntos mejor es que nos comprendamos, y yo de gente de tus inclinaciones sé muy poco.*

—Te cuento entonces cómo fue, pero rápido, para no aburrirte.

—¿Cómo se llama?

—No, el nombre no, eso es para mí no más.

—Como quieras.

—Es lo único de él que me puedo guardar, adentro mío, en la garganta lo tengo, y me lo guardo para mí. No lo suelto...

—¿Hace mucho que lo conociste?

—Hace tres años, hoy, doce de septiembre. Yo fui ese día al restaurant. Pero me da no sé qué contarte.

---

* El investigador inglés D. J. West considera que son tres las teorías principales sobre el origen físico de la homosexualidad, y refuta a las tres. La primera de ellas intenta establecer que la conducta sexual anormal proviene de un desequilibrio de la proporción de hormonas masculinas y femeninas, presentes ambas en la sangre de los dos sexos. Pero los tests directos efectuados en homosexuales no han arrojado un resultado que confirme la teoría, es decir, no ha demostrado una deficiente distribución hormonal. Según comprobaciones del doctor Swyer, en su trabajo "Homosexualidad, los aspectos endocrinológicos", la medición de niveles hormonales en homosexuales y heterosexuales no ha revelado diferencias. Además, si la homosexualidad tuviese un origen hormonal —las hormonas son segregadas por las glándulas endocrinas—, se la podría curar mediante inyecciones que devolviesen el equilibrio endocrino. Pero no ha sido posible, y en su trabajo "Testosterona en homosexuales masculinos psicóticos", el investigador Barahal explica que la suministración de hormonas masculinas a homosexuales hombres, solamente ha dado como resultado el aumento del deseo que siente el individuo por el tipo de actividad sexual a la que está habituado. En cuanto a los experimentos efectuados con mujeres, el doctor Foss, en "La influencia de andrógenos urinarios en la sexualidad de la mujer", dice que las grandes cantidades de hormonas masculinas administradas a mujeres producen sí un notable cambio en dirección a la masculinidad, pero sólo en lo que concierne al aspecto físico: voz más profunda, barba, disminución de senos, crecimiento del clítoris, etc. En cuanto al apetito sexual, aumenta, pero continúa siendo normalmente femenino, es decir que el objeto de su deseo sigue siendo el hombre, claro está si no se trata de una mujer ya con costumbres lesbianas. Por otra parte, en el hombre heterosexual, la administración en cantidad de hormonas femeninas no despierta deseos homosexuales, sino que redunda en

—No importa. Si alguna vez querés hablarme de eso, me lo contás. Y si no, no.

—Tengo como pudor.

—Bueno... con los sentimientos muy profundos, creo que pasa siempre así.

—Yo estaba con otros amigos, dos loquitas jóvenes insoportables. Pero preciosas, y muy vivas.

—¿Dos chicas?

—No, cuando yo digo loca es que quiero decir puto. Y una de estas dos estaba de lo más pesada con el mozo, que era él. Yo al principio vi que era un muchacho de muy buena presencia, pero nada más. Pero cuando la

---

una disminución de la energía sexual. Todo lo cual indica que la aplicación de hormonas masculinas a las mujeres y de hormonas femeninas a los hombres no revela una relación entre el porcentaje de hormonas masculinas y femeninas en la sangre y los correspondientes deseos sexuales. Se puede aseverar entonces que la elección del sexo del sujeto amoroso no guarda relación demostrable con la actividad endocrina, es decir las secreciones hormonales.

La segunda teoría importante sobre el posible origen físico de la homosexualidad es, según D. J. West, la referente a la intersexualidad. Puesto que ha sido imposible comprobar una anormalidad hormonal en los homosexuales, se ha intentado rastrear otros determinantes físicos, alguna anomalía desconocida, y determinados investigadores entonces se dieron a la tarea de encuadrar la homosexualidad como una forma de intersexualidad. Intersexuales o hermafroditas son aquellos que no pertenecen físicamente por completo a uno de los sexos, si bien presentan rasgos de ambos. El sexo al que pertenecerá un individuo se determina en el momento de la concepción, y depende de la variedad genética a que corresponda el espermatozoide que fecunda al óvulo. Las causas físicas de la intersexualidad no han sido bien determinadas aún, por lo común es producida por un trastorno endocrino que se produce durante el estado fetal. Son variadísimos los grados de intersexualidad, en algunos las glándulas sexuales internas (ovarios o testículos) y la apariencia física son contradictorias, en otros glándulas sexuales internas resultan mezclas de testículos y ovarios, y en otros los genitales externos pueden presentar todas las fases intermedias entre los masculinos y los femeninos, hasta incluso tener pene y útero contemporáneamente. El investigador T. Lang en "Estudios sobre la determinación genética de la homosexualidad", por ejemplo, aduce que los homosexuales varones serían genéticamente mujeres cuyos cuerpos han sufrido una completa inversión sexual en dirección a la masculinidad; para demostrar su hipótesis realizó encuestas y llegó a la conclusión de

loquita se le insolentó, este hombre sin perder la calma le contestó lo que debía. Yo me quedé admirado. Porque los mozos, pobres, siempre tienen ese complejo de que son sirvientes, y les resulta difícil contestar a una grosería, sin que parezca un sirviente ofendido, ¿me entendés? Bueno, este tipo nada, le dio la explicación de por qué la comida no estaba cómo se debía, pero con una altura que la otra quedó como una tarada. Pero no te creas que estuvo sobrador tampoco, nada, distante, perfectamente dueño de la situación. Y yo enseguida me olí que ahí había algo, un hombre de veras. Y a la semana siguiente fui sola al restaurant.

---

que se producían homosexuales varones en las familias que tenían exceso de hermanos y carencia de hermanas, resultando así el homosexual varón como un producto intermedio, de compensación no lograda. Si bien el dato resulta interesante, la teoría formulada por Lang se debilita fatalmente al no lograr explicar las características físicas normales de la gran mayoría, 99 por ciento, de los homosexuales. En esto último se basa el investigador C. M. B. Pare, "Homosexualidad y sexo cromosomático", para rebatir la teoría de Lang; según Pare, después de aplicar modernos métodos microscópicos, identificó por igual como biológicamente masculinos a todos los varones homosexuales examinados en una larga investigación, que incluía varones heterosexuales. Por otra parte, la teoría de Lang es también refutada por J. Money en su trabajo "Establecimiento del rol sexual", al afirmar que los intersexuales, a pesar de su apariencia bisexual, no resultan bisexuales llegado el momento de elegir el objeto de su deseo amoroso; los impulsos sexuales de estos individuos, dice Money, no siguen la pauta de sus glándulas sexuales internas, según tengan ovarios, testículos, o glándulas mixtas. Los deseos del intersexual se adaptan a los del sexo en que han sido educados, aún cuando sus cromosomas y las características dominantes de sus órganos sexuales externos e internos sean del sexo opuesto. De todo esto se puede deducir que la heterosexualidad y la homosexualidad, en todos los casos, sea el individuo de constitución física normal o no, son actividades adquiridas a través de un condicionamiento psicológico, y no predeterminados por factores endocrinos.

La tercera y última teoría sobre el origen físico de la homosexualidad, de que se ocupa West, es la que propone el factor hereditario. West señala que pese a la seriedad de los estudios efectuados, entre los que señala "Estudio gemelo comparativo de los aspectos genéticos de la homosexualidad masculina" de F. J. Kallman, la vaguedad de las evidencias presentadas no permite establecer que la homosexualidad sea una característica constitucional de tipo hereditario.

—¿Sola?

—Sí, perdoname, pero cuando hablo de él yo no puedo hablar como hombre, porque no me siento hombre.

—Seguí.

—Al verlo por segunda vez me pareció más lindo todavía, con una casaca blanca de cuello Mao que le quedaba divina. Era un galán de película.Todo en él era perfecto, el modo de caminar, la voz ronquita pero por ahí con una tonadita tierna, no sé como decirte, ¡y el modo de servir! Mirá, eso era un poema, una vez le vi servir una ensalada, que me quedé pasmada. Primero le acomodó a la clienta, porque era para una mujer, ¡la muy sarnosa!, y él primero le acomodó al lado de la mesa una mesita, ahí puso la fuente de ensalada, le preguntó si aceite, si vinagre, si esto, si lo otro, y después agarró los cubiertos de mezclar la ensalada, y no sé como explicarte, era como caricias que le hacía a las hojas de lechuga, y a los tomates, pero no caricias suaves, eran... ¿cómo te lo puedo decir?, eran movimientos tan seguros, y tan elegantes, y tan suaves, y tan de hombre al mismo tiempo.

—¿Qué es ser hombre, para vos?

—Es muchas cosas, pero para mí... bueno, lo más lindo del hombre es eso, ser lindo, fuerte, pero sin hacer alharaca de fuerza, y que va avanzando seguro. Que camine seguro, como mi mozo, que hable sin miedo, que sepa lo que quiere, adonde va, sin miedo de nada.

—Es una idealización, un tipo así no existe.

—Sí existe, él es así.

—Bueno, dará esa impresión, pero por dentro, en esta sociedad, sin el poder nadie puede ir avanzando seguro, como vos decís.

—No seas celoso, no se le puede hablar a un hombre de otro hombre que ya se pone imposible, en eso ustedes son igual que las mujeres.

—No seas pavo.

—Ves como te cae mal, hasta me insultás. Ustedes son tan competitivos como las mujeres.

—Por favor, hablemos a cierto nivel, o no hablemos nada.

—Qué nivel ni qué nivel.

—Con vos no se puede hablar, si no es dejarte que cuentes una película.

—¿Por qué no se puede hablar conmigo, a ver?

—Porque no tenés ningún rigor para discutir, no seguís una línea, salís con cualquier macana.

—No es cierto, Valentín.

—Como quieras.

—Sos un pedante.

—Como te parezca.

—Demostrame, a ver, que no tengo nivel para hablar con vos.

—No dije para hablar conmigo, dije que no mantenés una línea para llevar una discusión.

—Vas a ver que sí.

—Para qué seguir hablando, Molina.

—Sigamos hablando y vas a ver que te demuestro lo contrario.

—¿De qué vamos a hablar?

—A ver... Decime vos, qué es ser hombre, para vos.

—Me embromaste.

—A ver... contestame, ¿qué es la hombría para vos?

—Uhm... no dejarme basurear... por nadie, ni por el poder... Y no, es más todavía. Eso de no dejarme basurear es otra cosa, no es eso lo más importante. Ser hombre es mucho más todavía, es no rebajar a nadie, con una orden, con una propina. Es más, es... no permitir que nadie al lado tuyo se sienta menos, que nadie al lado tuyo se sienta mal.

—Eso es ser santo.

—No, no es tan imposible como te pensás.

—No te entiendo bien... explicame más.

—No sé, no lo tengo muy claro, en este momento. Me agarraste desprevenido. No encuentro las palabras adecuadas. Otro día, que tenga las ideas más claras podemos volver al tema. Contame más del mozo de restaurant.

—¿En qué estábamos?

—En la cuestión de la ensalada.

—Quién sabe qué estará haciendo. Me da una pena... pobrecito, ahí en ese lugar...

—Mucho peor es este lugar, Molina.

—Pero nosotros no vamos a estar para siempre acá, ¿no?, y él sí que no tiene otro porvenir en la vida. Está condenado. Y yo te dije que él es muy fuerte como carácter, y que no le tiene miedo a nada, pero no te imaginás, a veces, la tristeza que se le nota.

—¿En qué te das cuenta?

—En los ojos. Porque tiene unos ojos claros, verdosos, entre pardos y verdes, grandísimos, que le comen la cara parece, y la mirada es lo que lo traiciona. En la mirada se le nota a veces, que se siente mal, triste. Y eso fue también lo que me atrajo, y me dio más y más ganas de hablarle. Sobre todo en las horas de poco trabajo yo le notaba esa melancolía, él se iba al fondo del salón, donde había una mesa en que se sentaban los mozos, y ahí se quedaba callado, encendía un cigarrillo, y se le iban poniendo más raros los ojos, más empañados. Yo empecé a ir cada vez más seguido, y él al principio apenas si me hablaba lo indispensable. Yo pedía siempre fiambre, sopa, un plato de fondo, postre y café, para que tuviera que venir a la mesa un montón de veces, y poco a poco empezamos a conversar más. Claro, él se dio cuenta enseguida de mí, porque a mí se me nota.

—¿Se te nota qué?

—Que mi verdadero nombre es Carmen, la de Bizet.

—Y por eso te empezó a hablar más.

—¡Ay!, vos sí que no entendés nada. Porque se daba cuenta que yo era loca es que no me quería dar calce. Porque él es un hombre normalísimo. Pero poco a poco, hablando unas palabras acá, otras allá, vio que yo le tenía mucho respeto, y me empezó a contar cosas de su vida.

—¿Todo mientras te servía?

—Unas cuantas semanas sí, hasta que un día conseguí que tomásemos un café juntos, una vez que él estaba en el turno de día, que era el que él más odiaba.

—¿Qué horarios tenía?

—Mira, o entraba a las siete de la mañana y salía a eso de las cuatro de la tarde, o entraba a eso de las seis de la tarde, hasta las tres de la madrugada, más o menos. Y el día que me dijo que le gustaba el turno de noche, ahí me picó más la curiosidad, porque ya me había dicho que era casado, aunque no usaba anillo, otro detalle, y que la mujer trabajaba en horario normal de oficina, ¿entonces qué pasaba con la mujer?, ¿no la quería ver que prefería trabajar de noche? Me costó no te imaginás cuánto convencerlo que viniera a tomar un café, siempre tenía excusas de que tenía que hacer, que el cuñado, que el auto, hasta que al fin aflojó. Y vino.

—Y pasó lo que tenía que pasar.

—Estás loco. Vos no sabés nada de estas cosas. Empezá porque ya te dije que él es un tipo normal. ¡Nunca pasó nada!

—¿De qué hablaron en el bar?

—Bueno, yo ahora no me acuerdo, porque después nos encontramos montones de veces. Pero lo primero que yo quería preguntarle era por qué un muchacho tan inteligente como él estaba haciendo ese trabajo. Y vieras qué historia más terrible, bueno, la historia de tantos muchachos de familia pobre que no tienen medios para estudiar, o que no tienen estímulo.

—El que quiere estudiar, de algún modo se las arregla. Mirá... en la Argentina estudiar no es el problema mayor, la Universidad es gratis.

—Sí, pero...

—La falta de estímulo es otra cosa, ahí sí estoy de acuerdo, el complejo de clase inferior, el lavaje de cerebro que te hace la sociedad.

—Vos esperá, que yo te cuente más, y vas a ver qué clase de persona es, ¡de primera! Él mismo está de acuerdo en que hubo un momento de su vida en que aflojó, pero así la está pagando también. Él dice que a eso de los diecisiete, bueno, pero me olvidé de contarte que desde chico trabajó, desde la escuela primaria, de esas familias pobres, en un barrio de Buenos Aires, y después de la primaria entró en un taller de mecánico, y ahí aprendió el oficio, y como te decía, a los diecisiete, por ahí, ya era un flor de muchacho, y empezó con las minas, un éxito de locura, y ahora sí, lo peor: el fútbol. Desde chico jugaba muy bien, y a los dieciocho más menos, entró como profesional. Y acá viene la clave de todo, ¿por qué no hizo carrera en el fútbol profesional? Según él cuando estuvo adentro recién se dio cuenta de la basura que era, un ambiente lleno de favoritismos, de injusticias, y aquí está la clave, la clave clave, de lo que le pasa a él: no puede callarse, cuando ve algo mal hecho el tipo chilla. No es zorro, no se sabe callar. Porque es un tipo derecho. Y eso fue lo que yo le olí desde el principio, ¿te das cuenta?

—¿En política nunca estuvo?

—No, en eso tiene las ideas muy raras, muy despelotadas, que ni le hablen del sindicato.

—Seguí.

—Y después de unos años, dos o tres, se fue del fútbol.

—¿Y las minas?

—Vos sos brujo a veces.

—¿Por qué?

—Porque él se fue del fútbol también por las minas. Muchas minas, y tenía entrenamiento, y le tiraban más las minas que el entrenamiento.

—Tampoco él era muy disciplinado, algo de eso hay.

—Bueno, pero también una cosa que no te dije todavía: la novia en serio, que es la chica con que después se casó, no quería que siguiera en el fútbol. Y él entró en una fábrica, como mecánico, pero bastante acomodado de puesto, porque se lo consiguió la novia. Y se casó, y en la fábrica estuvo varios años, enseguida casi entró como capataz, o jefe de una sección. Y tuvo dos hijos. Y la locura de él era la nena, la más grande, y a los seis años se le murió. Y él siempre había tenido lío en la fábrica, porque empezaron a echar a gente, o a favorecer a recomendados.

—Como él.

—Sí, ya empezó mal por ahí, te lo admito. Pero acá viene lo que a mí me lo agranda, y yo le perdono cualquier cosa, mirá. Y es que se puso de parte de unos obreros viejos, que hacían trabajo a destajo, fuera de sindicato, y el patrón le dio a elegir entre irse a la calle o cumplir las órdenes, y él renunció. Y vos sabés que cuando te vas por voluntad propia no cobrás un centavo de indemnización ni de un carajo, y se quedó en la calle, más de diez años había trabajado en esa fábrica.

—Y para entonces ya tendría más de treinta años.

—Claro, treinta y pico. Empezó, imaginate a esa edad, a buscar trabajo. Y al principio aguantó sin agarrar cualquier cosa, pero al final se le presentó ese trabajo de mozo y tuvo que agarrar no más.

—Todo eso te lo fue contando él.

—Sí, bastante poco a poco. Yo creo que para él fue un

gran alivio, tener alguien a quien contarle todo, y poder desahogarse. Por eso él se fue encariñando conmigo.

—¿Y vos?

—Yo lo adoré cada vez más, pero él no dejó que yo hiciera nada por él.

—¿Qué ibas a hacer por él?

—Yo quería convencerlo de que todavía estaba a tiempo de ponerse a estudiar, y recibirse de algo. Porque hay otra cosa que me olvidé decirte: la mujer ganaba más que él. Ella se había hecho de secretaria de una empresa a casi medio ejecutiva, y eso a él lo tenía mal.

—¿Vos llegaste a conocer a la mujer?

—No, él me la quería presentar, pero yo en el fondo la odiaba con toda el alma. De pensar no más que dormía toda la noche al lado de ella me moría de celos.

—¿Ahora ya no?

—Es raro, pero no...

—¿De veras?

—Sí, mirá, no sé... estoy contento de que ella esté con él, así él no está solo, ahora que yo no le puedo ir a conversar un poco, en esas horas del restaurant que no hay nada que hacer y él se aburre tanto, y no hace más que fumar.

—¿Y él sabe lo que vos sentís por él?

—Claro que sí, yo se lo dije todo, cuando tenía la esperanza de convencerlo de que entre nosotros dos... pasara algo... Pero nunca, nunca pasó nada, no hubo modo de convencerlo. Yo se lo rogué, que aunque fuera una sola vez en la vida..., pero nunca quiso. Y ya después me daba vergüenza insistirle, y con la amistad de él me conformé.

—Pero según me dijiste con la mujer no andaba muy bien.

—Tuvieron una temporada medio peleados, pero él

en el fondo la quiere, y lo que es peor todavía, le tiene admiración porque gana más que él. Y un día me dijo una cosa que casi lo mato, era el día del padre, y yo le quería regalar algo, porque él es muy padre de su hijo, y me pareció lindo aprovechar la excusa de ese día para regalarle algo, y le pregunté si quería un piyama, y ahí fue el desastre...

—No te calles, no me dejes en suspenso.

—Me dijo que no usaba piyama, que siempre dormía desnudo. Y con la mujer tienen cama grande. Eso me mató. Pero hubo un momento en que parecía que se iban a separar, y ahí me ilusioné, ¡las ilusiones que me hice!, ni te imaginás...

—¿Qué tipo de ilusiones?

—De que viniera a vivir conmigo, con mi mamá y yo. Y ayudarlo, y hacerlo estudiar. Y no ocuparme más que de él, todo el santo día nada más que pendiente de que tenga todo listo, su ropa, comprarle los libros, inscribirlo en los cursos, y poco a poco convencerlo de que lo que tiene que hacer es una cosa: no trabajar más. Y que yo le paso la plata mínima que le tiene que dar a la mujer para el mantenimiento del hijo, y que no piense más que en una cosa: en él mismo. Hasta que se reciba de lo que quiere y la termine con su tristeza, ¿no te parecía lindo?

—Sí, pero irreal. Mirá, hay una cosa: él podría seguir siendo mozo y no sentirse disminuido, ni nada por el estilo. Porque por más humilde que sea tu trabajo siempre existe una salida, la lucha sindical.

—¿Te parece?

—Claro, hombre. Qué duda te queda...

—Pero él por ese lado no entiende nada.

—¿Tiene alguna idea política?

—No, es muy ignorante. Pero me contaba pestes del sindicato, y a lo mejor tenía razón.

—¡Qué razón! El sindicato si no está bien hay que luchar para cambiarlo, para que esté bien.

—Yo ya tengo un poco de sueño, ¿y vos?

—No, yo nada. ¿No me contarías un poco más de película?

—No sé... Pero vos no sabés qué lindo para mí era pensar que podía hacer algo por él. Vos sabés todo el día de vidrierista, por divertido que sea, cuando se terminaba el día a veces te viene una sensación de que todo para qué, y que tenés un vacío adentro. Mientras que si podía hacer algo por él era tan lindo... Darle un poco de alegría, ¿no? ¿Vos qué pensás de todo esto?

—No sé, tendría que analizarlo un poco, ahora no podría decirte nada, ¿no me contarías un poco más de la película y mañana yo te digo del mozo?

—Bueno...

—Nos apagan la luz tan temprano, y esas velas echan tan feo olor, y te arruinan la vista.

—Y quitan el oxígeno, Valentín.

—No puedo dormirme sin leer.

—Si querés te cuento un poco más. Pero la macana es que me voy a desvelar yo después.

—Un rato no más, Molina.

—Bueno. ¿En qué está...bamos?

—No bosteces así, qué dormilón.

—Qué le voy a hacer, si tengo sueño.

—A... ahora me ha...acés bostezar a mí también.

—Si vos también tenés sueño.

—¿Vos creés que po...odré dormirme?

—Sí, y si te desvelás pensá en el asunto de Gabriel.

—¿Quién es Gabriel?

—El mozo, se me escapó.

—Bueno, hasta mañana entonces.

—Hasta mañana.

—Mirá lo que es la vida, voy a estar desvelado y pensando en tu novio.

—Mañana me decís qué te parece.

—Hasta mañana.

—Hasta mañana.

CAPÍTULO CUATRO

—Y ése es el principio del romance entre Leni y el oficial. Se empiezan a querer con locura. Ella todas las noches le dedica sus canciones desde el escenario, sobre todo una. Es una habanera, se va levantando el telón y entre las palmeras hechas de papel plateado, como el de los cigarrillos, ¿viste?, bueno, detrás de las palmeras se ve la luna llena bordada en lentejuelas que se refleja en el mar hecho de una tela sedosa, el reflejo de la luna también en lentejuelas. Es un muelle tropical, un muelle de una isla, y lo único que se oye es el vaivén de las olas, que lo simula la orquesta con maracas. Y hay un velero a todo lujo, fingido en cartón, pero que parece de verdad. Un hombre de sienes canosas muy buen mozo en el timón, con gorra de capitán y fumando una pipa, y un foco fuertísimo de golpe ilumina al lado de él la puertita abierta que va a las cabinas y ahí aparece ella, muy seria que mira al cielo. Él le hace una caricia pero ella se la esquiva. Ella está con el pelo suelto, raya al medio, un traje largo de encaje negro, pero no transparente, sin mangas, dos breteles finitos y nada más, pollera vaporosa. Ahí empieza la orquesta una especie de introducción y ella ve a un muchacho isleño que en la playa arranca una flor a una planta de orquídeas salvajes, y que se sonríe y medio le guiña el ojo a la chica isleña que se le acerca. Él le pone la flor en el pelo y la besa, se abrazan y se van a la oscuridad de la selva, sin darse cuenta que la flor se le ha caído del pelo a la isleña. Y hay un primer plano de esa orquídea salvaje pero finísima, caída en la arena, y sobre la orquídea va apareciendo esfumada la cara de Leni, como si la flor se transformase en mujer. Entonces se levanta un viento medio de tormenta pero los marineros gritan que es favorable y va a zarpar el velero, y ella baja por el muelle hasta la arena, y levanta la flor que es hermosa, fingida en terciopelo. Y canta.

—¿Qué dice?

—Andá a saber..., porque no traducían las canciones. Pero era triste, como de persona que ha perdido su gran amor y quiere resignarse pero no puede, y que se deja llevar por el destino. Sí, debía ser eso, porque ella cuando le dicen que el viento es favorable se sonríe muy triste, porque la lleve donde la lleve el viento ya le da igual. Y así cantando se vuelve al velero, que poco a poco va saliendo por un costado del escenario, con ella en la popa que sigue con la mirada perdida detrás de las palmeras, que es donde empieza lo más negro de la selva.

—Ella siempre termina con la mirada perdida.

—Pero vos no sabés los ojos que tiene esa mujer, muy negros, sobre esa piel tan blanca. Y me olvidaba lo mejor: cuando ya aparece al final en la popa del velero, se ha puesto la flor de terciopelo en el cabello, a un costado, y no se sabe qué es más suave, si el terciopelo de la orquídea o el cutis de ella, que es como de pétalo de alguna flor, de una magnolia pienso yo. Y después siguen aplausos y escenas cortas de ellos dos que son muy felices, de tarde en las carreras de caballos, ella toda de blanco con una capelina transparente y él con galera, y después brindando en un yate que corre por el río Sena, y después él de smoking que en el reservado de una boîte rusa apaga los candelabros y en la penumbra abre un estuche y saca un collar de perlas que no se sabe cómo pero aunque esté oscuro brilla bárbaramente, por trucos del cine. Bueno, y después ya viene una escena en que ella se está desayunando en su cama, cuando la mucama le viene a anunciar que está abajo esperándola un pariente, que acaba de llegar de Alsacia. Y que está con otro señor más. Ella baja con un déshabillé de satén a franjas negras y blancas, es en la casa de ella la escena. El muchachito es un primo joven, vestido muy sencillo, pero el que está con él es... el rengo.

—¿Qué rengo?

—Aquel que pisó con el auto a la corista. Y empiezan a hablar y el primo le dice que le han pedido un gran favor, que es hablarle a ella, como francesa, para ayudarlos en una misión. Ella pregunta qué misión, y le contestan que la que había empezado la corista rubia, y que se negó a terminar. Porque ellos son del maquís. Ella se muere de miedo pero consigue disimular. Le piden que revele un importante secreto, que averigüe dónde está un gran arsenal de armas de los alemanes ahí en Francia, para que los enemigos de los nazis puedan bombardearlos. Y la rubia corista estaba en esa misión, porque era del maquís, pero después de entrar en relaciones con el teniente se enamoró y no cumplió con la misión, que fue por lo que la mataron, antes de que los denunciara a las autoridades de ahí de la ocupación. Entonces el rengo le dice que ella debe ayudarlos, y ella dice que tiene que pensarlo, que ella no sabe nada de esas cosas. Entonces el rengo le dice "es mentira", porque el jefe del contraespionaje alemán está enamorado de ella, y entonces no le costaría nada sacarle los datos. Ella se arma de valor y le dice al rengo que no, definitivamente, porque no tiene temperamento para esas cosas. Entonces el rengo le dice que si ella no se presta... se van a ver obligados a tomar represalias. Ella entonces ve que el primo está con la vista baja, que le tiemblan las mandíbulas, y tiene la frente perlada de sudor. ¡Y es que lo han traído de rehén! Entonces el rengo le aclara que el pobre muchacho no ha hecho nada, que su único delito es ser pariente de ella. Porque los sinvergüenzas se fueron hasta el pueblo en Alsacia donde estaba el pobre muchachito y se lo trajeron, qué sé yo, bajo falsas excusas. La cues-

93

tión es que si ella no los ayuda, ellos, los maquís, lo matan al muchachito que es inocente de todo. Entonces ella promete que va a hacer lo posible. Y así es. La próxima vez que se encuentran ella y el oficial alemán, en la casa de él empieza a revisar cajones, pero todo con un miedo bárbaro porque está el mayordomo que desde el primer momento la miró mal a ella, y parece que no le pierde pisada. Pero hay una escena en que ella está almorzando en el jardín con el oficial y otros más, y el mayordomo, que es alemán, recibe la orden del oficial de ir a la bodega a buscar un vino rarísimo, ¡ah!, me olvidaba decirte, porque ella es la que se lo pide, un vino que el mayordomo solamente sabe donde está. Entonces cuando el tipo se va, ella se sienta al piano de cola blanco que hay en un salón de esos que ya te conté, y se la ve detrás de una cortina de encaje blanco. Ella misma se acompaña al piano porque él le ha pedido que les cante. Pero ella ya ha preparado un truco, y pone un disco de ella, también acompañada al piano, y mientras, se mete en el gabinete privado de él, y empieza a buscar papeles. Pero el mayordomo resulta que se ha olvidado las llaves, cuando llega a la puerta del sótano donde está la bodega, y se vuelve a buscarlas, y al pasar por esa balaustrada donde empieza el jardín mira por el ventanal y a través de la cortina de encaje no se alcanza a ver si ella está sentada al piano o no. A todo esto el oficial está en el jardín, se ha quedado conversando con otros jerarcas, que es un jardín francés, con canteros sin flores, pero con ligustros todos cortados con formas muy raras, como obeliscos.

—Eso es un jardín alemán, de Sajonia más exactamente.

—¿Cómo sabés?

—Porque los jardines franceses tienen flores, y las líneas son geométricas, pero tienden un poco al firulete.

Ese jardín es alemán, y la película se ve que fue hecha en Alemania.

—¿Y vos cómo sabés esas cosas? Esas cosas son de mujer...

—Se estudian en arquitectura.

—¿Y vos estudiaste arquitectura?

—Sí.

—¿Y te recibiste?

—Sí.

—¿Y recién ahora me lo decís?

—No venía al caso.

—¿No era que habías estudiado ciencias de la política.

—Sí, ciencias políticas. Pero seguí con la película. otro día te cuento. Y el arte no es cosa de mujer.

—Un día de estos se va a descubrir que sos más loca que yo.

—Puede ser. Pero ahora seguí con la película.

—Bueno, entonces el mayordomo oye que ella canta pero que no está en el piano, y se mete a ver dónde está ella. Y ella justo está en el gabinete revolviendo todos los papeles, ¡ah!, porque antes se consiguió la llavecita del escritorio, se la sacó al oficial, y encuentra el plano de la zona donde están todos los armamentos escondidos, el arsenal alemán, y en eso oye pisadas y se alcanza a esconder en el balcón adonde da el gabinete, ¡pero que está a la vista de los jerarcas reunidos en el jardín! Así que está entre dos fuegos, porque si los del jardín miran la van a ver. El mayordomo entra al gabinete y mira, ella contiene la respiración, y está nerviosísima porque sabe que el disco se va a terminar, y en esa época sabés que los discos eran de una canción no más, no había long-play. Pero el mayordomo sale y ella al instante también, que justo está por terminar la canción. Y todos los jerarcas la están escuchando encantados, y cuando termina el

95

disco se levantan a aplaudirla y ella ya está sentada al piano y todos se creen que no era el disco, que era ella la que cantaba. Y lo que sigue es el encuentro de ella con el rengo y el muchachito, para darles los planos de los alemanes. La cita es en un museo, fantástico de grande, con animales antediluvianos, y todos unos cristales enormes que sirven de pared, y dan al río Sena, y cuando se encuentran ella le dice al rengo que ya tiene la información, y el rengo que se siente triunfante le empieza a decir que ése será el primero de los trabajos que ella haga para los maquís, porque la que entra de espía ya no puede salir más, entonces ella está por no decirle el dato, pero lo mira al muchachito que tiembla, y se lo dice, un nombre de una región de Francia y la aldea exacta donde está el arsenal. Entonces el rengo que es un sádico le empieza a decir que el oficial alemán la odiará con toda su alma cuando se entere de la traición de ella. Y no me acuerdo cuántas cosas más. Entonces el muchachito ve a Leni que se desespera, que se pone lívida de indignación, entonces el muchachito mira por el ventanal, que ellos están bien al lado del vidrio, y en un quinto o sexto piso de ese museo inmenso, y antes de que el rengo atine a nada el muchachito lo agarra y lo empuja para que el rengo rompa el cristal y caiga al vacío, pero el rengo se resiste y el muchachito entonces se sacrifica y se tira junto con el rengo, pagando con la propia vida. Ella se mezcla entre la gente que corre a ver qué pasó y como está con un sombrero con velo nadie la reconoce. Qué bueno el muchachito, ¿verdad?

—Bueno con ella, pero traidor a su país.

—Pero el pibe se daba cuenta que los maquís eran unos mafiosos, tenés que ver las cosas que se saben más adelante en la película.

—¿Vos sabés lo que eran los maquís?

—Sí, ya sé que eran los patriotas, pero en la película

no. Vos dejame seguir. Entonces... ¿qué era lo que seguía?

—Yo no te entiendo.

—Es que la película era divina, y para mí la película es lo que me importa, porque total mientras estoy acá encerrado no puedo hacer otra cosa que pensar en cosas lindas, para no volverme loco, ¿no?... Contestame.

—¿Qué querés que te conteste?

—Que me dejes un poco que me escape de la realidad, ¿para qué me voy a desesperar más todavía?, ¿querés que me vuelva loco? Porque loca ya soy.

—No, en serio, está bien, es cierto que acá te podés llegar a volver loco, pero te podés volver loco no sólo desesperándote... sino también alienándote, como hacés vos. Ese modo tuyo de pensar en cosas lindas, como decís, puede ser peligroso.

—¿Por qué?, no es cierto.

—Puede ser un vicio escaparse así de la realidad, es como una droga. Porque escuchame, tu realidad, *tu realidad,* no es solamente esta celda. Si estás leyendo algo, estudiando algo, ya trascendés la celda, ¿me entendés? Yo por eso leo y estudio todo el día.

—Política... Así va el mundo, con los políticos...

—No hables como una señora de antes, porque no sos ni señora... ni de antes; y contame un poco más de la película, ¿falta mucho para terminar?

—¿Por qué?, ¿te aburre?

—No me gusta, pero estoy intrigado.

—Si no te gusta, entonces no te cuento más.

—Como quieras, Molina.

—Claro que terminarla esta noche sería imposible, falta mucho, casi como la mitad.

—Me interesa como material de propaganda, nada más. Es un documento en cierta forma.

—De una vez, ¿te la sigo o no te la sigo?

—Seguí un poco.

—Ahora suena como si me hicieras vos un favor a mí. Acordate que fuiste vos el que me pidió que no tenías sueño y te contara algo.

—Y te lo agradezco mucho, Molina.

—Pero ahora me desvelé yo, me embromaste bien.

—Entonces contame un poco más y nos va a venir el sueño a los dos, si Dios quiere.

—Los ateos no hacen más que nombrar a Dios todo el tiempo.

—Es un modo de decir. Vamos, contá.

—Bueno, ella sin decir nada de lo que pasó le pide al oficial alemán que la cobije en su casa, porque ella está aterrada de miedo a los maquís. Mirá, esa escena es bárbara, porque yo no te dije que él toca el piano también, está con una robe de chambre de brocato que no te digo lo que era, ¡y cómo le quedaba!, con un pañuelo de seda blanco en el cuello. Y con la luz de los candelabros él está tocando algo un poco triste, porque me olvidé de decirte que ella está llegando tarde a la cita. Y él cree que ella no vuelve más. Ah, porque no te dije que ella del museo sale cuando no la ven y empieza a caminar como loca por todo París, porque está toda confundida, con la muerte del pobre muchachito, el primo joven al que quería tanto. Y se le va haciendo de noche, y sigue caminando por todos los lugares de París, por la torre Eiffel, y por las subidas y bajadas de los barrios bohemios, y la miran los pintores que pintan en la calle, y la miran las parejas bajo los faroles de las riberas del río Sena, porque ella va caminando como una pobre loca, como una sonámbula con el velo del sombrero levantado, ya no le importa que la reconozcan. Mientras tanto el muchacho está dando las órdenes de la cena para dos, con candelabros, y después se ve que las velas ya están consumidas por la mitad, y él está tocando el piano, esa especie de vals lento muy triste. Y es cuando ella entra. Él no se levanta a saludarla, sigue tocando en el piano un vals maravilloso que de muy triste se va haciendo más y más alegre, romántico que más no se puede pedir, pero bien bien alegre. Y ahí termina la escena, sin que él diga nada, se le ve la sonrisa de felicidad y se oye la música. Mirá... no te podés imaginar lo que es esa escena.

—¿Y después?

—Ella se despierta en una cama maravillosa, toda de raso claro, me imagino que sería entre rosa viejo y verdoso, capitoné, con sábanas de satén. Qué lástima da que algunas películas no sean en colores, ¿verdad?, y cortinas de tul a los lados del dosel, ¿me entendés?, y se levanta toda enamorada y mira por la ventana, y cae una garúa, va al teléfono, levanta el tubo y oye sin querer que él está hablando con alguien. Que están discutiendo qué castigo van a darle a unos acaparadores y mafiosos. Y ella no puede creer sus oídos cuando él dice que les den pena de muerte, entonces ella espera que terminen de hablar y cuando cuelgan, ella también cuelga el aparato, para que no se den cuenta de que los ha estado escuchando. En eso él se aparece en el dormitorio y le dice que van a desayunar juntos. Ella está divina, reflejada en el cristal de la ventana todo mojado por la garúa, y le pregunta a él, si en realidad no le tiene miedo a nadie, como debe ser el soldado de la nueva Alemania, el héroe de que él le habló. Él le dice que si es por su patria, se atreve a cualquier desafío. Ella le pregunta entonces si no es por miedo que se mata a un enemigo indefenso, por miedo de que en algún momento se inviertan los papeles y haya que hacerle frente, mano a mano tal vez. Él le contesta que no comprende lo que ella dice. Entonces ella cambia de tema. Pero cuando ese día queda sola, llama al número de teléfono del rengo para ponerse en contacto con alguien del maquís, y dar el secreto del arsenal. Porque al haber oído que él es capaz de condenar a muerte a alguien, se le ha venido abajo como hombre. Y ya va al encuentro de uno del maquís, con cita en el teatro de ella donde están ensayando, para disimular y ella ve al hombre que se le acerca y él le hace la seña convenida, cuando llega alguien por el pasillo del teatro vacío y llama a la señora Leni. Y es que traen un telegrama de Berlín que ella es invitada a filmar una gran película en los estudios mejores de Alemania, y ahí mismo el que trae la invitación es un oficial del gobierno de ocupación y ella no le puede decir nada al maquís, y tiene que empezar inmediatamente los preparativos para irse a Berlín. ¿Te gusta?

—No, y ya tengo sueño. Seguimos mañana, ¿está bien?

—No, Valentín, si no te gusta no te cuento más nada.

—Me gustaría saber cómo termina.

—No, si no te gusta para qué... así ya está bien. Hasta mañana.

—Mañana hablamos.

—Pero de otra cosa.

—Como quieras, Molina.

—Hasta mañana.

—Hasta mañana.*

---

* *Servicio publicitario de los estudios Tobis-Berlín, destinado a los exhibidores internacionales de sus películas, referente a la superproducción "Destino" (páginas centrales).*

La llegada de la vedette extranjera no fue anunciada con la fanfarria acostumbrada, por el contrario, se prefirió que Leni Lamaison arribase de incógnito a la capital del Reich. Sólo después de pruebas de maquillaje y vestuario se convocó a la prensa. La diva máxima de la canción francesa había de ser presentada a los representantes más conspicuos de la prensa libre internacional, finalmente, esa tarde. En el Grand Hotel de Berlín. Reservado para la ocasión estaba el Salón Imperial, situado en el entrepiso, adonde llegaban suaves ecos emitidos por la orquesta del jardín de té. A Leni se la había identificado con los frívolos gritos lanzados por la moda parisiense, la cual se había servido de su belleza para encarnarlos. Todos esperaban por lo tanto una

—¿Por qué tardan en traer la cena? Me pareció que ya la trajeron hace rato a la celda de al lado.

—Sí, yo también oí. ¿Ya no estudiás más?

---

muñeca rematada por diminutos rulos permanentes en forma de caracolillos, dos pómulos enrojecidos de cosmético aplicado sobre el rostro previamente lacado en blanco. Se descontaba que sus ojos apenas podrían mantenerse abiertos, ya que los párpados iban a estar cargados de sombra negra y pesadas pestañas postizas. Pero la curiosidad mayor estaba centrada en su atuendo, puesto que se daba por inevitable la profusión de inútiles drapeados dictados por los decadentes modistos de Ultra-Rin, cuyo designio conocido es la desfiguración de la silueta femenina. Pero al escucharse un murmullo de profunda admiración entre la concurrencia, era una mujer diferente la que aparecía ante quienes rápidamente le abrían paso. Su cintura pequeña y sus caderas redondeadas no se ocultaban bajo traperíos superfluos, su busto erecto no se hallaba comprimido por extravagancias de diseño: al contrario, la muchacha, proveniente de Esparta diríase, avanzaba ceñida por una simplísima túnica blanca que revelaba sus formas plenas, y el rostro lavado nos hablaba de la salud de una montañesa. El cabello por su parte estaba dividido al medio y anudado en trenza que circundaba el erguido cráneo. Los brazos de gimnasta estaban desprovistos de mangas, pero una breve capa de la misma tela blanca abrigaba los hombros. "Nuestro ideal de belleza deberá ser siempre la salud", ha dicho nuestro Conductor, y más precisamente en cuanto a la mujer, "la misión de ella es ser hermosa y traer hijos al mundo. Una mujer que dio cinco hijos al Volk, dio más que la más notable jurista del mundo. No hay lugar para la mujer política en el mundo ideológico del Nacional Socialismo, puesto que llevar a la mujer a la esfera parlamentaria, donde desmerece, significa robarle su dignidad. La resurrección alemana es un evento masculino, pero el Tercer Reich, que cuenta con 80 millones de súbditos, dentro de un siglo, en el glorioso año de 2040, necesitará de 250 millones de patriotas que rijan los destinos del mundo, tanto desde el Padre Estado como desde nuestras incontables colonias. Y ese será el evento femenino, después de haber aprendido la lección de otros pueblos, en lo que concierne al grave problema de descomposición de razas, que puede ser atajado por medio de un nacionalismo conciente del pueblo mismo. Síntesis de Estado y Pueblo". Estas mismas palabras las repite a la bella extranjera, en ese Salón llamado Imperial, el delegado de los estudios berlineses que la tienen contratada, palabras que impresionan vivamente a Leni, así como su pura belleza impresiona a los representantes de la prensa allí citados.

Al día siguiente su nueva imagen enaltece la primera plana de los diarios del mundo libre, pero Leni no pierde tiempo en leer los himnos que se entonan a su belleza, toma el teléfono y —sobreponiéndose a un fuerte recelo— lla-

—No, ¿qué hora es?

—Son las ocho pasadas. Hoy yo no tengo mucho hambre, por suerte.

—Qué raro en vos, Molina. ¿Estás mal?

—No, son nervios.

———

ma a Werner. Le pide que en esos pocos días que él pasará en la capital antes de retornar a París, la ayude a descubrir las maravillas del nuevo mundo alemán. Werner comienza por llevarla a un gigantesco mitin de la juventud alemana, que tiene lugar en un estadio portentoso. Él prefiere soslayar las comodidades de una limousine oficial, y llevar a Leni en su veloz coupé blanco. Su propósito es que ella se sienta tan sólo una de tantas entre esa multitud fervorosa, y lo que es más: lo logra. Todos quienes pasan junto a Leni la admiran, pero no por su excentricidad de diva alambicada, sino por su majestuoso porte de mujer sana, desprovista de afeites. En efecto, Leni se ha presentado en simple traje de dos piezas, con reminiscencias de recio uniforme militar. La tela, un paño típico de la región alpina, tiene algo de la rudeza del pueblo montañés, pero no obstante señala sus formas femeninas, y sólo las firmes hombreras se apartan de las líneas de su silueta, tan sólo para robustecerlas. Werner la contempla extasiado, porque ya descontaba el arrobamiento de Leni ante el monumental frontispicio del estadio, y ella efectivamente no ha podido substraerse al impacto del mismo. Leni pregunta entonces a Werner cómo su nación ha podido crear algo tan puro e inspirado, mientras en el resto de Europa se ha impuesto un arte por demás frívolo y efímero, tanto en pintura y escultura como en arquitectura, un arte meramente decorativo y abstracto destinado a perecer como las prescindibles modas femeninas urdidas en la capital de Ultra—Rin. Él sabe muy bien qué responderle, pero no lo hace de inmediato, le ruega que espere unos momentos. Y ya se encuentran ante el espectáculo inolvidable que les brinda la flor de la juventud alemana: sobre el campo verde se despliegan líneas rectas que se quiebran y se vuelven a componer para enseguida dar lugar a curvas que ondulan brevemente y a su vez retoman la virilidad del trazo rectilíneo. Son jóvenes atletas de ambos sexos, vestidos de negro y de blanco en sus exhibiciones gimnásticas, y entonces Werner dice, como comentario a la visión olímpica de la que Leni no puede quitar los ojos: "Sí, el heroísmo se yergue como futuro modelador de los destinos políticos, y cumple al arte ser la expresión de este espíritu de nuestra época. El arte comunista y futurista es un movimiento retrógrado, anárquico. La nuestra es la Cultura del Norte contrapuesta a las intentonas mongoles, comunistas, y a la farsa católica, producto de la corrupción asiria. Al Amor hay que oponer el Honor. Y Cristo será un atleta que echa a puñetazos a los mercaderes del Templo". Y a continuación los jóvenes, verdadera antorcha humana del nacional-socialismo, entonan coros marciales vibrantes de patriotismo, "...flotan nuevamente nuestros pabellones de otrora, el joven revolucionario debe atizar las pasiones volcánicas, despertar

—Ahí me parece que vienen.

—No, Valentín, son los de la celda última que vuelven del baño.

—No me contaste qué te dijeron en la dirección.

—Nada. Era para que firmara los papeles del abogado nuevo.

---

las cóleras, organizar desconfianza e ira con cálculo frío y certero, y así sublevar a las masas humanas", parafraseando un lema de nuestro Jefe Supremo de Propaganda, el Mariscal Goebbels. Y Leni, pese al conflicto que anida en su espíritu desde aquel día que oyó pronunciar a Werner una sentencia de muerte, se siente transportada de júbilo. Werner le estrecha la mano, la atrae contra sí, pero no se atreve a besarla, pues teme que los labios de ella todavía estén fríos. Esa misma noche cenan en silencio, Werner no atina a más nada, siente que ella está distante, perdida en sus pensamientos secretos. Ninguno de los dos prueba bocado casi, Leni apura una copa de suave vino de Mosela. Pero después de beber la última gota arroja con fuerza la copa contra la chimenea chisporroteante, el cristal se hace añicos. Sin preámbulo alguno Leni postula la pregunta que por dentro la quema: "¿Cómo es posible que tú, un hombre superior, hayas mandado a matar a un ser humano?". Werner enseguida replica, aliviado: "¿Es eso lo que te mantenía alejada de mí?". Al responder Leni afirmativamente, Werner sin más le ordena seguirlo al Ministerio de Asuntos Políticos, Leni obedece. Pese a ser hora avanzada, las oficinas de gobierno bullen de actividad, porque la nueva Alemania no descansa, ni de día ni de noche. Todas las puertas se abren al paso de Werner, quien viste su arrogante uniforme militar. Pocos minutos después tienen acceso a un subsuelo donde se localiza un microcine. Werner ordena una proyección inmediata. La pantalla se ilumina, de atrocidades. Trátase de un largo documental sobre el hambre, el hambre en el mundo. Hambre en África del Norte, hambre en España, hambre en Dalmacia, en el valle del Yang-Tse-Kiang, en Anatolia. Y precediendo cada una de esas agonías, el paso por esas mismas tierras de dos o tres hombres implacables, siempre los mismos, los hebreos errantes portadores de la muerte. Todo ello puntualmente registrado por las cámaras. Sí, esos funéreos mercaderes, cual buitres, visitan sequías, inundaciones, cualquier tipo de catástrofe propicia, para organizar su banquete satánico: el acaparamiento de víveres, el agio. Y detrás de ellos, sus secuaces, todos malditos hijos de Abraham, repitiendo con precisión matemática las mismas operaciones: la desaparición del grano de trigo, y paso a paso los demás cereales, hasta los más burdos y por lo tanto destinados al alimento de animales. Y las carnes, y azúcares, sustancias oleaginosas, frutas y vegetales frescos o envasados. Así va cundiendo el hambre en las ciudades, cuyos habitantes se vuelcan al campo, donde sólo encuentran el espectáculo vandálico que han dejado tras de sí las langostas de Jehová. Y los rostros del pueblo van sumiéndose, ya nadie logra caminar erguido, por esos horizontes de holocausto

—¿Un poder?

—Sí, como cambié de abogado tuve que firmar.

—¿Cómo te trataron?

—Nada, como puto, como siempre.

—Escuchá, ahí me parece que vienen.

———

se recortan las siluetas vencidas de los hambrientos, que dan sus últimos pasos hacia el espejismo de un duro pedazo de pan, que no alcanzarán ya nunca a tocar.

Leni ha seguido la proyección con la sangre helada, pero ansía que se enciendan las luces para dilucidar una incógnita. En efecto, quiere saber por Werner a quién pertenece una de esas dos fisonomías infames. Leni se refiere a los dos jefes de la organización letal, y Werner se ilumina de ansiedad, puesto que piensa que Leni ha reconocido en uno de ellos al criminal que él mismo condenara a muerte, para consternación de su amada. Pero no, Leni se refiere al otro. Werner se agita más aún, ¿acaso Leni ha logrado lo que todo el personal de inteligencia ya está dando por imposible?, porque Jacobo Levy es el agente antinazi más buscado en la actualidad. Leni no tiene una respuesta clara, está segura de haber visto en algún lugar ese rostro depravado, con su calva grasienta y sus largas barbas de prestamista. Vuelven el film atrás y detienen la imagen en los fotogramas donde aparece el criminal, Leni hace esfuerzos sobrehumanos pero no logra ubicar dónde, cómo y cuándo vio al monstruo. Finalmente dejan la sala, deciden caminar algunos pasos bajo una avenida bordeada de tilos. Leni sigue absorta en el laberinto del recuerdo, cree estar segura de haber visto antes a Jacobo Levy, su único temor es haberlo conocido o mejor dicho imaginado en una pesadilla. Werner a su vez calla, su intención al proyectarle el film a Leni era la de mostrarle qué vil insecto él había mandado ejecutar, al lograr apresarlo en una aldea cercana a la frontera suiza. Pero con un sólo gesto, Leni logra despejar toda nube del cielo amoroso de Werner: le ha tomado la mano diestra, con sus dos suaves y blancas manos ha tomado la recia palma de Werner y la ha llevado contra su corazón de mujer. Ya todo está definitivamente aclarado, y Leni ha comprendido que la muerte de un Moloch hebreo ha significado la salvación de millones de almas inocentes. Cae una leve llovizna sobre la Ciudad Imperial, Leni pide a Werner que la guarezca con su abrazo, y así descansar. Ayudados por la luz del siguiente día emprenderán la cacería de la otra fiera que aún está suelta. Pero en ese instante no se oyen rugidos provenientes de la jungla, no, porque se encuentran en la tierra elegida por los dioses para levantar su áurea mansión, allí donde contra los mercaderes ya ganó su primera batalla la moral de los héroes.

Es una soleada mañana de domingo. Leni ha pedido a Werner que ese último fin de semana que pasarán juntos, antes del regreso de él a París, lo dediquen a conocer los valles hechiceros del Alto Palatinado. Son las mismas

—Sí, ahí están. Sacá las revistas de ahí, que no las vean o se las van a robar.

—Me muero de hambre.

—Por favor, Valentín, no te vayas a quejar al guardia.

—No...

---

montañas encantadas donde el Conductor tiene su casa de descanso, allí donde en su época de clandestinidad lo cobijara una austera familia de labriegos. La hierba es verde y fragante, el sol tibio, la brisa en cambio trae el fresco de las nieves perpetuas que se yerguen en los picachos a modo de centinela. Sobre la hierba un simple mantel aldeano. Sobre el mantel la frugal dieta de un picnic. Leni ya no halla límite a su ansia de saber, pregunta a Werner todo lo referente al Conductor. Al principio sus palabras suenan difíciles de captar para la muchacha, "...el problema social-económico en los Estados demoliberales desemboca en un callejón sin salida, se puede solucionar por esencia mucho más fácilmente, y con el contento general, bajo una forma de gobierno autoritario radicado plenamente en el pueblo y no en grupos internacionales prepotentes...", y ella entonces le pide que le hable simplemente de la personalidad del Conductor, y si cabe, de su subida al poder. Werner cuenta, "...las hojas marxistas y las gacetas judías anunciaban sólo caos y humillaciones para los alemanes. De tanto en tanto también publicaban la falsa noticia del arresto de Adolfo Hitler. Pero esto no era posible, puesto que nadie lo podía reconocer: él no había permitido nunca ser fotografiado. Él cruzaba nuestro territorio en todas las direcciones para asistir a mítines secretos. A veces lo acompañé yo mismo, en precarias avionetas. Recuerdo bien aquéllo, el motor rugía y pronto nos elevábamos del suelo hacia la noche, a veces en plena tempestad. Pero él no hacía caso a los relámpagos, y me hablaba ensimismado en su dolor ante el pueblo hollado por la locura marxista, por la ponzoña del pacifismo, por toda idea extranjerizante... Y cuántas veces atravesamos en automóvil esta ruta nuestra de ayer, y que repetiremos esta noche... de los Alpes a Berlín. Todas las carreteras le eran familiares, arterias de su camino hacia el corazón del pueblo. Hacíamos un alto nada más, como tú ves aquí... extendíamos un mantel sobre el césped, nos sentábamos bajo los árboles y tomábamos el frugal almuerzo. Una rebanadita de pan, un huevo duro y algo de fruta, era todo lo que comía el Conductor. En tiempo lluvioso tomábamos ese tente-en-pie dentro del mismo coche. Y finalmente llegábamos a destino, y en el mitin ese hombre tan sencillo se agigantaba, y por radios rebeldes las ondas del éter transmitían sus mazazos de persuasión. Arriesgaba su vida una y otra vez, porque por las calles cundía el sanguinario terror marxista...". Leni escucha fascinada, pero quiere saber más, como mujer le interesa saber el íntimo secreto de la fuerza personal del Conductor. Werner le responde, "...el Conductor se manifiesta a sí mismo en cada una de sus palabras. Él cree en sí y en todo cuanto dice. Él es esto que hoy en día es tan difícil de encontrar: autenticidad. Y el pueblo reconoce lo que es auténti-

—...

—...

—Tome.

—Polenta...

—Sí.

—Gracias.

—Eh, cuánta...

—Así no se quejan.

—Bueno, pero este plato... ¿por qué menos?

—Ahí está bien así. Qué gana con quejarse, hombre...

—...

—...

—No le contesté nada por vos, Molina, si no, creo que se lo tiraba a la cara, este yeso de mierda.

—De qué te sirve quejarte.

_____

co y se aferra a ello. El verdadero Por Qué de la personalidad del Conductor, incluso para nosotros sus más allegados, quedará para siempre en el misterio. Sólo creer en los milagros lo explica. Dios ha bendecido a este hombre y la fe mueve a las montañas, la fe del Conductor y la fe en el Conductor...".

Leni se recuesta en el pasto y mira los ojos azul límpido de Werner, ojos de mirar plácido, confiado, puesto que están puestos en la Verdad. Leni le echa los brazos al cuello y sólo atina a decir, emocionada, "...ahora comprendo cómo entraste en la doctrina. Tú has captado a fondo el sentido del Nacional Socialismo...".

Siguen para Leni semanas de extenuante trabajo en los estudios berlineses. Y con el último rodar de la cámara se precipita al teléfono para hablar con su amado, absorbido por sus ocupaciones en París. Él le tiene reservada una maravillosa sorpresa, contará con unos días de licencia antes de reunirse con ella en París, y esos días los podrán pasar en algún hermoso lugar de ese país que ahora la aclama, la República Nacional Socialista. Pero Leni le reserva una sorpresa aún mayor: desde aquel día de la proyección del documental no ha dejado de pensar en el rostro del criminal aún no capturado, y día a día ha crecido en ella la certidumbre de que a ese hombre lo ha visto en París. Por eso quiere ya volver a esa ciudad e iniciar la búsqueda.

Werner acepta, pese al temor que le produce, el ingreso de Leni en un comando de espionaje. Pero Leni baja del tren plena de confianza en la misión, aunque la vista de su Francia la acongoja. En efecto, acostumbrada ya al sol que resplandece en los rostros de la Patria Nacional Socialista, le disgusta ver su Francia así envilecida como está por las contaminaciones raciales. Su Francia le parece innegablemente negrificada y judía. (Sigue.)

—Un plato tiene casi la mitad del otro, está loco el guardia éste, hijo de la gran puta.

—Valentín, yo me quedo con el plato chico.

—No, si vos siempre te comés la polenta, tomá el grande.

—No, te dije que no tengo hambre. Agarrate vos el grande.

—Tomá. No hagas cumplidos.

—No, te digo que no. ¿Pero por qué me voy a quedar con el plato grande?

—Porque sé que te gusta la polenta.

—No tengo hambre, Valentín.

—Empezá que te va a hacer bien.

—No.

—Mirá, hoy no está tan mal.

—No quiero, no tengo hambre.

—¿Tenés miedo de engordar?

—No...

—Comé entonces, Molina, hoy está bastante buena la polenta estilo yeso. Yo con el plato chico tengo de sobra.

. . . .

—Ah... ay...

—...

—Ay...

—¿Qué te pasa?

—Nada, esta mujer está jodida.

—¿Qué mujer?

—Yo, pavo.

—¿Por que te quejás?

—Me duele la barriga...

—¿Querés vomitar?

—No...

—Mejor saco la bolsita.

—No, dejá... Es más abajo del dolor, en las tripas.

—¿No será diarrea?

—No... Es un dolor muy fuerte, pero más arriba.

—Llamo al guardia, entonces...

—No, Valentín. Ya parece que se me pasa...

—¿Qué sentís?

—Unas puntadas... pero fuertísimas...

—¿De qué lado?

—En toda la barriga...

—¿No será apendicitis?

—No, yo ya estoy operado.

—A mí la comida no me hizo nada...

—Deben ser los nervios. Hoy estuve muy nervioso... Pero parece que está aflojando un poco...

—Tratá de relajarte. Lo más posible. Aflojá bien los brazos, y las piernas.

—Sí, parece que pasa un poquito.

—¿Hace mucho que te empezó el dolor?

—Sí, hace rato. Perdoname que te haya despertado.

—Pero no... Me hubieses despertado antes, Molina.

—No te quería joder... Ay...

—¿Duele mucho?

—Fue una puntada fuerte... pero ya me parece que afloja.

—¿Querés dormirte?, ¿te podrás dormir?

—No sé... Uy, qué feo...

—Sí querés conversar a lo mejor te hace bien, no pensar en el dolor.

—No, vos dormite, no te desveles.

—No, ya me desvelé.

—Perdoname.

—No, lo mismo tantas veces me despierto solo y no me puedo dormir más.

—Parece que se pasa un poquito. Ay no, ay, qué feo...

—¿Llamo al guardia?

—No, ya pasa...

—¿Sabés una cosa?

—¿Qué?

—Me quedé intrigado por el final de la película, la nazi.

—¿No era que no te gustaba?

—Sí, pero lo mismo quiero saber cómo termina, para ver la mentalidad de los que la filmaron, la propaganda que querían hacer.

—No te imaginás lo linda que era, viéndola.

—Si te ayuda a distraerte, ¿por qué no me contás un poco más?, rápido, el final no más.

—Ay...

—¿Te vuelve fuerte?

—No, se me está pasando, pero cuando todavía me viene una puntada me viene fuerte, pero después ya no duele casi nada.

—¿Cómo termina la película?

—¿Dónde habíamos quedado?

—En que ella iba a trabajar para los maquís, pero sobreviene el contrato para ir a filmar a Alemania.

—Te quedó grabada, ¿no?

—No es una película cualquiera. Contame rápido no más, así llegás al final.

—Y bueno, ¿qué era lo que pasaba entonces? Uhmm... ay qué feo, cómo duele...

—Contame así no pensás en el dolor, te duele menos si te distraés...

—¿Tenés miedo de que me muera antes de contarte el final?

—No, yo por vos te lo digo.

—Bueno, ella se va a Alemania a filmar, y le gusta muchísimo Alemania, y la juventud que hace deporte. Y le perdona todo a él porque se entera que ese que él mandó a matar era un criminal bárbaro, que había hecho quién sabe cuántas cosas. Y le muestran la foto del otro criminal que todavía no han podido agarrar, medio cómplice del que el muchacho mandó a matar... Ay, to-davía me duele un poco...

—Entonces dejá, tratá de dormirte.

—No, qué ilusión, ojalá pudiera... Me duele todavía.

—¿Te viene seguido, este tipo de dolores?

—¡Cruz diablo!, jamás había sentido estas puntadas... Ves, ahora ya se me pasa...

—Voy a tratar de retomar el sueño, entonces.

—No, esperate.

—Así vos también te dormís.

—No, no voy a poder. Te sigo la película.

—Bueno.

—¿Cómo era? Sí, ella parece que lo reconoce al crimi-nal pero no sabe en qué lugar es que lo ha visto. Y en-tonces se vuelve a París, que es donde ella cree que lo ha conocido. Y ni bien llega se pone en contacto con los maquís, para ver si puede llegar al jefe mismo de la or-ganización, que son todos del mercado negro, y los que organizan el acaparamiento de víveres. Y todo con el cebo de que les va a dar el secreto del arsenal de los ale-manes, lo que le había pedido el rengo, ¿te acordás?

—Sí, pero vos sabés que los maquís eran verdaderos héroes, ¿no?

—Che, pero me creés más bruta de lo que soy.

—Si hablás en femenino es porque ya se te pasó el do-lor.

—Bueno, lo que sea, pero tené bien claro que la pelí-cula era divina por las partes de amor, que eran un ver-dadero sueño, lo de la política se lo habrán impuesto al director los del gobierno, ¿o no sabés como son esas co-sas?

—Si el director hizo la película ya es culpable de com-plicidad con el régimen.

—Bueno, te la termino de una vez. Ay, me discutiste y me volvió el dolor... Uy...

—Contá, que así te distraés.

—La cuestión es que ella, para dar el secreto del arsenal, exige verse con la plana mayor de los maquís. Y un día la llevan fuera de París, a un castillo. Pero ella ha hecho que la sigan el muchacho con sus soldados, así pueden tomar por asalto a los maquís del mercado negro. Pero el chofer que la lleva, que es aquel asesino que iba siempre con el rengo, se da cuenta que los siguen y hace una maniobra y les hace perder la pista a los alemanes que vienen siguiéndolos con el muchacho a la cabeza. Bueno, entonces llegan al castillo y a Leni la hacen entrar, y cuando se quiere acordar está ya con el jefe de los maquís, ¡que es aquel mayordomo que la vigilaba tanto a ella!

—¿Cuál?

—El de la casa misma del muchacho. Entonces ella lo mira bien y se da cuenta que es el mismo tipo horrible de la barba, el de la película de aquellos criminales que le mostraron en Berlín. Y le da el secreto, porque ella está segura de que llegan enseguida el muchacho con los alemanes y la salvan. Pero como a ella le han perdido la pista pasa el tiempo y no llegan. Entonces ella se da cuenta que el chofer asqueroso le está hablando en secreto al jefe, de la sospecha que tiene de que los han seguido. Pero claro que ella se acuerda de que el mayordomo siempre la espiaba en la casa para verla desnuda, etc. y se juega la última carta, que es seducirlo. A todo esto, el muchacho y la patrulla que va con él tratan de seguir las huellas del auto en la lluvia. Y después de mucho buscar no me acuerdo bien como hacen, para encontrar el camino. Y ella está sola con el asesino éste, el mayordomo que es el jefe de todos en realidad, un personaje mundial del crimen, y ya cuando él se le echa encima, ahí en esa salita donde ha hecho preparar una cena íntima, ella agarra el tenedor de trinchar y lo mata.

Y ya están llegando el muchacho y los otros, y ella abre una ventana para escaparse y ahí mismo está de guardia el chofer asesino, al pie de la ventana, y el muchacho lo ve a tiempo y le tira un tiro, pero el rengo, no perdón, el chofer, porque el rengo ya murió en el museo, entonces el chofer, moribundo, alcanza a tirarle a la chica. Ella se agarra de los cortinados y consigue no caerse, para que el muchacho la encuentre todavía en pie, pero cuando él llega y la toma en los brazos, ella pierde las pocas fuerzas que le quedan y dice que lo quiere, y que pronto estarán en Berlín juntos otra vez. Y él recién se da cuenta que está herida porque las manos se le están manchando de la sangre de ella, del tiro en la espalda, o en el pecho, no me acuerdo. Y la besa, y cuando le retira los labios de la boca ella ya está muerta. Y la última escena es en un panteón de héroes en Berlín, y es un monumento hermosísimo, como un templo griego, con estatuas grandes de cada héroe. Y ahí está ella, una estatua enorme, o de tamaño natural más bien dicho, hermosísima con una túnica griega, que yo creo que era ella misma haciendo de estatua, con polvo blanco en la cara, y él le coloca las flores en los brazos de ella, que están extendidos, como para abrazarlo. Y él se va retirando, y hay una luz que parece venir del cielo, y él se va con los ojos llenos de lágrimas y queda la estatua de ella con los brazos extendidos. Pero solita, y hay una inscripción en el templo, que dice algo así como que la patria no los olvidará nunca. Y él camina solo, pero por un camino lleno de sol. Fin.

CAPÍTULO CINCO

—TENDRÍAS que haber almorzado algo.

—Es que no tenía nada de ganas.

—¿Por qué no pedís ir a la enfermería? Pueda que algo te den, y te mejores.

—Ya me voy a mejorar.

—Pero no me mires así, Molina, como si yo tuviera la culpa.

—¿Cómo decís que te miro?

—Me mirás fijo.

—Vos sos loco, porque te miro no te echo la culpa de nada. ¿Culpa de qué?, ¿estás loco vos?

—Bueno, si peleás es que ya estás mejor.

—No, mejor no estoy, porque me quedó un decaimiento bárbaro.

—Te debe haber bajado la presión. Bueno, yo voy a estudiar un poco.

—Charlame un poquito, Valentín, dale.

—No, ésta es la hora de estudio. Y tengo que cumplir el plan de lectura, vos sabés.

—Por un día, qué te hace...

—No, si dejo un día me voy a enviciar.

—La pereza por ser amiga empieza, me decía siempre mi mamá.

—Hasta luego, Molina.

—Qué ganas de ver a mamá, hoy sí no sé qué daría por verla un rato.

—Vamos, callate un poco, que tengo mucho que leer.

—Sos jodido vos.

—¿No tenés una revista a mano?

—No, y me hace mal leer, de mirar las figuras no más me mareo, no estoy bien, che.

—Perdoname, pero si no estás bien tendrías que ir a la enfermería.

—Está bien, Valentín. Estudiá, tenés razón.

—No seas injusto, no me hables en ese tono.

—Perdoname. Estudiá tranquilo.

—Esta noche charlamos, Molina.

—Me contás vos una película.

—No sé ninguna, me la contás vos.

—Cómo me gustaría que me contaras vos una, ahora. Una que yo no haya visto.*

---

* Después de haber clasificado en tres grupos a las teorías sobre el origen físico de la homosexualidad, y de haberlas refutado una a una, el ya citado investigador inglés D. J. West, en su obra *Psicología y psicoanálisis de la homosexualidad*, también considera que son tres las más generalizadas interpretaciones del vulgo sobre las causas de la homosexualidad. West hace un preámbulo señalando como carentes de perspectiva a los teóricos que han tildado de antinaturales a las tendencias homosexuales, a las que han adjudicado, sin lograr demostrarlo, causas glandulares o hereditarias. Curiosamente, West contrapone a dichos teóricos, como algo más avanzada, la visión que la Iglesia ha tenido de este problema. La Iglesia ha catalogado al impulso homosexual simplemente como uno más de los muchos impulsos "malvados" pero de índole natural que azotan a las gentes.

La psiquiatría moderna en cambio concuerda en reducir al campo psicológico las causas de la homosexualidad. A pesar de ello, subsisten, como apunta West, teorías difundidas entre el vulgo, carentes de todo sustento científico. La primera de las tres sería la teoría de la perversión, según la cual el individuo adoptaría la homosexualidad como un vicio cualquiera. Pero el error fundamental estriba en que el vicioso elige deliberadamente la desviación que más le apetece, mientras que el homosexual no puede desarrollar una conducta sexual normal aunque se lo proponga, puesto que aún logrando realizar actos heterosexuales difícilmente eliminará sus más profundos deseos homosexuales.

La segunda teoría conocida entre el vulgo es la de la seducción. En su trabajo "Comportamiento sexual de jóvenes criminales", T. Gibbons indaga en la materia, y concuerda con West y otros investigadores en que si bien un individuo puede haber sentido deseos homoeróticos —conscientes por primera vez— estimulado por una persona de su mismo sexo que se propuso seducirlo, dicha seducción —que ocurre casi siempre en la juventud— puede explicar solamente que se inicie en prácticas homosexuales; no puede en cambio justificar que el fluir de sus deseos heterosexuales se detenga. Un incidente aislado de esa índole no puede explicar la homosexualidad permanente, la cual en la

—Empezando porque no me acuerdo de ninguna, y siguiendo porque tengo que estudiar.

—Ya te va a llegar el turno a vos, y vas a ver... No, lo digo en broma, ¿sabés qué voy a hacer?

—¿Qué?

—Voy a pensar yo en alguna película, alguna que a vos no te guste, una bien romántica. Y así me voy a entretener.

—Claro, ésa es buena idea.

—Y esta noche vos me contás algo, de lo que leíste.

—Fenómeno.

—Porque yo estoy medio abombado, y no sé si me voy

---

mayoría de los casos resulta también exclusiva, es decir no compatible con actividades heterosexuales.

La tercera teoría aludida es la de la segregación, según la cual aquellos jovencitos criados entre varones solos, sin contacto con mujeres, o viceversa, mujeres criadas sin contacto con varones, iniciarían prácticas sexuales entre sí que los marcarían para siempre. S. Lewis, en su obra *Sorprendido por la alegría* aclara que, por ejemplo, los escolares pupilos tendrán probablemente sus primeras experiencias sexuales con otros varones, pero la frecuencia de las prácticas homosexuales en los pensionados está más vinculada con la imperiosa necesidad de una descarga sexual que con la libre elección de su objeto amoroso. West agrega que la sola falta de contacto psicológico con el sexo femenino, ocasionado por la segregación total que comporta un internado o por la segregación simplemente espiritual de ciertos hogares, puede resultar un determinante de homosexualidad más importante que la realización de juegos sexuales en los colegios de alumnos internos.

El psicoanálisis, cuya característica principal es el sondeo de la memoria para despertar los recuerdos infantiles, precisamente sostiene que las peculiaridades sexuales tienen su origen en la infancia. En *La interpretación de los sueños*, Freud postula que los conflictos sexuales y amorosos están en la base de casi todas las neurosis personales: solucionados los problemas de la alimentación y del reparo de la intemperie —techo y ropas—, para el hombre surge la emergencia de su satisfacción sexual y afectiva. A esa apetencia combinada la denomina *libido*, y la misma se haría sentir desde la infancia. Freud y sus seguidores sostienen que las manifestaciones de la libido son muy variadas, pero que las reglas de la sociedad obligan a vigilarlas en un constante acecho, sobre todo para preservar la célula base del conglomerado social: la familia. Las dos manifestaciones más inconvenientes de la libido resultarían por lo tanto los deseos incestuosos y los homosexuales.

a acordar de los detalles de una película, para contártela.

—Pensá en algo lindo.

—Y vos estudiá, no macanees más... porque acordate, la pereza por ser amiga empieza.

—De acuerdo.

—*un bosque, casitas hermosas, de piedras, ¿y techos de paja? De tejas, neblina en invierno, si no hay nieve es otoño, sólo neblina, la llegada de los invitados en cómodos automóviles cuyos faroles iluminan el camino de pedregullo. La elegante tranquera, si están abiertas las ventanas es verano, uno de los más coquetos chalets de la zona, aire embalsamado en perfume de pinos. La sala de estar iluminada con candelabros, no se haya prendida —dada la noche estival— la chimenea alrededor de la cual se despliega el moblaje de estilo inglés. En lugar de mirar al fuego los sillones están virados, dan el frente al piano de cola en madera, ¿de pino?, ¿de caoba?, ¡de sándalo! El pianista ciego, rodeado por sus invitados, los ojos casi sin pupila no ven lo que tienen delante, es decir las apariencias; ven otras cosas, las que realmente cuentan. La primicia del concierto que el ciego acaba de componer, a ejecutarse para sus amigos esa noche: lindos vestidos largos las mujeres, no de gran lujo, apropiados para cena campestre. O tal vez muebles rústicos, estilo provenzal, y el ambiente iluminado por lámparas de petróleo. Parejas muy felices, jóvenes, regulares, y algunos viejos, mirando en dirección al ciego ya listo para ejecutar su música. Silencio, una explicación del ciego referente al hecho verídico en que se inspira su composición, una historia de amor sucedida en ese mismo bosque. El relato, anterior al concierto para permitir a los invitados una mayor compenetración en la música, "todo comenzó una mañana de otoño en que yo caminaba por el bosque", un bastón y el perro guía, muchas las hojas caídas de los árboles formando una alfombra, lindo el ruido de los pasos, crac-crac las hojas al partirse como riendo, ¿la risa del bosque?, en las inmediaciones de un viejo chalet, al pasar el ciego junto a la tranquera al tanteo de su bas-*

tón la certidumbre de hallarse ante un raro fenómeno, una casa envuelta en algo extraño, ¿envuelta en qué?, en nada visible, dada su ceguera. Una casa envuelta en algo extraño, de sus paredes no se desprende música tampoco, las piedras, las vigas, el burdo revoque, la hiedra adherida a las piedras que laten, están vivas, permanece el ciego un momento inmóvil, los latidos cesan, desde el bosque el lento aproximarse de pasos tímidos en dirección a esa misma casa. Una muchacha, "no sé si usted señor y su perro sean los dueños del chalet, ¿o es que los dos se han perdido?", y es tan dulce la voz de esta muchacha, qué finos modales, seguramente es bella como una alborada, y aunque no acierte a mirarla en los ojos bastará que me quite el sombrero para saludarla. Pobrecito el ciego, no sabe que soy una pobre sirvienta y se quita el sombrero, el único ser que no disimula su asombro al verme tan fea, "¿Usted señor vive en esta casita?", "No, pasaba y debí hacer una pausa", "¿No será que usted se ha perdido?, yo puedo indicarle el camino, nací en la comarca", ¿o se dice aldea? comarca y aldea son las de la antigüedad, y pueblitos son los de la Argentina, no sé cuál será el nombre de estas poblaciones en bosques elegantes de Estados Unidos: mi madre como yo era una sirvienta y de pequeña me llevó a Boston, y ahora que ella está muerta quedé completamente sola en el mundo y me volví al bosque, y estoy buscando una casa de una mujer sola, que me dijeron que busca sirvienta. Rechinar de una puerta en sus goznes, luego la voz amarga de la solterona, "¿Se les ofrece algo a ustedes?", da la impresión de que la han molestado. Despedida del ciego, entrada de la chica, fea, a la casita. Carta de recomendación para la solterona, trato para quedarse allí de sirvienta, explicación de la solterona, anuncio de la inminente llegada de los inquilinos, "parece mentira pero en el mundo hay gente feliz aunque cueste creerlo, vas a ver cuando lleguen qué hermosa pareja de novios. ¿Para qué quiero yo esta casa tan grande? me puedo conformar con una linda piecita en la planta baja, y vos al fondo tu cuarto de criada". Hermosa sala de estar estilo rústico, madera barnizada y piedra, leños chisporroteantes en el hogar,

117

ventanal invadido de hiedras. Vidrios grandes no, paneles pequeños formando un cuadriculado, todo un poco chueco, rústico, y la escalera de madera oscura y lustrosa hacia el dormitorio para el matrimonio, y el estudio para el muchacho, ¿arquitecto? Cuántos apurones para dejar todo listo esa tarde, supervisión de la limpieza a cargo de la solterona, gesto de mujer muy mala, el arrepentimiento después de cada reto debido a la técnica imperfecta de limpieza de la sirvientita, "perdoname, es que soy muy nerviosa y no me controlo". Pero con una voz de mala que mejor que no le hubiese pedido perdón para nada. Y me falta nada más que lavar este florero de la solterona y ponerle flores, ¡se acerca un auto! La pareja que baja del auto, una chica rubia vestida divina, tapado de piel, ¿visón?, mirada de la sirvienta desde la ventana, el muchacho de espaldas cerrando el coche, el apuro de la sirvientita por acomodar las flores, el chiquero en el piso del agua del florero al caerse pero le di un buen manotón con mis manos toscas y lo salvé de que se rompiera, la curiosidad de ver a los novios que entran, la sirvienta agachada secando el piso, las palabras de la solterona mostrando la casa, la voz del muchacho de una alegría que no se contiene, la voz de la novia no del todo feliz con la casa o mejor dicho con el aislamiento de zona de bosques, ¿me animo a levantar la cabeza y mirarlos?, ¿le corresponde a una sirvienta saludar o no? La voz de la novia bastante antipática, exigente, mirada rápida de la sirvienta adonde está el muchacho, más buen mozo no podría ser, y él que ni la saluda. Quejas de la novia por la soledad de la casa en el bosque y por la tristeza que la invadiría al caer la noche. Imposibilidad de desilusionarlo a él, acuerdo final para tomar la casa, palabra empeñada, promesa de escribir y mandar contrato por carta, con cheque, llegada más o menos fijada para pocos días después de la boda. Orden del muchacho a la sirvienta de que se vaya de ahí de esa sala, la sirvienta empezando a colocar las flores en el florero, deseo del muchacho de quedar a solas con la novia. "Déjeme nada más que un minuto que termino de arreglar las flores", "ya está bien así, váyase , le digo". Deseo de sentarse con su no-

via junto a la ventana y mirar hacia el bosque tomándole esas manos suaves, de uñas largas pintadas, manos de mujer alejada del quehacer doméstico. Antigua inscripción en uno de los vidrios gruesos biselados de la ventanita, tallada burdamente: el nombre de una pareja y abajo una fecha, 1914. Pedido del muchacho de que ella se saque el anillo de compromiso y se lo entregue, una gruesa piedra cortada en rombo, deseo de también tallar con el anillo los nombres de ambos en un vidrio de esos. Pero se cae la piedra al empezar a inscribir el nombre de la novia, de su engarce la piedra se cayó al suelo. Silencio de ambos, temor inconfesado a un mal presentimiento, música agorera, sombra de la solterona que se proyecta sobre el jardín sin hojas. Partida de ambos poco después, despedida hasta muy pronto, miedo creciente a malos presagios, difíciles de olvidar. ¡Qué triste el otoño a veces! tardes soleadas pero cortas, largos crepúsculos, relato de la solterona a la sirvientita, "yo también una vez estuve a punto de casarme". Estallido de la guerra en 1914, muerte del novio en el frente, todo preparado: la casita de piedra en el bosque, un ajuar hermoso, manteles y sábanas y cortinas bordadas por ella, "cada puntada que yo le había dado a esas telas tan finas eran como una declaración de amor". Casi treinta años atrás, un amor intacto, la inscripción de los nombres en el ventanal el día de la despedida. "Y lo sigo queriendo como si fuera entonces, y peor aún, lo sigo extrañando como esa tarde en que se fue y me quedé acá sola". Y qué triste, más que nunca esta tarde de otoño, el aciago anuncio por radio, la entrada del país en otra guerra, la segunda e inútil guerra mundial. Ayer es hoy, llanto desconsolado de la solterona en su dormitorio, la sirvienta tirita de frío, pocas brasas mortecinas en la chimenea, no cabe echar leños al fuego para tan sólo ella ahí abandonada del mundo en la sala de estar, con una pala quita cuidadosa las cenizas de la última hoguera. Pocos días después la llegada de una carta, del muchacho antes interesado en la casa o mejor dicho ya prácticamente inquilino, anuncio de su enrolamiento en la fuerza aérea y por lo tanto postergación de la boda, disculpas por tener que romper el con-

—De acuerdo. Hasta luego.

—Hasta luego.

—*explicación de la solterona, permiso para que la sirvienta se quede en la casa si no tiene donde ir a parar, la tristeza de la solterona y la tristeza de la sirvientita, suma de dos tristezas, mejor solas que reflejadas la una en la otra, si bien otras veces mejor juntas para compartir una lata de sopa que trae dos raciones. Invierno crudísimo, nieve por doquier, silencio profundo que trae la nieve, amortiguado por el manto blanco el ruido de un motor que se detiene allí frente a la casa, las ventanas empañadas por dentro y semicubiertas de nieve por fuera, el puño de la sirvienta frota un redondel en el vidrio, el muchacho de espaldas cerrando el coche, alegría de la sirvienta, ¿por qué?, pasos rápidos hasta la puerta, ¡voy volando a abrirle la puerta a ese muchacho tan alegre y buen mozo y que se venga acá con la novia mala!... "¡¡ajjj!!!, ¡perdóneme!", vergüenza de la sirvienta porque no pudo contener un gesto de asco, mirada torva del pobre muchacho, su rostro de aviador sin miedo ahora cruzado por una cicatriz horrible. La conversación del muchacho con la solterona, el relato del accidente y de su actual colapso nervioso, la imposibilidad de volver al frente, la propuesta de alquilar la casa él solo, la pena de la solterona al verlo, la amargura del muchacho, las palabras secas a la sirvientita, las órdenes secas, "tráigame lo que le pido y déjeme solo, no haga ruido que estoy muy nervioso", la cara linda y alegre del muchacho en el recuerdo de la sirvientita y me digo yo: ¿qué es lo que la hace linda a una cara?, ¿por qué dan tantas ganas de acariciarla a una cara linda?, ¿por qué me dan ganas de siempre tenerla cerca a una cara linda, de acariciarla, y de darle besos?, una cara linda tiene que tener una nariz chica, pero a veces las narices grandes también tienen gracia, y los ojos grandes, o que sean ojos chicos pero que sonríen, ojitos de bueno... Una cicatriz desde la punta de la frente que corta una ceja, corta el párpado, tajea la nariz y se hunde en el cachete del lado contrario, una tachadura encima de una cara, una mirada torva, mirada de malo, estaba leyendo* un libro de filosofía y porque le hice una pregunta me echó una mirada torva, qué feo que alguien te eche una mirada torva, ¿qué es peor, que te echen una mirada torva, o que no te miren nunca?, mamá no me echó una mirada torva, me condenaron a ocho años por meterme con un menor de edad pero mamá no me echó una mirada torva, pero por culpa mía mamá se puede morir, el corazón cansado de una mujer que ha sufrido mucho, un corazón cansado, ¿de tanto perdonar?, tantos disgustos toda la vida al lado de un marido que no la entendió, y después el disgusto de un hijo hundido en el vicio, y el juez no me perdonó ni un día, y delante de ella dijo que yo era de todo, lo peor, un puto asqueroso, para que no se me acercara ningún chico por eso me condenaba a ni un día menos de lo que decía la ley, y después que dijo todo eso mamá tenía los ojos fijos en el juez, llenos de lágrimas como si alguien se le hubiese muerto, pero cuando se dio vuelta y me miró me hizo una sonrisa, "los años pasan pronto y si Dios me ayuda yo voy a estar viva" y todo va a ser como si nada fuera, y cada minuto que pasa el corazón le late, ¿cada vez más débil?, qué miedo que el corazón se le canse y ya no le pueda más latir, pero yo no le dije ni una palabra a este hijo de puta, de mami ni una palabra le conté jamás, porque si se anima a decir una palabra tonta lo mato a este hijo de puta, ¿qué sabe él lo que es sentimientos?, ¿qué sabe lo que es morirse de pena?, ¿qué sabe él lo que es tener la culpa de que mi mami enferma se ponga cada vez más grave?, ¿mi mami está grave?, ¿se muere mi mami?, ¿no me va a esperar siete años hasta que yo salga?, ¿cumple la promesa el director de la penitenciaría?, ¿será cierto lo que me promete?, ¿indulto?, ¿reducción de pena?, un día la visita de los padres del aviador herido, el aviador encerrado en su cuarto de la planta alta, "dígales a mis padres que no quiero verlos", la insistencia de los padres, una pareja de ricos copetudos y fríos cual témpano, la retirada de los padres, la llegada de la novia, "dígale a mi novia que no quiero verla", el ruego de la novia desde la escalera, "dejame querido que te vea porque te lo juro que no me importa nada de tu accidente", la hipócrita voz de la novia, la falsedad de todo lo que habla, la retirada brusca de la novia, el paso de los días, los dibujos que hace el muchacho encerrado en su estudio, la vista del bosque nevado desde la ventana, los primeros anuncios de la primavera, los brotes muy tiernos y verdes, algunos dibujos de árboles y nubes hechos al aire libre, la llegada de la sirvienta al bosque con café caliente y algunas rosquillas, una ocurrencia de la sirvienta sobre el dibujo colocado en el atrilcito, la sorpresa del muchacho herido, ¿qué era lo que le decía la chica sobre ese dibujo?, ¿por qué se da cuenta el muchacho en ese momento que la sirvientita tiene un alma fina?, ¿qué pasa que a veces alguien dice algo y conquista para siempre a otra persona?, ¿qué era lo que le decía la sirvientita sobre ese dibujo?, ¿cómo consiguió que él se diera cuenta de que ella era algo más que una sirvienta fea? Cómo me gustaría acordarme de esas palabras, ¿qué será que dijo?, nada me acuerdo de esa escena, y después otra escena importante, el encuentro de él con el ciego, el relato del ciego de como poco a poco se fue resignando a haber perdido la vista, y una noche la proposición de él a la chica, "los dos estamos solos y no esperamos más nada de la vida, ni amor, ni alegría, por eso es posible que nos podamos ayudar el uno al otro, yo tengo un poco de dinero que para usted puede ser una protección, y usted puede cuidarme un poco, que mi salud cada vez va peor, y no quiero cerca a nadie que me tenga lástima, y usted no me puede tener lástima porque usted está tan sola y triste como yo, y entonces podemos unirnos pero sin que eso sea más que un contrato, un arreglo entre nada más que amigos". ¿Habrá sido el ciego que le dio la idea?, ¿qué es lo que le habrá dicho que no me acuerdo?, a veces una palabra puede obrar milagros. La Iglesia de madera, el ciego y la solterona están de testigos, algunas velas encendidas en el altar sin flores, los bancos vacíos, los rostros graves, vacíos el asiento para el organista y la plataforma para los coristas, las palabras del cura, la bendición, el retumbar de los pasos en la nave vacía al salir los novios, la tarde que cae, la vuelta a la casa en silencio, las ventanas abiertas para que entre el tibio aire del verano, la cama de

él trasladada a su estudio, el dormitorio de la sirvienta traslada-
do al dormitorio de él, al ex dormitorio de él, la cena de bodas ya
preparada por la solterona, la mesa con dos cubiertos en la sala
de estar junto al ventanal, el candelabro entre ambos platos, las
buenas noches de la solterona, su escepticismo ante un simulacro
de amor, el rictus amargo en su boca, la pareja en total silencio,
la botella de vino añejo, el brindis sin palabras, la imposibilidad
de mirarse en los ojos, el cricri de los grillos ahí en el jardín, el
leve rumor —nunca oído hasta entonces— de la fronda del bosque
que hamaca la brisa, el resplandor extraño —nunca visto hasta
entonces— de los candelabros, el resplandor más y más extraño,
el contorno esfumado de todas las cosas, del rostro tan feo de ella,
del rostro desfigurado de él, la música casi imperceptible y muy
dulce que no se sabe de donde proviene, la cara de ella y toda su
figura envuelta en bruma y luz blanca, sólo perceptible el brillo
de sus ojos, la bruma poco a poco que se va esfumando, una
agradable cara de mujer, la misma cara de la sirvientita pero
embellecida, sus burdas cejas transformadas en líneas de lápiz,
iluminados por dentro sus ojos, alargadas en arco sus pestañas,
su cutis una porcelana, su boca desplegada en sonrisa de dientes
perfectos, su pelo ondulado en bucles sedosos, ¿y el simple vestido en percal?, un elegante soirée de encaje, ¿y él?, imposible
distinguir sus rasgos, la visión distorsionada por reflejos de los
candelabros o también como a través de ojos cargados de lágrimas, la cara de él vista por ojos cargados de lágrimas, las lágrimas se secan, la cara de él vista con toda claridad, una cara de
muchacho alegre y buen mozo que más imposible, pero de manos
temblorosas, no, ella de manos temblorosas, el acercamiento de
una mano de él a una mano de ella, ¿zumbidos del viento en la
fronda del bosque o violines y harpas?, la mirada en los ojos el
uno del otro, el convencimiento de que ambos oyen violines y arpas que trae la brisa perfumada por las araucarias, la unión de
las manos, labios que se acercan, el primer y húmedo beso, el lati-
do de los corazones... al unísono, la noche cuajada de estrellas,
no están ya en la mesa, ...las mesas vacías en el restaurant, los

mozos sentados esperando clientes, las horas lentas y calmas de la madrugada, el cigarrillo apenas encendido a un lado de su boca, la comisura izquierda o derecha de sus labios, su saliva con gusto a tabaco, a tabaco negro, la mirada triste perdida a lo lejos, por la ventana el paso de autos mojados de la lluvia, un auto tras otro, ¿se acuerda de mí?, ¿por qué nunca me vino a ver?, ¿no podría cambiar un día el turno con otro compañero?, ¿habrá ido a ver al médico por el dolor de oído?, lo iba dejando de un día para otro, a la noche a veces dolores terribles, según él entonces juraba que al día siguiente iba a hacerse ver, al otro día el dolor pasaba y se olvidaba de ir al doctor, y a la noche seguro que en el momento de esperar los clientes de la madrugada en el restaurant se acuerda y piensa y dice que mañana me viene a ver, y mira por el vidrio que pasan los autos, y lo más triste de todo es si en el restaurant los vidrios del frente quedaron mojados de lluvia, como si el restaurant se hubiese puesto a llorar, porque él nunca afloja, se aguanta porque es hombre y no suelta las lágrimas, y cuando yo pienso muy fuerte en alguien veo en mi recuerdo la cara reflejada, sobre un vidrio transparente y mojado por la lluvia, la cara esfumada que veo en mi recuerdo, la cara de mami y la cara de él, seguro que se acuerda, y ojalá viniera, ojalá viniera, primero un domingo, y después todo en la vida es cuestión de costumbre, viene otro día, y otro, y cuando el indulto él me espera en la esquina de la penitenciaría, tomamos un taxi, la unión de las manos, el beso primero es tímido y seco, los labios cerrados son secos, los labios ya entreabiertos son algo más húmedos, ¿la saliva con gusto a tabaco?, y si me muero antes de salir de esta cárcel no voy a saber qué gusto tiene la saliva de él, ¿qué pasó esa noche?, al despertar el miedo de que fuera todo un sueño, con miedo infinito una mirada del uno al otro a la luz del día, en aquella casa viven una chica linda y un muchacho buen mozo que más no se puede. Y se esconden de la solterona, que nunca los vea, tienen miedo de que les diga algo y así todo se eche a perder, y salen al bosque a la madrugada, cuando no hay nadie, a ver la salida del sol que ilumina sus caras tan lindas y siempre tan cerca una de la otra, al alcance de darse los besos que quieren, pero que nadie los llegue a ver, porque pueden pasar cosas raras, ¡pasos en el bosque esa madrugada!, imposible ocultarse puesto que los troncos no son tan inmensos, pasos lentos de un hombre que con sus pies va hollando el rocío del pasto, y detrás un perro... ¡es tan sólo el ciego! qué alivio, porque no los ve, pero saluda porque ha oído sus respiraciones, el saludo cordial y sincero, la intuición del ciego de que algo ha cambiado, los tres de regreso a la casa del encantamiento, el apetito de la mañanita, el desayuno a la americana, la chica encargada de preparar todo, quedan un momento el ciego y el muchacho solos, el ciego pregunta qué pasa, el relato, alegría del ciego, de golpe un negro relámpago de miedo en la retina blanca del ciego al oír esta simple frase: "¿sabe una cosa?, voy a llamar a mis padres para que vengan a verme a mí y a mi esposa amada", el esfuerzo del ciego para disimular sus grandes temores, el anuncio de la llegada de los padres de él que han aceptado la invitación, el muchacho y la chica esperando a los padres sin animarse a bajar de su dormitorio, la solterona abajo esperando, el auto que llega, la charla de los padres con la solterona, la felicidad de los padres porque les ha escrito que se ha curado, la aparición del muchacho y la chica en lo alto de la escalera, la amarga decepción de los padres, feroz cicatriz le cruza la cara al muchacho, su novia una pobre sirvienta de cara muy fea y modales torpes, la imposibilidad de fingir agrado, tras breves momentos sospecha el muchacho, ¿habrá sido todo un engaño?, ¿será que no hemos cambiado?, la mirada a la solterona esperando que lo encuentre buen mozo como antes, el rictus amargo en la boca de la solterona, la corrida de la chica hasta un espejo, la cruel realidad, el muchacho al lado de ella ahí en el espejo, la cicatriz infame, el refugio de la oscuridad, el terror de mirarse el uno al otro, el ruido del motor del auto de los padres, el ruido del motor ya lejos rumbo a la ciudad, la chica refugiada en su antiguo cuarto de cuando sirvienta, la desesperación de él, la destrucción del autorretrato de él abrazado a la chica, manotones dementes hasta reducir el retrato a girones, la llamada de la solterona al ciego, la visita del ciego un atardecer de otoño, la conversación con el muchacho enfermo y la chica fea, las luces apagadas para evitar verse, tres ciegos reunidos a la hora más triste del día, la solterona escuchando detrás de la puerta, "¿no se dan cuenta de lo que les pasa?, por favor después de que yo les hable vuelvan a mirarse en la cara como antes, sé que no lo han hecho en todos estos días, que se han ocultado el uno del otro, y es tan simple explicar el encantamiento de este hermoso verano que acaban de pasar felices, simplemente... ustedes son hermosos el uno para el otro, porque se quieren y ya no se ven sino el alma, ¿es tan difícil de comprender acaso?, yo no les pido que se miren ya, pero cuando yo me vaya... sí, sin el menor miedo, porque el amor que late en las piedras viejas de esta casa ha hecho un milagro más: el de permitir que, como si fueran ciegos, no se vieran el cuerpo sino sólo el alma". La partida del ciego con los últimos reflejos rojizos del atardecer, la subida del muchacho a prepararse para la cena, la mesa puesta por la chica, el miedo de la chica de enfrentarse al espejo para arreglarse y peinarse, los pasos seguros de la solterona entrando a la pieza de la sirvientita, los ojos perdidos en lontananza de la solterona, sus palabras de aliento, la imposibilidad de peinarse de la chica dado el temblor de sus manos, las palabras de la solterona que la va peinando, "yo escuché lo que les dijo el ciego y le doy toda la razón, esta casa esperaba cobijar a dos seres amantes desde que mi novio no pudo volver de las crueles trincheras de Francia, y ustedes dos son los elegidos; y el amor es así, embellece a quien logra amar sin nada esperar a cambio. Y yo estoy segura de que si mi novio hoy volviera desde el más allá me encontraría bonita y joven como yo era entonces, sí que estoy segura, porque se murió queriéndome", la mesa puesta junto al ventanal, la muchacha de pie mirando a través de los vidrios el bosque sumido en la oscuridad, los pasos de él, el temor de darse vuelta y mirarlo, la mano de él que le toma la mano, le quita el anillo y escribe en el vidrio sus nombres, la caricia de él en el pelo sedoso de ella, la caricia de él en un cutis que es de

CAPÍTULO SEIS

—HABÍA JURADO que no te iba a contar otra película. Ahora voy a ir al infierno por no cumplir la palabra.

—No te imaginás cómo me duele. Son brutales las puntadas.

—Así igual me dio a mí antes de ayer.

—Cada vez parece que me da más fuerte, Molina.

—Pero entonces tendrías que ir a la enfermería.

—No seas bruto, por favor. Ya te dije que no quiero ir.

—Porque te pongan un poco de seconal no te hace nada.

—Sí que te hace, te acostumbra. Vos no sabés, por eso hablás.

—Bueno, te cuento la película... ¿pero qué es lo del seconal que yo no sé?

—Nada...

—Vamos, decime, no seas así, y yo además no se lo puedo contar a nadie.

—Son cosas de las que no puedo hablar, porque lo hemos prometido entre nosotros, los del movimiento.

—Pero decime del seconal no más, así tampoco dejo yo que me jodan con eso, Valentín.

—Pero prometé no contar a nadie.

—Prometido.

—Le pasó a un compañero, que lo acostumbraron, y lo ablandaron, le quitaron la voluntad. Un preso político no debe caer a la enfermería nunca, me entendés, nunca. A vos no te pueden hacer nada con eso. Pero a nosotros sí, después nos interrogan y ya no tenemos resistencia a nada, nos hacen cantar lo que quieren... Ay, ayyy... mirá, son unas puntadas tan fuertes... como si me agujereasen... Parece que me clavan un punzón en la barriga...

—Bueno, te cuento, así te distraés un poco y no pensás en el dolor.

—¿Qué me vas a contar?

—Una que seguro te va a gustar.

—Ay... ¡qué jodido es!...

—...

—Vos contame, no te importe que me queje, seguí de largo.

—Bueno, empieza, ¿dónde era que pasaba? Porque sucede en muchas partes... Pero ante todo te quiero aclarar¸ algo: no es una película que a mí me guste.

—¿Y entonces?

—Es de esas películas que les gustan a los hombres, por eso te la cuento, que estás enfermo.

—Gracias.

—¿Cómo era que empezaba?... Esperá, sí, en ese circuito de carreras de autos, que no me acuerdo el nombre, en el sur de Francia.

—Le Mans.

—¿Por qué los hombres saben siempre de carreras de autos? Bueno, y ahí corre un muchacho sudamericano, muy rico, un playboy, de esos hijos de estancieros que tienen plantaciones de·bananas, y están en las pruebas, y le explica a otro que él no corre para ninguna marca de autos porque son todos unos explotadores del pueblo los fabricantes. Él corre con un auto que se ha fabricado él mismo, porque es un tipo así, de espíritu muy independiente. Y están en esas pruebas y se van a tomar un refresco mientras le llega el turno, y está contentísimo porque según todos los cálculos se va a clasificar bárbaramente bien en la prueba según todos los pronósticos de los que han visto cómo corría la máquina de él en esa pista, y claro, va a ser un golpe terrible para las grandes marcas de autos que este tipo les gane así no más. Bueno, mientras están tomando el refresco se ve que alguien se acerca al coche de él, uno de los cuidadores del stand ése se da cuenta pero se hace el sonso porque están ya complotados. Ese que se acercó, con una cara de hijo de su madre que no te digo, le da un toque al motor, afloja algo, y se va. El muchacho vuelve y se coloca el casco para arrancar ya para la prueba. Y despega bárbaro, pero en la tercera vuelta el motor se prende fuego y apenas alcanza a escaparse. Él está sano y salvo, pero...

—Ay... que lo parió... qué dolor.

—...pero el auto queda destrozado. Se reúne con su grupo y les dice que todo se acabó, que ya no tiene dinero para construirse otro auto, y se va a Montecarlo, ahí cerca, donde está el padre, en un yate con una mina más joven, despampanante. Mejor dicho el padre recibe el llamado del hijo en el yate, y se dan cita en la terraza de la suite del viejo en el hotel donde está parando. Y la mina no está porque el viejo tiene escrúpulos con el hijo, se ve que lo quiere mucho porque se pone contento cuando recibe la llamada. El hijo lo que piensa es pedirle más dinero pero no está decidido, le da vergüenza ser un vago que no hace nada, pero cuando se encuentra con el padre el viejo lo abraza con tanto cariño y le dice que no se preocupe por la destrucción del coche, que ya pensará cómo hacer para que el hijo se haga otro auto, aunque le da miedo que corra y arriesgue la vida. Entonces el hijo le dice que ese tema ya lo han tratado, y claro, porque el padre lo empujó a que se metiera en las carreras, sabiendo que era la gran pasión del muchacho, así se alejaba de los centros políticos de estudiantes de izquierda, porque el muchacho estudiaba en París, filosofías de la política.

—Ciencias políticas.

—Eso es. Y entonces el padre le pregunta por qué no

corre para una marca de autos conocida, intentando una vez más encarrilarlo al hijo en una cosa segura. Entonces el hijo se pone mal, porque le dice al padre que ya bastante logró con sacarlo del ambiente de París, y que mientras estaba enfrascado en la construcción del auto se había olvidado de todo, pero que eso de ponerse al servicio de esos pulpos internacionales de la industria, ¡no!, entonces el padre le dice lo que nunca debió decirle, y es que cuando lo oye hablar así de enfurecido le recuerda a su ex esposa, la madre del muchacho, tan apasionada, tan idealista, total para qué... para terminar como terminó... Entonces el muchacho da media vuelta para irse, y el padre arrepentido le dice que se quede, que él le va a dar todo el dinero necesario para armarse coche nuevo, y qué sé yo, pero el hijo, que se ve que tiene una debilidad especial por la madre, se va dando un portazo. El padre queda pensativo, realmente muy preocupado, mirando por la terraza el muelle divino de Montecarlo con todos los yates iluminados, todos bordeados de lamparitas en los mástiles y las velas, un sueño, y en eso suena el teléfono y es esa mina joven, y el viejo se disculpa y le dice que esa noche no irá al casino, que tiene un grave problema y tratará de resolverlo. Bueno, y el muchacho al salir del hotel se cruza con un grupo de amigos que lo agarran y lo arrastran a una fiesta. Y el muchacho está tan deprimido que en la fiesta lo que hace es llevarse una botella de cognac a una pieza, bueno, no te dije que se desarrolla la escena en una villa de ensueño, en las afueras de Montecarlo, de esas casas de la Riviera que son increíbles de lujosas, con escalinatas en los jardines, y siempre de adorno en las balaustradas y en esas escalinatas que te dije unas copas grandes de piedra, como macetas, unos copones, con hermosas plantas que le crecen adentro, y casi siempre cactus gigantescos, ¿vos conocés la planta de la pita?

—Sí.

—Bueno, esas. Y el muchacho se ha acomodado en una pieza apartada de la fiesta, la biblioteca, y ahí se está emborrachando solo. Cuando ve que llega alguien, una mujer ya un poco madura, pero muy elegante y señorial, con una botella también ella en la mano. Como él está a oscuras, nada más que a la luz de una ventana abierta, ella no lo ve y también se sienta y se sirve una copa, y en eso explotan fuegos artificiales de la bahía de Montecarlo, porque es alguna fiesta patria, y él aprovecha a decirle a ella chin-chin. Ella se sorprende, pero cuando él con un gesto le muestra que los dos han hecho lo mismo, de llevarse una botella de Napoleón para olvidarse del mundo, ella no tiene más remedio que reírse. Él le pregunta qué es lo que ella querría olvidar, y ella le contesta que si él se lo dice primero ella se lo va a decir después.

—Otra vez ganas de ir al baño...

—¿Llamo que nos abran?

—No, voy a aguantar...

—Te va a hacer peor.

—Se van a dar cuenta que estoy mal.

—No, por una diarrea no te van a meter en la enfermería...

—No, ya es la cuarta vez que pedimos hoy, esperá que si puedo me aguanto...

—Estás blanco, esto es más que una diarrea, yo en vos me iría a la enfermería...

—Callate por favor.

—Te sigo la película, pero escuchame... una cosa así del estómago no puede ser contagiosa, ¿no?, porque es como la descompostura mía, igual... No me vas a echar la culpa de que te contagié, ¿no?

—Debe ser algo de la comida, que nos hizo mal... Vos también te pusiste así blanco. Pero ya va a pasar, seguí contando...

133

—¿A mí cuánto me duró?... más o menos dos días.

—No, una noche, y al día siguiente ya estabas bien.

—Entonces llamá al guardia, porque no importa que una noche estés mal.

—Seguí contando.

—Bueno. Estábamos en que él se encuentra con esa mujer tan elegante. Ella te diré que es bastante madura, una mujer de gran mundo.

—Decime, físicamente, cómo es.

—No muy alta, una actriz francesa, pero pechugona, pero flaca al mismo tiempo, con cintura chica, un vestido de noche muy ajustado, y escote bajo, sin breteles, de esos escotes armados, ¿te acordás?

—No.

—Sí, hombre, de esos que parecían que te servían las tetas en bandeja.

—No me hagas reír, por favor.

—Eran unos escotes duros, armados con alambre por dentro de la tela. Y ellas lo más tranquilas: sírvase una teta, señor.

—Te ruego, no me hagas reír.

—Pero así te olvidás del dolor, sonso.

—Es que tengo miedo de hacerme encima.

—No por favor, que nos morimos en la celda. Te sigo, bueno, resulta que a él le toca decir primero por qué está tomando para olvidar. Y él se pone muy serio y le dice que está tomando para olvidar todo, absolutamente todo. Ella le pregunta si no hay nada que quisiera recordar, y él le dice que quisiera que su vida empezara en ese momento, a partir de la entrada de ella en esa habitación, la biblioteca. Entonces le toca el turno a ella, y yo me imaginaba que ella también iba a decir lo mismo, que se quería olvidar de todo, y no, dice que ella tiene muchas cosas en la vida, y que está muy agradecida, porque es la directora de una revista de modas de gran éxito, le encanta su trabajo, y tiene hijos adorables, y la herencia de su familia, porque resulta que es la dueña de esa hermosísima villa, que es un palacio, pero claro, tiene una cosa que olvidar: lo mal que le ha ido con los hombres. El muchacho le dice que la envidia por todo lo que tiene, él en cambio está en cero. Claro, el tipo no le quiere hablar de su problema con la madre, porque él está como obsesionado por el divorcio de los padres, y se siente culpable de que la abandonó a la madre, que aunque es muy rica y vive en una hacienda divina de cafetales, al dejarla el padre se casó con otro hombre, o se va a casar, y el muchacho piensa que es no más por no estar sola. Ah, sí, ya me acuerdo, la madre le escribe siempre diciéndole eso, que se va a casar con otro hombre, sin quererlo, pero todo de miedo a la soledad. Y el muchacho se siente muy mal de haber dejado su país, donde los trabajadores están tan maltratados, y él tiene ideas revolucionarias pero es un hijo de multimillonarios y nadie lo quiere, de la gente del pueblo. Y también se siente mal de haber dejado a la madre. Y todo eso se lo cuenta a esa tipa. Sabés una cosa... nunca nunca me hablaste de tu mamá.

—Sí, como no.

—Por Dios, te lo juro, nunca nunca.

—Es que no tengo nada que contar.

—Gracias. Te agradezco la confianza.

—¿Por qué ese tono?

—Nada, cuando te compongas hablaremos.

—Ay... ay... perdoname... ay... qué he hecho...

—No, con la sábana no te limpies, esperá...

—No, dejá, tu camisa no...

—Sí, tomá, limpiate, que la sábana la necesitás para que no te enfríes.

—Pero es tu muda, te quedás sin camisa para cambiarte...

—Dale, esperá, levantate, así no pasa, así, con cuidado, esperá, que no pase a la sábana.

—¿No pasó a la sábana?

—No, lo sujetó el calzoncillo. Dale, vamos, sacátelo.

—Qué vergüenza me da...

—Ahí está, despacito, con cuidado... perfecto. Ahora lo más grueso, limpiate con la camisa.

—Qué vergüenza...

—No decías vos que hay que ser hombre... ¿qué es eso de tener vergüenza?

—Envolvé bien... el calzoncillo, para que no eche olor.

—No te preocupes, que yo sé hacer las cosas. Ves, así, bien envuelto todo en la camisa, que es más fácil de lavar que la sábana. Tomá más papel.

—No, del tuyo no, no te va a quedar para vos.

—El tuyo se terminó, vamos, no hinches...

—Gracias...

—Nada de gracias, vamos, terminá de limpiarte y relajate un poco, que estás temblando.

—Es la bronca, una bronca que me dan ganas de llorar, bronca contra mí mismo.

—Vamos, tranquilizate, qué tenés que tomártela con vos mismo, estás loco...

—Sí, tengo bronca de haberme dejado agarrar.

—Relajate, hacé un esfuerzo...

—Ah..., así con el diario envolviendo la camisa no va a pasar el olor.

—Buena idea, ¿verdad?

—Ajá.

—Tratá de relajarte, y tapate bien.

—Sí, contame un poco más. De la película.

—Ni me acuerdo por donde andaba.

—Me habías preguntado por mi madre.

—Sí, pero de la película no me acuerdo donde estábamos.

—Yo no sé por qué nunca te hablé de mi madre. Yo no sé mucho de la tuya, pero algo me la imagino.

—Yo a la tuya no me la imagino para, nada.

—Mi madre es una mujer muy... difícil, por eso no te hablo de ella. No le gustaron nunca mis ideas, ella siente que todo lo que tiene se lo merece, la familia de ella tiene dinero, y cierta posición social, ¿me entendés?

—Apellido.

—Sí, apellido de segunda categoría, pero apellido. Estaba separada de mi padre, que murió hace dos años.

—Un poco como la película que te estaba contando.

—No... estás loco.

—Bueno,·más o menos.

—No. Ay... cómo duele esto...

—¿La película te gusta?

—Es que estoy desconcentrado. Pero dale, terminámela rápido.

—Entonces no te gusta.

—¿Cómo sigue? Decime en pocas palabras, todo, cómo termina.

—Bueno, el muchacho se mete con la mujer ésta, un poco mayor, y ella cree que él la quiere por el dinero, para hacerse un auto nuevo de carrera, y en eso él tiene que volver a su país, porque al padre, que había vuelto mientras tanto, lo han raptado unos guerrilleros. Y el muchacho se pone en contacto con ellos, y los convence de que él está de su parte, y cuando lo sabe en peligro la mujer ésta, la europea, vuelve a buscarlo, y salvan al padre a cambio de mucho dinero, pero cuando llega el momento de que ya el padre está libre, y el muchacho también, porque él se había cambiado por el padre sin que los guerrilleros se den cuenta, bueno, hay una confusión y lo van a matar al muchacho porque descubren la treta, pero el padre se interpone y lo matan al padre. Entonces el muchacho prefiere quedarse allí con ellos, y la mujer se vuelve sola a su trabajo de París, y la separación es muy triste, porque los dos se quieren de veras, pero cada uno pertenece a un mundo diferente, y chau, fin.

—¿Y en qué se parece?

—¿A qué?

—A mi caso. Lo que me decías de mi madre.

—Bueno, nada, que la madre sale muy bien vestida, cuando el muchacho vuelve a su país de los cafetales, y le pide al muchacho que se vuelva a Europa, ah, y me olvidé decirte que cuando al final lo sueltan al padre hay un tiroteo con la policía, y lo hieren de muerte al padre, y la madre reaparece, y quedan juntos, el hijo y la madre te quiero decir, porque la otra mujer no, la que lo quiere se vuelve a París.

—Sabés una cosa, me está viniendo sueño.

—Aprovechá a dormirte entonces.

—Sí, a ver si agarro el sueño.

—Si te sentís mal a la hora que sea, despertame.

—Gracias, me tenés mucha paciencia.

—Nada, dormite. Y no pienses macanas.

. . . .

. . . .

—Toda la noche con pesadillas.

—¿Y qué era que soñabas?

—No me acuerdo para nada. Es que estoy intoxicado, pero ya se me pasará.

—¡Che, cómo comés de rápido! Encima que no estás bien.

—Me vino un hambre bestial, y son los nervios también.

—La verdad, Valentín, es que no deberías comer. Hoy tendrías que haber estado a dieta.

—Pero tengo un vacío bestial en el estómago.

—Por lo menos ahora que termines de comer esta

porquería de polenta al yeso, estirate un poco, no te pongas a estudiar.

—Pero ya perdí toda la mañana durmiendo.

—Como quieras, yo te lo digo por tu bien... Si querés te cuento algo para entretenerte.

—No, gracias, voy a ver si puedo leer.

—Sabés una cosa, si vos no le dijiste a tu mamá que te puede traer comida para toda la semana... hacés muy mal.

—No la quiero obligar, yo aquí estoy porque me lo busqué, y ella no tiene nada que ver.

—Mamá no viene porque está mal, ¿sabés?

—No, no me dijiste nada.

—Tiene prohibido levantarse de la cama por un tiempo, por el corazón.

—Ah, no sabía, lo siento mucho.

—Por eso yo estoy sin provisiones casi, además ella no quiere que venga nadie a traerme las cosas, se cree que el médico le va a dar permiso de un momento para otro. Pero mientras me jode a mí, porque no quiere que nadie que no sea ella me traiga comida.

—¿Y vos creés que no se va a componer?

—Sí, la esperanza no la pierdo, pero tendrá para meses.

—Si vos pudieras salir de acá, se curaría, ¿verdad?

—Vos me leés el pensamiento, Valentín.

—Es lógico, nada más.

—Cómo te terminaste el plato, te lo devoraste, estás loco vos.

—Tenías razón, ahora me siento lleno que reviento.

—Estirate un poco.

—No quiero dormirme, tuve pesadillas anoche y esta mañana, todo el tiempo.

—Ya de esa película te conté el final, ahora no tiene gracia que te la siga contando.

—Me está volviendo el dolor, qué macana...

—¿Adónde te duele?

—En la boca del estómago, y abajo en los intestinos también... uj... qué feo...

—Relajate, haceme caso, que a lo mejor es todo nervioso.

—Ay, viejo, me parece que se me agujerean las tripas.

—¿Pido puerta para el baño?

—No, es más arriba, me parece que me quema, algo en el estómago.

—¿Por qué no tratás de vomitar?

—No, si pido puerta van a empezar a joder con la enfermería.

—Vomitá en mi sábana, esperá, yo la doblo, y vomitás adentro y después la envolvemos bien y no va a dar olor.

—Gracias.

—Gracias nada, vamos, ponete los dedos en la boca.

—Pero después vas a pasar frío, sin la sábana.

—No, la frazada me tapa bien. Vamos, vomitá.

—No, esperá, ya pasa un poco, me voy a relajar bien... como vos decís, a ver si se me pasa.

. . . .

. . . .

—*una mujer europea, una mujer inteligente, una mujer hermosa, una mujer educada, una mujer con conocimientos de política internacional, una mujer con conocimientos de marxismo, una mujer a la que no es preciso explicarle todo desde el abc, una mujer que con preguntas inteligentes estimula el pensamiento del hombre, una mujer de moral insobornable, una mujer de gusto impecable, una mujer de vestir discreto y elegante, una mujer joven y madura a la vez, una mujer con conocimiento de bebidas, una mujer que sabe elegir el menú adecuado, una mujer que sabe ordenar el vino adecuado, una mujer que sabe recibir en su casa, una mujer que sabe dar órdenes al personal de servicio, una mujer que sabe organizar un recibimiento para cien personas, una* mujer de aplomo y simpatía, una mujer deseable, una mujer europea que comprende los problemas de un latinoamericano, una mujer europea que admira a un revolucionario latinoamericano, una mujer más preocupada no obstante por el tráfico urbano de París que por los problemas de un país latinoamericano colonizado, una mujer atractiva, una mujer que no se conmueve ante la noticia de una muerte, una mujer que oculta por algunas horas el telegrama con la noticia de la muerte del padre de su amante, una mujer que se niega a dejar su trabajo en París, una mujer que se niega a seguir a su joven amante en el viaje de regreso a la selva cafetalera, una mujer que retoma su vida rutinaria de ejecutiva parisiense, una mujer con dificultades para olvidar un amor verdadero, una mujer que sabe lo que quiere, una mujer que no se arrepiente de su decisión, una mujer peligrosa, una mujer que puede olvidar rápidamente, una mujer con recursos propios para olvidar lo que ya sólo será un lastre, una mujer que hasta podría olvidar la muerte del muchacho que regresó a su patria, un muchacho que vuela de regreso a su patria, un muchacho que observa desde el aire las montañas azuladas de su patria, un muchacho emocionado hasta las lágrimas, un muchacho que sabe lo que quiere, un muchacho que odia a los colonialistas de su país, un muchacho dispuesto a dar la vida por defender sus principios, un muchacho que no concibe la explotación de los trabajadores, un muchacho que ha visto peones viejos echados a la calle por inservibles, un muchacho que recuerda peones encarcelados por robar el pan que no podían comprar y que recuerda peones alcoholizados para olvidar después su humillación, un muchacho que cree sin vacilar en la doctrina marxista, un muchacho con el firme propósito de entrar en contacto con las organizaciones guerrilleras, un muchacho que observa desde el aire las montañas pensando que pronto allí se reunirá con los libertadores de su país, un muchacho que teme ser considerado un oligarca más, un muchacho que como amarga ironía podría ser raptado por guerrilleros para exigir un rescate, un muchacho que desciende del avión y abraza a su madre viuda vestida con estri-

141

dentes colores, una madre sin lágrimas en los ojos, una madre respetada por todo un país, una madre de gusto impecable, una madre de vestir discreto y elegante puesto que en el trópico lucen bien sus estridentes colores, una madre que sabe dar órdenes a sus servidores, una madre con dificultad para mirar de frente a su hijo, una madre con un conflicto que la aflige, una madre que camina con la cabeza erguida, una madre cuya espalda recta nunca toca el respaldo de la silla, una madre que a partir de su divorcio vive en la ciudad, una madre que a pedido de su hijo lo acompaña hasta la hacienda cafetalera, una madre que recuerda a su hijo anécdotas de la niñez, una madre que logra nuevamente sonreír, una madre cuyas manos crispadas logran distenderse para acariciar la cabeza del hijo, una madre que logra revivir años mejores, una madre que pide a su hijo acompañarla a pasear por el viejo parque tropical diseñado por ella misma, una madre de gusto exquisito, una madre que bajo el palmar narra cómo su ex esposo fue ultimado por guerrilleros, una madre que junto a un matorral florido de ibiscos narra cómo su ex esposo mató de un balazo a un sirviente insolente y así provocó la venganza de los guerrilleros, una madre cuya fina silueta se recorta contra una sierra lejana y azulada más allá del cafetal, una madre que pide a su hijo no vengar la muerte de su padre, una madre que pide a su hijo que regrese a Europa aunque se aleje de ella, una madre que teme por la vida de su hijo, una madre que parte intempestivamente de regreso a la capital para atender un evento de caridad, una madre que arrellanada en su Rolls vuelve a suplicarle al hijo que abandone el país, una madre que no logra ocultar su tensión nerviosa, una madre sin motivos aparentes para estar tensa, una madre que oculta algo a su hijo, un padre que había sido siempre bondadoso con sus servidores, un padre que había intentado mejorar la condición de sus servidores mediante la caridad, un padre que había fundado un hospital de campaña para los trabajadores de la zona, un padre que había construido viviendas para los mismos, un padre que discutía amargamente con su esposa, un padre que hablaba poco a su *hijo, un padre que no bajaba a comer con su familia, un padre que nunca perdonó las huelgas de sus servidores, un padre que nunca perdonó el incendio del hospital y las viviendas a mano de un grupo de trabajadores disidentes, un padre que concedió el divorcio a su esposa con la condición de que partiera para la ciudad, un padre que se negó a tratar con los guerrilleros por no perdonarles el incendio, un padre que arrendó sus campos a compañías extranjeras y se refugió en la Riviera, un padre que volvió a sus posesiones por causas ignoradas, un padre que cerró su vida con sello bochornoso, un padre que fue ajusticiado como criminal, un padre que fue tal vez un criminal, un padre que casi seguramente fue un criminal, un padre que cubre de ignominia a su hijo, un padre cuya sangre criminal corre en las venas de su hijo, una muchacha campesina, una muchacha cruza de indio y blanco, una muchacha con la frescura de la juventud, una muchacha de dientes afectados por la desnutrición, una muchacha de modales tímidos, una muchacha que mira al protagonista con arrobamiento, una muchacha que le entrega un mensaje secreto, una muchacha que ve con profundo alivio la reacción favorable de él, una muchacha que lo conduce esa misma noche al reencuentro con un viejo amigo, una muchacha que monta a caballo admirablemente, una muchacha que conoce los senderos de la montaña como la palma de su mano, una muchacha que no habla casi, una muchacha a la que él no sabe en qué términos dirigirse, una muchacha que en poco menos de dos horas lo conduce al campo guerrillero, una muchacha que con un silbido llama al jefe guerrillero, un compañero de la Sorbona, un compañero de militancia política estudiantil, un compañero a quien no veía desde entonces, un compañero convencido de la honestidad del protagonista, un compañero que volvió a su patria para organizar la subversión campesina, un compañero que en pocos años ha logrado organizar un frente guerrillero, un compañero que cree en la honestidad del protagonista, un compañero listo para hacerle una increíble revelación, un compañero que cree intuir una intriga gubernamental detrás del oscuro episodio que causó la muerte* al padre y al capataz, un compañero que le pide volver a la hacienda y desenmascarar al culpable, un compañero que tal vez se equivoca, un compañero que tal vez prepara una emboscada, un compañero que tal vez deba sacrificar a un amigo para continuar su lucha de liberación, una muchacha que lo conduce de regreso a la mansión, una muchacha que no habla, una muchacha taciturna, una muchacha tal vez meramente fatigada después de una jornada de trabajo y una larga cabalgata nocturna, una muchacha que de tanto en tanto se da vuelta y lo observa con desconfianza, una muchacha que posiblemente lo odie, una muchacha que le ordena detenerse, una muchacha que le pide silencio, una muchacha que oye a lo lejos rumores de una posible patrulla de rastreamiento, una muchacha que le pide bajar del caballo y esperar unos minutos escondidos tras la maleza, una muchacha que le pide esperarla en silencio teniendo ambos caballos por las riendas mientras ella sube a un peñasco e inspecciona, una muchacha que vuelve y le ordena retroceder hasta llegar a un recodo de la montaña, una muchacha que poco después le indica una gruta natural donde pasar la noche puesto que los soldados no levantarán campamento hasta el amanecer, una muchacha que tiembla de frío en la gruta húmeda, una muchacha de intenciones inescrutables, una muchacha que puede apuñalarlo durante el sueño, una muchacha que sin mirarlo en los ojos le pide con la voz ahogada acostarse a su lado para entrar en calor, una muchacha que ni le habla ni lo mira de frente, una muchacha apocada o ladina, una muchacha de carnes frescas, una muchacha que yace a su lado, una muchacha que respira agitadamente, una muchacha que se deja poseer en silencio, una muchacha tratada como una cosa, una muchacha a la que no se le dice una palabra amable, una muchacha con acre sabor en la boca, una muchacha con fuerte olor a transpiración, una muchacha a la que se usa y luego se deja arrumbada, una muchacha en la que se vuelca el semen, una muchacha que no ha oído de anticonceptivos, una muchacha explotada por su amo, una muchacha que no puede hacer olvidar a una sofisticada parisiense, una

muchacha a la que no dan ganas de acariciarla después del or-
gasmo, una muchacha que narra una historia infame, una mu-
chacha que narra cómo el ex administrador de la hacienda la
violó apenas adolescente, una muchacha que narra cómo el ex
administrador de la hacienda está ahora encumbrado en el go-
bierno, una muchacha que asegura que ese hombre tiene algo que
ver con la muerte del padre del muchacho, una muchacha que se
atreve a decir que quien tal vez sepa todo es la madre del mu-
chacho, una muchacha que le revela la más cruel verdad, una
muchacha que ha visto a la madre del muchacho en brazos del ex
administrador, una muchacha a la que no dan ganas de acari-
ciarla después del orgasmo, una muchacha a la que se da una
bofetada y se la insulta por decir cosas horribles, una muchacha a
la que se usa y después se deja arrumbada, una muchacha explo-
tada por un amo cruel en cuyas venas corre sangre de asesino

—Estabas gritando en sueños.

—¿Sí?...

—Sí, me despertaste.

—Perdoname.

—¿Cómo te sentís?

—Estoy todo sudado. ¿No me alcanzarías la toalla?, sin prender la vela.

—Esperá, que voy al tanteo...

—No me acuerdo donde la dejé... Si no la encontrás no importa, Molina.

—Callate, que ya la encontré, ¿te creés que soy tan tonta? *

---

* Los seguidores de Freud se han interesado vivamente por las tribulaciones que el individuo ha debido sufrir a lo largo de la historia para aprender a reprimirse y así adecuarse a las exigencias sociales de cada época, puesto que sería imposible acatar las normas sociales sin reprimir muchos de los propios impulsos instintivos. La pareja matrimonial legítima, como ideal propuesto por la sociedad, no resultaría necesariamente el ideal de todos, y los excluidos no hallarían otra salida que reprimir u ocultar sus tendencias socialmente indeseables.

Anna Freud, en *Psicoanálisis del niño*, señala como forma neurótica más ge-

—Estoy helado.

—Te hago enseguida un té, que es lo único que queda.

—No, que es tuyo, dejá, ya se me va a pasar.

—Estás loco.

—Pero te estás terminando tus provisiones, estás loco vos.

—No, ya me traerán otras.

—Acordate que tu mamá está enferma y no puede venir.

———————

neralizada la del individuo que al tratar de controlar completamente todos sus deseos sexuales prohibidos, e incluso eliminarlos —en vez de catalogarlos como inconvenientes socialmente pero naturales—, reprime demasiado, y se vuelve incapaz de disfrutar en toda circunstancia relaciones desinhibidas con otra persona. Es así que un individuo puede perder control de sus facultades autorrepresoras y llegar a extremos como la impotencia, la frigidez y los sentimientos de culpa obsesivos. El psicoanálisis señala también la siguiente paradoja: es generalmente el desarrollo precoz de la inteligencia y la sensibilidad en los niños, lo que puede inducirlos a una actividad represiva demasiado fuerte. Está comprobado que el niño posee libido desde que tiene vida, y claro está, la manifiesta sin la discriminación adulta. Se encariña con toda persona que lo cuida y disfruta en sus juegos con su propio cuerpo y con el cuerpo de otras personas. Pero en nuestra cultura —agrega Anna Freud— se castigan muy pronto estas manifestaciones y el niño adquiere el sentimiento de vergüenza. Desde sus primeros actos conscientes hasta la pubertad pasa por el período de latencia.

Los freudianos ortodoxos, así como los disidentes sostienen que las primeras manifestaciones de la libido infantil son de carácter bisexual. Pero a partir de los cinco años ya se aprecian las diferencias sexuales, el niño advierte la diferencia del cuerpo de su madre, además se le comienza a decir que cuando crezca será como su padre, pero que por el momento no debe aspirar a ser el primero en los afectos de su madre, es su padre quien ocupa ese lugar privilegiado. El problema de cómo sofocar los celos que el padre le suscita, en general queda librado enteramente a la habilidad del niño, el cual se verá entorpecido en la empresa, una vez más, si su sensibilidad muy desarrollada le demanda protección y cariño, y especialmente si su inteligencia le permite captar el triángulo amoroso en que se encuentra encerrado: concientizar la situación le duplicará las dificultades. Durante esa etapa del desarrollo, según el psicoanálisis, el niño —o la niña, en tensión de rivalidad directa con su madre—, atraviesa el dificultoso tramo edípico, llamado así por el héroe griego Edipo, que mató a su padre sin saber quién era, para casarse con su madre, a

—Sí, me acuerdo, pero no importa.

—Gracias, de veras.

—Por favor.

—Sí, no sabés cuanto te lo agradezco. Y te pido perdón, porque yo a veces soy muy brusco, ...y hiero a la gente sin ninguna razón.

—Acabala.

—Como cuando estabas vos descompuesto. Y no te atendí, nada.

—Callate un poco.

—En serio, y no con vos sólo, herí mucho a otra gente. Yo no te he contado, pero yo en vez de contarte una película te voy a contar una cosa real. Te macanié de lo de mi compañera. De la que te hablé es otra, que yo quise mucho, de mi compañera no te dije la verdad, y vos la querrías, porque es una chica muy simple y muy buena y muy corajuda.

—No, mirá. No me cuentes, por favor. Esos son asun-

---

la que también desconocía: enterado de su crimen Edipo se arrancó los ojos como holocausto a su culpa. Freud, en *Tres ensayos sobre la teoría de la sexualidad* asegura que en los niños es recurrente la fantasía incestuosa de expulsar y sustituir al progenitor rival, es decir el padre para el niño, y la madre para la niña, pero esas ideas suscitan intensa culpa y temor al castigo. La consecuencia es que el niño o la niña sufren tanto con el conflicto que mediante un esfuerzo inconsciente muy penoso logran reprimirlo, o disfrazarlo ante los ojos de la conciencia. El conflicto se resuelve durante la adolescencia, cuando la adolescente o el adolescente logran traspasar sus cargas afectivas del progenitor o la progenitora a un muchacho o muchacha de su edad respectivamente. Pero quienes han desarrollado una relación muy estrecha con el progenitor del sexo opuesto —y su correspondiente e ineludible sentimiento de culpa, o técnicamente complejo de Edipo—, se verán en peligro de proseguir toda su existencia con una sensación de incomodidad ante cualquier experiencia sexual, puesto que inconscientemente la asociarán con sus culposos deseos de incesto allá en la infancia. El desenlace, cuando la neurosis se afianza, no siempre es el mismo, para el hombre se abre la posibilidad de la impotencia, el trato exclusivo con prostitutas —mujeres que de alguna manera no se parecen a su madre—, o más aún, la posibilidad de responder sexualmente sólo a otros hombres. Para las mujeres la salida al conflicto no resuelto son principalmente la frigidez y el lesbianismo.

tos jodidos, y yo no quiero saber nada de tus cuestiones políticas, secretas y qué sé yo. Por favor.

—No seas sonso, ¿quién te va a preguntar algo a vos, de mis asuntos?

—Nunca se sabe con esas cosas, me pueden interrogar.

—Yo te tengo confianza. Vos me tenés confianza a mí, ¿verdad?

—Sí...

—Entonces acá tiene que ser todo de igual a igual, no te me achiques...

—No es eso...

—A veces hay necesidad de desahogarse, porque me siento muy jodido, de veras. No hay cosa más jodida que arrepentirse de haberle hecho mal a alguien. Y yo a esta piba la jodí...

—Pero ahora no, contame en otro momento. Ahora te hace mal remover cosas, así íntimas. Mejor te tomás el té que te voy a preparar, que te va a caer bien. Haceme caso.

CAPÍTULO SIETE

—"Querido, vuelvo otra vez a conversar contigo... La noche, trae un silencio que me invita a hablarte... Y pienso, si tú también estarás recordando, cariño... los sueños tristes de este amor extraño..."

—¿Qué es eso, Molina?

—Un bolero, *Mi carta*.

—Sólo a vos se te ocurre una cosa así.

—¿Por qué?, ¿qué tiene de malo?

—Es romanticismo ñoño, vos estás loco.

—A mí me gustan los boleros, y éste es precioso. Lo que sí perdoname si fui inoportuno.

—¿Por qué?

—Porque recibiste esa carta y te quedaste tan caído.

—¿Y qué tiene que ver?

—Y yo meta tararear de cartas tristes. Pero no lo tomás como una ofensa... ¿verdad?

—No.

—¿Por qué estás así?

—Eran malas noticias. ¿Te diste cuenta?

—Qué sé yo... Sí, te quedaste serio.

—Eran noticias malas de veras. Podés leer la carta si querés.

—No, mejor no...

—Pero no empieces con lo mismo de anoche, vos qué tenés que ver con mis cosas, no te van a ir a preguntar nada. Además ya la abrieron y leyeron ellos antes que yo, qué piola que sos.

—Claro, eso sí.

—Si querés leerla la podés leer, ahí está.

—La letra me parece que era unas garrapatas, si querés leémela vos.

—Es una piba que no tuvo demasiada educación.

—Ves qué tonta que soy, no se me había ocurrido que acá te abren las cartas si quieren. Así claro que no me importa que la leas.

—"Querido mío: Hace mucho que no te escribía porque no tenía coraje para decirte todo esto que pasó y vos seguramente lo comprenderás porque sos más inteligente que yo, eso seguro. También no te escribí antes para darte la noticia del pobre tío Pedro porque me dijo su mujer que te había escrito. Yo sé que vos no querés que se hable de esas cosas porque la vida sigue y se necesita mucha valentía para seguir en la lucha por la vida, pero a mí es lo que más me ha embromado desde que soy vieja." Todo esto es clave, te diste cuenta, ¿no?

—Bueno, está muy arrevesado, de eso me di cuenta.

—Cuando dice "desde que soy vieja", quiere decir desde que entré en el movimiento. Y cuando dice "la lucha por la vida" es la lucha por la causa. Y tío Pedro, por desgracia es un muchacho de 25 años, compañero nuestro del movimiento. Y yo no sabía nada que se había muerto, la otra carta no me la entregaron nunca, aquí se les debe haber roto cuando la abrieron.

—Ah...

—Y por eso esta carta me jodió tanto, yo no sabía nada.

—Lo siento mucho.

—Qué se va a hacer...

—...

—...

—Seguime la carta.

—A ver... "...desde que soy vieja. Bueno, vos que sos más fuerte, como yo querría ser, ya estarás resignado. Yo sobre todo lo extraño mucho al tío Pedro porque me quedó un poco la familia a mi cargo, y es mucha responsabilidad. Mirá peladito, que me dijeron que te pelaron bien, y qué lástima que yo no me puedo hacer el plato viéndote, vos que tenías la melenita de oro, siempre me acuerdo todo lo que hablábamos, sobre todo de no dejarnos tirar abajo por las cosas personales, y siguiendo tu consejo traté de arreglarme como pude.'' Cuando dice que le quedó la familia a su cargo quiere decir que ella ahora está al frente de nuestro grupo.

—Ah...

—Sigo. "Yo te estaba extrañando cada vez más y por eso, sobre todo después de la muerte del tío Pedro, le di permiso a mi sobrina Mari para que tuviera relaciones con un muchacho que vos no conociste y que viene a casa y es muy bueno para ganarse la vida. Pero yo le dije a mi sobrina que no lo haga dándole importancia, porque eso es fatal, y es nada más que la camaradería necesaria para que ella tenga fuerzas para la lucha por la vida." La sobrina Mari es ella misma, y que el muchacho nuevo es bueno para ganarse la vida, quiere decir que es buen elemento de lucha. ¿Me entendés?, de pelea.

—Sí, pero no entiendo lo de las relaciones.

—Quiere decir que me estaba extrañando mucho, y nosotros tenemos el pacto de no encariñarnos demasiado con nadie, porque eso después te paraliza cuando tenés que actuar.

—¿Actuar de qué forma?

—Actuar. Arriesgar la vida.

—Ah...

—Nosotros no podemos estar pensando en que alguien nos quiere, porque nos quiere vivo, y entonces eso te da miedo a la muerte, bueno, no miedo, pero te da pena que alguien sufra por tu muerte. Y entonces ella está teniendo relaciones con otro compañero. ...Te sigo. "Estuve pensándolo mucho si te lo tenía que decir o no, pero como te conozco sé que preferirás que te lo cuente yo. Por suerte los negocios van bien, y tenemos fe en que pronto nuestra casa entre en una vía próspera de una vez. Es de noche, y pienso que a lo mejor vos también estás pensando en mí. Te abraza muy fuerte, Inés." Cuando dice casa, quiere decir el país.

—Yo anoche no te entendí bien, me dijiste que tu compañera no era como me habías dicho.

—Qué mierda, de leerte la carta ya me mareé...

—Estarás muy débil...

—Tengo un poco de náusea.

—Echate y cerrá los ojos.

—Qué porquería, te juro que ya me sentía bien.

—Quedate quietito, fue de fijar la vista. Cerrá bien los ojos.

—Parece que pasa...

—No tendrías que haber comido, Valentín. Te dije que no comieras.

—Es que tenía un hambre bárbaro.

—Ayer estabas bien, comiste y te jodiste, y hoy otra vez ya te mandaste todo el plato. Prometeme que mañana no probás bocado.

—No hables de comida, que me da repugnancia.

—Perdoname.

—Sabés una cosa... yo me reía de tu bolero, y la carta que recibí por ahí dice lo mismo que el bolero.

—¿Te parece?

—Sí, me parece que no tengo derecho a reírme del bolero.

—A lo mejor vos te reíste porque te tocaba muy de cerca, y te reías... por no llorar. Como dice otro bolero, o un tango.

—¿Cómo era tu bolero?

—¿Qué parte?

—Decilo todo completo.

—"Querido, vuelvo otra vez a conversar contigo... La noche, trae un silencio que me invita a hablarte... Y

152

pienso, si tú también estarás recordando, cariño... los sueños tristes de este amor extraño... Tesoro, aunque la vida no nos una nunca, y estemos —porque es preciso— siempre separados... te juro, que el alma mía será toda tuya, mis pensamientos y mi vida tuyos, como es tan tuyo... este dolor...", o "este penar". El final no me acuerdo bien, creo que es así.

—No está mal, de veras.

—Es divino.*

---

* En su *Teoría psicoanalítica de la neurosis*, O. Fenichel afirma que la probabilidad de orientación homosexual es tanto mayor cuanto más se identifique un niño con su madre. Esta situación se produce especialmente cuando la figura materna es más brillante que la del padre, o cuando el padre está ausente totalmente del cuadro familiar, como en los casos de muerte o divorcio, ó cuando la figura del padre si bien presente resulta repulsiva por algún motivo grave, como el alcoholismo, la excesiva severidad o la violencia extrema del carácter. El niño necesita de un héroe adulto que le sirva como modelo de conducta; mediante la identificación, el niño irá absorbiendo las características de conducta de sus padres, y aunque de cierta manera se rebele a obedecer sus órdenes, inconscientemente incorporará costumbres y aún manías de sus progenitores, perpetuando los rasgos culturales de la sociedad en que vive. Una vez identificado con su padre, sigue Fenichel, el niño adopta la visión masculina del mundo, y en nuestra sociedad, la occidental, esa visión tiene un componente de agresividad —un rastro de su antes indiscutida condición de amo— que ayuda al niño a imponer su nueva presencia. Por el contrario, el niño que está adoptando como modelo la figura materna y no encuentra a tiempo una figura masculina que contrarreste la fascinación materna, será socialmente menospreciado por sus rasgos afeminados, ya que no ostenta la rudeza propia de un muchachito normal.

Freud, al respecto, comenta en su obra *De la transformación de los instintos* que en el varón homosexual, la más completa masculinidad mental puede a veces combinarse con la total inversión sexual, entendiendo por masculinidad mental rasgos como el valor, el espíritu de aventura y experimentación, y la dignidad. Pero en su obra posterior *Una introducción al narcisismo*, elabora una teoría según la cual el varón homosexual empezaría por una efímera fijación materna, para finalmente identificarse él mismo como mujer. Si el objeto de sus deseos pasa a ser un joven, es porque su madre lo amó a él, que era un joven. O porque él querría que su madre lo hubiese amado así. En fin de cuentas, el objeto de su deseo sexual es su propia imagen. Para Freud entonces tanto el mito de Edipo como el de Narciso son componentes del conflicto original que da origen a la homosexualidad. Pero de todas las observaciones de Freud sobre la homosexualidad, ésta ha sido la más atacada, objetándosele

—¿Cómo se llama?

—*Mi carta*, y es de un argentino, Mario Clavel.

—Yo creí que era de un mexicano, o cubano.

—Yo sé todos los de Agustín Lara, o casi todos.

—Me pasó un poco el mareo, pero me empiezan las puntadas abajo... me parece.

—Relajate bien.

—La culpa es mía, por haber comido.

—No pienses en el dolor, ni te pongas nervioso. Porque es todo nervioso, vos charlá, de cualquier cosa.

—Como te dije, aquella piba de que te hablé, de familia burguesa, y de costumbres muy liberales, no es mi compañera, la que me escribió.

—¿Y ésta quién es?

—Aquella de que te hablé entró conmingo en el movimiento, pero vino un momento en que se abrió, y trató en lo posible que yo también me abriera.

—¿Por qué?

—Ella estaba demasiado apegada a la vida, estaba feliz conmigo, y con la relación nuestra le bastaba. Y ahí em-

---

principalmente que los homosexuales cuya identificación es altamente femenina sienten como objeto de deseo sexual a tipos muy masculinos, o de edad pronunciadamente mayor.

Por otra parte, Freud, en la obra citada en primer término, habla del desarrollo de la sensibilidad erótica y da otras pistas sobre la génesis de la homosexualidad. Afirma que el comienzo de la libido en los bebés es de un carácter predominantemente difuso, y que de allí hasta lograr la educación de su deseo y hacer que recaiga sobre una persona del sexo opuesto con quien el placer se logrará mediante la unión genital, deberá pasar por otras etapas. La primera es la oral, en que el placer sólo deriva de los contactos bucales, tales como la succión. Después viene la etapa anal, en que el niño deriva su satisfacción de los movimientos de su intestino. La última y definitiva es la fase genital. Freud la considera como la única forma madura de sexualidad, afirmación que años más tarde sería frontalmente atacada por Marcuse.

El mismo Freud amplió estos comentarios en *Carácter y erotismo anal*, donde elabora la teoría siguiente: ciertos tipos anormales de personalidad, cuyos rasgos predominantes son la avaricia y la obsesión por el orden, pueden estar influidos por deseos anales reprimidos. El placer que derivan de la acumula-

pezamos a andar mal, porque sufría cuando yo desaparecía por algunos días, y cada vez que yo volvía lloraba y eso no era nada, cuando me empezó a ocultar llamadas de mis compañeros, y me llegó hasta a interceptar cartas, bueno, ahí se terminó.

—¿Hace mucho que no la ves?

—Casi dos años. Pero siempre me acuerdo de ella. Si no se me hubiese vuelto así... una madre castradora... Bueno, no sé, todo estaba destinado a que nos separásemos.

—¿Porque se querían demasiado?

—Eso también suena a bolero, Molina.

—Pero tonto, es que los boleros dicen montones de verdades, es por eso que a mí me gustan tanto.

—Lo bueno es que ella me hacía frente, teníamos una verdadera relación, ella nunca se sometió, ¿cómo te podría decir?, nunca se dejó manejar, como una hembra cualquiera.

---

ción de bienes puede provenir de la nostalgia inconsciente por el placer que sintieron cuando pequeños al retener —cosa muy frecuente en los niños— las heces. Por otro lado, la obsesión por el orden y la limpieza sería la contraparte de la culpa que han sentido por su impulso de jugar con heces. En cuanto al rol que pueda jugar la fijación anal en el desarrollo de la homosexualidad, Freud afirma que además de los influjos ya enumerados —Edipo, Narciso—, hay que tener en cuenta que todos esos impedimentos determinan una interrupción del desarrollo del niño, una inhibición afectiva que acarrea la fijación en la fase anal, sin posibilidad de acceder a la fase final, o sea la genital.

A esta aseveración, West responde que los homosexuales, al sentir prohibido el camino que conduce a las relaciones genitales normales, se ven obligados a experimentar con zonas eróticas extragenitales, y en la sodomía encuentran —después de una adecuación progresiva— un tipo de gratificación mecánicamente directa, pero no exclusiva. West agrega que el hombre que practica la sodomía no está necesariamente fijado en la fase anal, así como el heterosexual que besa a su amiga no está necesariamente fijado en la fase oral. Por último señala que la sodomía no es un fenómeno exclusivamente homosexual, ya que lo practican también las parejas heterosexuales, mientras que individuos de "carácter anal" (o sea avaros, obsesos de la limpieza y el orden, etc.) no sienten necesariamente inclinaciones hacia la homosexualidad.

155

—¿Qué querés decir?

—Ay, viejo..., me parece que me voy a sentir mal otra vez.

—¿Dónde te duele?

—Abajo, los intestinos...

—No te enerves, Valentín, eso es lo peor. Quedate tranquilito.

—Sí.

—Recostate bien.

—Vos no sabés la tristeza que tengo...

—Qué te pasa?

—Pobre pibe, si lo hubieses conocido... No sabés qué pibe bueno era, pobrecito...

—¿Cuál?

—Ese pibe que murió.

—Se ganó el cielo, de eso estate seguro.

—Ojalá pudiera creer que sí, hay veces que uno quisiera creer, que la gente buena tiene una recompensa, pero yo no puedo creer en nada. Uy..., Molina, te voy a dar lata otra vez... rápido, llamá que abran la puerta.

—Aguantá un segundito... que ya...

—Ay... ay... no, no llamés...

—No te aflijas, ahora te doy para limpiarte.

—Ay... ay... no sabés qué fuerte es, un dolor como si me clavaran un alambre en las tripas...

—Aflojate bien, largá todo que después yo lavo la sábana.

—Por favor, haceme un bollo con la sábana, porque estoy largando todo líquido.

—Sí, ...así, eso es, quedate tranquilito... vos largá no más, que me llevo la sábana después a la ducha, que es martes.

—Pero ésta era tu sábana...

—No importa, lavo la tuya también, por suerte jabón todavía tengo.

—Gracias... Sabés, me está aliviando ya...

—Vos quedate tranquilo, y si te parece que ya largaste todo, cagón que sos, decime, así te limpio.

—...

—¿Se te pasa?

—Parece que sí, pero me vino mucho frío.

—Ahora te doy mi frazada para reforzarte.

—Gracias.

—Pero primero date vuelta que te limpio, si ya te parece que está.

—Esperá un ratito. Disculpame que me reí hoy, de lo que decías, de tu bolero.

—Qué momento de hablar de boleros.

—Escuchame, creo que ya pasó, pero yo solo me limpio... Si no me mareo al levantar la cabeza.

—Probá despacio.

—No, todavía estoy mareado, no hay caso...

—Bueno, yo te limpio, no te aflijas. Quedate tranquilo.

—Gracias...

—A ver... así, y un poco por acá... Date vuelta despacio, ...así. Y al colchón no pasó, menos mal. Y por suerte tenemos bastante agua, así que mojo esta punta limpia de la sábana, y te limpio bien.

—No sé cómo agradecerte.

—No seas sonso. A ver... levantá un poco para allá. Así... muy bien.

—De veras, te lo agradezco tanto, porque no voy a tener fuerzas para ir a las duchas.

—No, y el agua helada te reventaría.

—Uy, que está fría el agua ésta también.

—Abrí un poco más las piernas... Así.

—¿No te da asco?

—Callate. Otra punta mojada de la sábana, ...así...

—...

—Ya estás quedando bien limpito... Y ahora con una punta seca... Lástima que ya no me quede talco.

—No importa. Basta con quedar seco.

—Sí, tengo otro pedazo de sábana más, para secarte. Así... ya estás bien sequito.

—Ay, cuánto mejor me siento... Gracias, viejo.

—Esperá, ahora... a ver... que te envuelvo en la frazada, como un matambre . A ver... levantate de este lado.

—¿Así?

—Sí... Espera, ...y ahora de este lado, así no te viene frío. ¿Estás cómodo así?

—Sí, muy bien. ...Mil gracias.

—Y ahora no te muevas para nada, que te pase el mareo.

—Sí, ya me va a pasar pronto.

—Lo que quieras, yo te lo alcanzo, vos no te muevas.

—Y te prometo no reírme más de tus boleros. La letra ésa que me dijiste... es muy linda.

—A mí me gusta cuando dice, "...Y pienso, si tú también estarás recordando, cariño... los sueños tristes de este amor extraño...", ¿verdad que es divino?

—¿Sabés una cosa?... Yo una vez lo limpié al hijito de este muchacho, del pobrecito que mataron. Vivimos un tiempo escondidos en el mismo departamento, con la mujer de él y el pibito... Quién sabe que va a ser de él, no debe tener ni tres años, precioso el chiquito... Y vos no sabés lo peor, y es que a nadie de ellos les puedo escribir, porque cualquier cosa sería comprometerlos, o qué... peor todavía, señalarlos.

—¿A tu compañera tampoco?

—Menos que menos, ella está a cargo del grupo. Ni con ella ni con nadie, me puedo comunicar. Y como tu bolero, "porque la vida no nos unirá nunca", al pobre muchacho ya nunca más le voy a poder escribir una carta, ni decirle una palabra.

—Es "...aunque la vida no nos una nunca..."

—Nunca. Qué palabra tan terrible, hasta ahora no me había dado cuenta... de lo terrible que es... esa... pa... palabra. ...Perdoname.

—No, desahogate, desahogate todo lo que puedas, llorá hasta que no puedas más, Valentín.

—Es que me da tanta pena... Y no poder hacer nada, acá, encerrado, y no poder ocuparme de la mu... mujer, del hiji... hijito... Ay viejo, qué triste que... es...

—Qué se le va a hacer...

—A... ayudame a sacar el brazo de... de la frazada...

—¿Para qué?

—Da... dame la mano, Molina, fuerte...

—Claro. Apretá bien.

—Que no me quiero seguir sacudiendo así...

—Qué importa que te sacudas, así te aliviás.

—Y hay una cosa más, que me jode mucho. Es algo muy jodido, muy bajo...

—Contame, desahogate.

—Es que de quien que... querría recibir ca... carta, en este momento, a quien querría tener bien cerca, y abrazarla... no es a mi... compañera, sino a la otra... de que te hablé.

—Si es lo que sentís...

—Sí, porque yo ha... hablo mucho pero... pero en el fondo lo que me me... me... sigue gustando es... otro tipo de mujer, adentro mío yo soy igual que todos los reaccionarios hijos de puta que me mataron a mi compañero... Soy como ellos, igualito.

—No es cierto.

—Sí, no nos engañemos.

—Si fueras como ellos no estarías acá.

—"...los sueños tristes de este amor extraño..." ...¿Y sabés por qué me molestó cuando empezaste con el bolero? Porque me hiciste acordar de Marta, y no de mi compañera. Por eso. Y hasta pienso que Marta no me gusta por ella misma, sino porque tiene... clase, como dicen los perros clasistas hijos de puta... de este mundo.

—No te torturés... Cerrá los ojos y tratá de descansar.

—Me viene todavía un poco de mareo, por ahí.

—Te caliento agua para un té de manzanilla, que todavía queda porque nos olvidamos que estaba...

—No te creo...

—Te lo juro, estaba detrás de mis revistas, por eso se salvó.

—Pero es tuyo, y a vos te gusta.

—Pero te va a hacer bien, callate un poco, vas a ver que te va a hacer descansar un buen rato...

. . . .

—un muchacho que urde un plan, un muchacho que acepta la invitación de su madre a verla en la ciudad, un muchacho que miente a su madre asegurándole su oposición a la guerrilla, un muchacho que promete a su madre regresar a París, un muchacho que cena a solas con su madre a la luz de candelabros, un muchacho que promete a su madre acompañarla en un viaje por mundanos centros de deporte invernal europeos como lo hiciera de niño apenas terminada la guerra, una madre que le habla de bellas muchachas casaderas de la aristocracia europea, una madre que le habla de todo cuanto heredará, una madre que le propone ya poner a nombre del hijo cuantiosas riquezas, una madre que oculta las razones por las cuales no puede ya acompañarlo a Europa, un muchacho que busca el paradero del ex administrador, un muchacho que se entera de que el mismo es el cerebro del Ministerio de Seguridad, un muchacho que se entera de que el ex administrador es jefe del servicio secreto de acción contrarrevolucionaria, un muchacho que quiere convencer a su madre de irse ya con él a Europa, un muchacho que quiere usufructuar de sus bienes y repetir su viaje de niño para esquiar junto a su bella madre, un muchacho que decide dejarlo todo y huir con su madre, un muchacho que propone el viaje a su madre, un muchacho

160

cuyo proyecto es rechazado por la madre, una madre que confiesa tener otro plan, una madre que quiere rehacer su vida sentimental, una madre que va a despedirlo al aeropuerto y allí le confiesa su próximo casamiento con el ex administrador, un muchacho que se finge entusiasta con el proyecto, un muchacho que baja en la primera escala y toma otro avión de regreso, un muchacho que se une a los guerrilleros de la montaña, un muchacho decidido a limpiar el nombre de su padre, un muchacho que se reencuentra con la campesina que lo condujera por primera vez a la montaña, un muchacho que se da cuenta de que ella está embarazada, un muchacho que no desea un hijo indio, un muchacho que no desea mezclar su sangre con la sangre de la india, un muchacho que se avergüenza de sus sentimientos, un muchacho que no puede acariciar a la futura madre de su hijo, un muchacho que no sabe cómo limpiar su culpa, un muchacho que encabeza el asalto guerrillero a la hacienda donde están su madre y el ex administrador, un muchacho que circunda la hacienda, un muchacho que abre fuego contra su propia casa, un muchacho que abre fuego contra su propia sangre, un muchacho que exige la rendición de los ocupantes, un muchacho que ve salir al ex administrador escudándose cobardemente en su madre como rehén, un muchacho que ordena hacer fuego, un muchacho que oye el grito desgarrador de su madre pidiendo clemencia, un muchacho que detiene la ejecución, un muchacho que exige la confesión sobre la verdadera muerte de su padre, una madre que se zafa de los brazos que la aprisionan y confiesa toda la verdad, una madre que cuenta cómo su amante urdió una trampa para que el padre apareciera como asesino del fiel capataz, una madre que confiesa que su marido fue inocente, un muchacho que ordena la ejecución de su madre después de ordenar la ejecución del ex administrador, un muchacho que pierde la razón y al ver a su madre agonizante empuña la ametralladora para ejecutar a los soldados que acaban de acribillarla, un muchacho que es ejecutado inmediatamente, un muchacho que siente arder en su vientre las balas guerrilleras, un muchacho que alcanza a ver entre el pelotón de fusi-

CAPÍTULO OCHO

MINISTERIO DEL INTERIOR DE LA REPÚBLICA ARGENTINA
Penitenciaría de la Ciudad de Buenos Aires
Informe para el señor Director del Sector III, preparado por Secretaría Privada

Procesado 3.018, Luis Alberto Molina.
Sentencia del Juez en lo Penal Dr. Justo José Dalpierre, expedida el 20 de julio de 1974, en el Tribunal de la Ciudad de Buenos Aires. Condena de 8 años de reclusión por delito de corrupción de menores. Aposentado en Pabellón B, celda 34, el día 28 de julio de 1974, con procesados amorales Benito Jaramillo, Mario Carlos Bianchi y David Margulies. Transferido el 4 de abril de 1975 al Pabellón D, celda 7 con el preso político Valentín Arregui Paz. Buena conducta.

Detenido 16.115, Valentín Arregui Paz.
Arresto efectuado el 16 de octubre de 1972 en la carretera 5, a la altura de Barrancas, poco después de que la Policía Federal sorprendiera al grupo de activistas que promovía disturbios en ambas plantas de fabricación de automotores donde los obreros se hallaban en huelga y situadas sobre esa carretera. Puesto a disposición del Poder Ejecutivo de la Nación y en espera de juicio. Aposentado en Pabellón A, celda 10, con preso político Bernardo Giacinti el día 4 de noviembre de 1974. Tomó parte en huelga de hambre por protesta de la muerte del preso político Juan Vicente Aparicio durante interrogatorios policiales. Castigado en calabozo diez días a partir del 25 de marzo de 1975. Transferido el 4 de abril de 1975 al Pabellón D, celda 7, con el procesado por corrupción de menores Luis Alberto Molina. Conducta

reprobable por rebeldía, reputado como cabecilla de huelga de hambre citada y otros movimientos de protesta por supuesta falta de higiene de Pabellón y violación de correspondencia personal.

SUBOFICIAL: Descúbrase ante el señor Director.

PROCESADO: Está bien.

DIRECTOR: No tiemble así, hombre, no le va a pasar nada.

SUBOFICIAL: El procesado ha sido revisado y no tiene consigo nada con que pueda atacar al señor Director.

DIRECTOR: Gracias, Suboficial, sírvase dejarme a solas con el procesado.

SUBOFICIAL: Señor Director, quedo montando guardia en el pasillo. Con su permiso, señor Director.

DIRECTOR: Está bien, Suboficial, salga ya por favor. ...Está flaco, Molina, ¿qué le pasa?

PROCESADO: Nada, señor. Anduve mal de los intestinos, pero ya estoy bien.

DIRECTOR: No tiemble así... No tiene nada que temer, hemos hecho como que usted hoy tenía visita. Arregui no podrá sospechar nada.

PROCESADO: No, él no sospecha nada.

DIRECTOR: Ayer estuvo cenando en mi casa el protector de usted, y le tiene buenas noticias, por eso quise que viniera a mi despacho hoy, aunque sea todavía muy pronto, ¿o sabe usted algo ya?

PROCESADO: No, señor, todavía no sé nada. Hay que andar con mucho cuidado en una cosa así. ...¿Y qué le dijo el señor Parisi?

DIRECTOR: Muy buenas noticias, Molina, que su mamá está bastante mejorada, desde que se le habló de una posibilidad de indulto... parece que es otra persona.

PROCESADO: De veras...

DIRECTOR: Claro, hombre, era de esperar, ¿no? ...Pero

no llore, vamos, ¿qué es eso?, tiene que estar contento, hombre...

PROCESADO: Es de alegría, señor...

DIRECTOR: Vamos, vamos... ¿No tiene pañuelo?

PROCESADO: No, señor, me seco con la manga, no hace
falta...

DIRECTOR: Tome el mío...

PROCESADO: No, de veras, ya está, perdone.

DIRECTOR: Usted sabe que con Parisi somos como hermanos, y desde que él me habló por usted se le buscó
la vuelta al asunto, pero Molina... esperamos que usted sepa hacer las cosas. ¿Ya le está viendo la punta, o
qué?

PROCESADO: Yo creo que puede ser...

DIRECTOR: ¿Ayudó o no que lo debilitáramos por el
lado físico?

PROCESADO: El primer plato que vino preparado me lo
tuve que comer yo.

DIRECTOR: ¿Por qué? Hizo muy mal...

PROCESADO: No, porque a él la polenta no le gusta, y
como vino un plato más cargado que el otro... él insistió en que me lo comiera yo al más grande, y hubiese sido muy sospechoso que yo me negase. Usted
me había dicho que el preparado venía en el plato de
lata más nuevo, pero se equivocaron al cargarlo más.
Y me lo tuve que comer yo.

DIRECTOR: Ah, muy bien, Molina. Lo felicito. Perdóne-
nos el error.

PROCESADO: Será por eso que me encuentra más flaco,
estuve descompuesto dos días.

DIRECTOR: ¿Y Arregui cómo está de moral?, ¿consegui-
mos que se ablandara un poco?, ¿cuál es su opinión?

PROCESADO: Sí, pero a lo mejor ya convendría dejar que
se componga.

DIRECTOR: Bueno, tanto no sé. Molina, eso déjelo de

nuestra cuenta, aquí contamos con los técnicos necesarios.

PROCESADO: Pero si se agrava no va a haber modo de que se quede en la celda, y en la enfermería ahí ya no puedo hacer nada yo.

DIRECTOR: Molina, usted está subestimando la capacidad de nuestros técnicos. Ellos sabrán cuando parar y cuando seguir. Tengo más tino, compañero.*

PROCESADO: Perdone, señor, yo lo que quiero es cooperar, nada más.

---

* En *Tres ensayos sobre la teoría de la sexualidad*, Freud señala que la represión, en términos generales, proviene de la imposición de dominación de un individuo sobre otros, siendo ese primer individuo no otro que el padre. A partir de tal dominación, se establece la forma patriarcal de la sociedad, basada en la inferioridad de la mujer y en la fuerte represión de la sexualidad. Además, Freud asocia su tesis de la autoridad patriarcal con el auge de la religión, y en particular con el triunfo del monoteísmo en Occidente. Por otra parte, Freud se preocupa especialmente por la represión sexual, puesto que considera los impulsos naturales del ser humano como mucho más complejos de lo que la sociedad patriarcal admite: dada la capacidad indiferenciada de los bebés para obtener placer sexual de todas las partes de su cuerpo, Freud los califica de "perversos polimorfos". Como parte de este concepto, Freud también cree en la naturaleza esencialmente bisexual de nuestro impulso sexual original.

En la misma línea de pensamiento, y en lo referente a la represión primera, Otto Rank considera el desarrollo que va de la dominación paterna hasta llegar a un poderoso sistema estatal administrado por el hombre, como una prolongación de dicha represión primera, cuyo propósito es la cada vez mayor exclusión de la mujer. Por su parte, Dennis Altman, en su obra *Homosexual, opresión y liberación*, hablando de la represión sexual en lo específico, la relaciona con la necesidad, en el comienzo de la humanidad, de producir gran cantidad de hijos para fines económicos y de defensa.

A propósito del mismo asunto, en *El sexo en la historia*, el antropólogo británico Rattray Taylor señala que a partir del siglo IV, antes de Cristo, en el mundo clásico se verifica una represión creciente de la sexualidad y un desarrollo del sentimiento de culpa, factores que facilitaron el triunfo del concepto hebreo, más represivo del sexo, sobre el concepto griego. Según los griegos, la naturaleza sexual de todo ser humano contenía elementos tanto homosexuales como heterosexuales.

Volviendo a Altman, en su obra ya citada expresa que las sociedades occidentales se especializan en la represión de la sexualidad, represión legitimizada por la tradición religiosa judeo-cristiana. Dicha represión se expresa de

DIRECTOR: Está bien. Ahora una cosa, no dé ni la más leve idea del indulto, ahora al volver a su celda oculte toda euforia. ¿Qué va a contarle de la visita que recibió?

PROCESADO: No sé, señor. Indíqueme usted, por favor.

DIRECTOR: Dígale que estuvo su madre, ¿qué le parece?

PROCESADO: No, imposible, eso no.

DIRECTOR: ¿Y por qué no?

---

tres modos interrelacionados: asociando sexo con, 1) pecado, y su consiguiente sentido de culpa; 2) la institución familiar y la procreación de hijos, como única justificación; 3) rechazo de todo lo que no sea sexualidad genital y heterosexual. Más adelante agrega que los "libertarios" tradicionales de la represión sexual luchan por cambiar los dos primeros puntos pero olvidan el tercero. Un ejemplo de ello sería Wilhelm Reich con su libro *La función del orgasmo*, cuando afirma que la liberación sexual está radicada en el orgasmo perfecto, el cual sólo se podría obtener mediante el acoplamiento genital heterosexual de individuos pertenecientes a la misma generación. Y es bajo la influencia de Reich que otros investigadores habrían desarrollado su desconfianza de la homosexualidad y los anticonceptivos, ya que dificultarían el logro del orgasmo perfecto y por lo tanto serían contrarios a la total "libertad" sexual.

Sobre la liberación sexual, Herbert Marcuse en *Eros y civilización* aclara que la misma implica más que la mera ausencia de opresión, la liberación requiere una nueva moralidad y una revisión de la noción de "naturaleza humana". Y después agrega que toda teoría real de liberación sexual debería tomar en cuenta las necesidades esencialmente polimorfas del ser humano. Según Marcuse, en desafío a una sociedad que emplea la sexualidad como un medio para un fin útil, las perversiones sustentan la sexualidad como un fin en sí mismo; por lo tanto se colocan fuera de la órbita del férreo principio de "performance" —término técnico tal vez traducible como "rendimiento"—, o sea uno de los principios represores básicos para la organización del capitalismo, y así cuestionan sin proponérselo los fundamentos mismos de este último.

Comentando este punto del razonamiento marcusiano, Altman agrega que cuando la homosexualidad se vuelve exclusiva y establece sus propias normas económicas dejando de apuntar críticamente a las formas convencionales de los heterosexuales para, en cambio, intentar una copia de éstos, se vuelve una forma de represión tan grande como la heterosexualidad exclusiva. Y más adelante, comentando a otro freudiano radical como Marcuse, Norman O. Brown, y a Marcuse mismo, Altman infiere que en última instancia lo que concebimos como "naturaleza humana" es tan sólo lo que ha resultado de ella después de siglos de represión, razonamiento que implica, y en ello concuerdan Marcuse y Brown, la mutabilidad esencial de la naturaleza humana.

PROCESADO: Porque mi madre siempre viene con un paquete de comida.

DIRECTOR: Hay que inventar algo para justificar su euforia, hombre. Eso es fundamental. Ya sé, le mandaremos a buscar comestibles, y los empaquetamos, ¿qué le parece la idea?

PROCESADO: Bien, señor.

DIRECTOR: Así también le reparamos un poco su sacrificio del plato de polenta. ¡Pobre Molina!

PROCESADO: Mi mamá compra todo en el supermercado que hay acá a pocas cuadras del penal, para no cargar en el ómnibus con el paquete.

DIRECTOR: Pero más fácil nos es comprar todo aquí en la proveeduría. Aquí le haremos el paquete.

PROCESADO: No, sería sospechoso. Por favor no, que vayan al supermercado de aquí de la avenida.

DIRECTOR: A ver un momento. ...Hola, hola... Gutiérrez, venga un momento, por favor... aquí a mi despacho.

PROCESADO: Mamá me lo trae siempre al paquete envuelto en papel madera, con cartón por dentro. Que se lo preparan en el supermercado, para que lo pueda traer.

DIRECTOR: De acuerdo... Sí, pase. Mire, Gutiérrez, hay que conseguir una lista de comestibles que le voy a dar, y envolverlo de un cierto modo. El procesado le va a dar la lista, y todo tiene que estar hecho en... digamos media hora, saque un vale y haga comprar con un Suboficial la lista que le dé aquí el procesado. Molina, usted dicte ya lo que le parece que su madre podría traerle.

PROCESADO: ¿A usted?

DIRECTOR: ¡Sí, a mí!, y rápido que tengo que hacer.

PROCESADO: ...Dulce de leche, en tarro grande. ...Dos tarros, mejor. Duraznos al natural, dos pollos asados, que no estén ya fríos, claro. Un paquete grande de azúcar. Dos paquetes de té, uno de té negro, y otro de manzanilla. Leche en polvo, leche condensada, jabón para lavar... media barra, no, una barra entera, de jabón Radical, y cuatro paquetes de jabón de tocador, Palmolive, ...¿y qué más? ...sí, un frasco grande de pescado en escabeche, y déjeme pensar un poquito, porque tengo como una laguna en la cabeza...

SEGUNDA PARTE

CAPÍTULO NUEVE

—¡¡¡Mirá lo que traigo!!!

—¡No!... estuvo tu mamá...

—¡¡¡Sí!!!

—Pero qué bueno... Anda bien entonces.

—Sí, un poco mejor. ...Y mirá todo lo que me trajo. Perdón, lo que *nos* trajo.

—Gracias, pero es para vos, no embromés, hombre.

—Callate vos, apestado. Hoy acá se empieza una nueva vida, con las sábanas casi secas, tocá... Y todo esto para comer. Mirá, dos pollos al espiedo, dos, ¿qué me contás? Y los pollos son para vos, eso no te puede hacer mal, vas a ver que enseguida te componés.

—Jamás lo voy a permitir.

—Hacelo por mí, prefiero no comer pollo pero salvarme de tus olores, inmundo de porquería. ...No, en serio te lo digo, vos tenés que dejar de comer esta puta comida de acá y vas a ver que te componés. Por lo menos hacé la prueba dos días.

—¿Te parece?...

—Claro, hombre. Y ya cuando estés bien... cerrá los ojos, Valentín, a ver si adivinás. Decí.

—Qué sé yo... no sé...

—No abras los ojos. Esperate que te doy a tocar a ver si caés. A ver... tocá.

—Dos tarros... Y pesaditos. Me doy por vencido.

—Abrí los ojos.

—¡Dulce de leche!

—Pero para eso hay que esperar, una vez que te sientas bien, y esto sí nos lo comemos entre los dos. ...Y me arriesgué a dejar las sábanas solas a secar... y no las robaron, ¿qué me contás?, y están ya casi secas, esta noche dormimos los dos con sábanas.

—Genial.

—Bueno, un ratito que acomodo esto... y yo me hago un té de manzanilla que me muero de los nervios que tengo, y vos te comés una patita de pollo, o no, son las cinco no más... Mejor, un té conmigo, y unas galletitas que aquí tengo, de las más digestivas, las "Express", que me las daban de chico cuando estaba enfermo. Cuando no existían las "Criollitas".

—Por favor, ¿no me darías una ya?

—Bueno, una, y con dulce y todo, ¡pero de naranja! Por suerte me trajeron todo de lo más fácil de digerir, así que podés entrarle a todo, menos al dulce de leche, todavía. Y enciendo el calentador y ya, a chuparse los dedos.

—¿Y la pata de pollo, no me la darías ya?

—No, ojo, un poco de medida, ¿no? Mejor lo dejamos para más tarde, así cuando traen la cena no te tentás, porque por asco que sea lo mismo te la has comido todos estos días.

—Es que vos no sabés, después de los dolores me viene un vacío al estómago que me muero de hambre.

—Escuchame, vamos a ver si nos entendemos. Yo quiero que te comas el pollo, no, *los* pollos, los dos, con la condición de que no pruebes la comida del penal, que es la que te hace mal, ¿trato hecho?

—De acuerdo. Pero y vos, ¿te quedás con las ganas?

—No, a mí la comida fría no me tienta. De veras.

. . . .
. . . .

—Sí, me cayó bien. Y fue buena idea la manzanilla más temprano.

—Te tranquilizó los nervios, ¿no es cierto? A mí también.

174

—Y el pollo estuvo genial, Molina. Pensar que hay para dos días más.

—Bueno, ahora dormite, así completás la cura.

—No tengo sueño. Dormí vos no más, no te preocupes.

—No te pongas a pensar macanas que te va a hacer mal la comida.

—¿Vos tenés sueño?

—Más o menos.

—Porque para que fuera completo el programa faltaría algo.

—Che, se supone que acá el degenerado soy yo, no vos.

—No embromés. Faltaría una película, eso es lo que faltaría.

—Ah...

—¿No te acordás de ninguna del tipo de la mujer pantera? Esa fue la que más me gustó.

—Bueno, así fantásticas hay muchas.

—A ver, decí, ¿cuáles?

—Y bueno, ...*Drácula, El hombre lobo*...

—¿Qué otras?

—*La vuelta de la mujer zombi*...

—¡Ésa! A ésa nunca la vi.

—Ay... cómo empezaba...

—¿Es yanqui?

—Sí. Pero la vi hace mil años.

—Dale entonces.

—Dejame que me concentre un momento.

—¿Y al dulce de leche cuándo lo podré probar?

—Por lo menos mañana, antes no.

—¿Y ahora, una cucharadita?

—No. Y mejor te cuento la película... ¿Cómo era?... Ah, sí. Ya me acuerdo. Empieza que una chica de Nueva York toma el barco a una isla del Caribe donde la espera el novio para casarse. Parece una chica muy buena, y llena de ilusiones, que le cuenta todo al capitán del barco, que es buen mocísimo, y él mira al agua negra del mar, porque es de noche, y después la mira a ella como diciendo "ésta no sabe lo que le espera", pero no le dice nada, hasta que ya están por atracar en la isla, y se oyen los tambores de los nativos, y ella está como transportada, y el capitán entonces le dice que no se deje engañar por esos tambores, que a veces lo que transmiten son sentencias de muerte. *paro cardíaco, una anciana enferma, un corazón se llena del agua negra del mar y se ahoga*

—*patrulla policial, escondite, gases lacrimógenos, la puerta se abre, puntas de metralletas, sangre negra de asfixia sube a las bocas* Seguí, ¿por qué parás?

—Bueno, la chica se encuentra con el marido, con que se casó por poder, y nos enteramos que se conocieron en Nueva York apenas unos días. Él es viudo y yanqui también. Bueno, la llegada a la isla, cuando atraca el barco, es divina, porque la espera el novio con toda la comitiva de carros adornados de flores, y tirados por burritos, y en algunos carros van los músicos, que tocan unas tonadas suavecitas con esos instrumentos que son como unas mesas hechas de tablitas en las que van golpeando con palillos, ay, no sé, pero es una música que a mí me toca el corazón, porque esas notas suenan tan lindas, como pompitas de jabón que se van reventando una detrás de otra. Y por suerte no se oyen más los tambores, que eran bastante de mal agüero. Y llegan a la casa, que está alejada del pueblo, está en el campo, entre las palmeras, y es una isla preciosa con montañitas bajas, y es ahí que están los bananales. Y el muchacho es muy agradable, pero se le ve que tiene como un drama adentro, se sonríe un poco demasiado, como una persona débil de carácter. Y ahí hay un detalle que te pone en la pista de que algo le pasa, porque él lo primero que hace es presentarle a la chica al mayordomo, que es un cincuentón, pero francés, y el mayordomo le pide que el muchacho le firme ya en ese momento unos papeles, del embarque de bananas en ese mismo barco que la trajo a la chica, y el muchacho le pide que más tarde, pero el mayordomo, le insiste, y el muchacho lo mira con odio y cuando va a firmar los papeles se ve que no tiene casi pulso para escribir, le tiembla la mano. Y todavía es de día, y toda la comitiva que llegó en los carritos con flores está en el jardín esperando a la pareja para brindar, y traen de todos jugos de frutas, y por ahí se ve a unos delegados de los peones negros de los cañaverales que traen un barrilito de ron como obsequio al patrón, pero el mayordomo los ve y se pone furioso, y con un hacha que hay ahí cerca le da unos hachazos al barril y todo el ron se cae al suelo.

—Por favor, no me hables ni de comidas ni de bebidas.

—Y vos no seas tan impresionable, mantequita. Bueno, entonces la chica lo mira al muchacho como preguntándole por qué esa histeria del mayordomo tan antipático, pero el muchacho en eso le hace señas al mayordomo de que actuó bien, y sin perder más tiempo levanta la copa de jugo de frutas y brinda por todos los isleños presentes, a la mañana siguiente por fin ya van a estar casados porque van a ir a firmar unos papeles en el registro civil de la isla. Pero esa noche la chica la tiene que pasar sola en la casa, porque el muchacho se va lejos a los bananales más alejados que hay, una plantación muy, muy lejos para de paso saludar a sus peones, y evitar el qué dirán. Esa noche hay una luna maravillosa, el jardín de la casa, que es hermoso, con esas plantas tropicales tan fabulosas, está más fantástico que nunca, y la chica está con un camisón blanco de satén y encima un négligé también blanco pero transparente, y está tentada de dar una vuelta por la casa, y ve la gran sala, y después el comedor, y dos veces ve portarretratos con la foto del muchacho de un lado y del otro lado nada, porque han sacado la foto, que seguramente era de la primera mujer, la muerta. Entonces sigue recorriendo la casa, y entra en un dormitorio que se ve que era de una mujer, porque tiene sobre la mesa de luz y la cómoda unas carpetas de encajes, pero la chica revisa los cajones para ver si hay una foto y no encuentra nada, pero en el ropero está colgada toda la ropa de la primera mujer, todas cosas finísimas importadas. Y en eso la chica oye que algo se mueve, ve una sombra pasar por la ventana. Se asusta muchísimo y sale al jardín, que está muy iluminado por la luna, y ve que en un estanque salta una ranita, y piensa que ese era el ruido que había oído, y que la sombra era de las palmeras que se mueven con la brisa. Y se interna más en el jardín, porque siente calor dentro de la casa, y en eso vuelve a oír un ruido, pero como de pasos, y se da vuelta para mirar, pero en ese momento unas nubes alcanzan a tapar la luna, y se oscurece el jardín. Y al mismo tiempo muy muy a lo lejos... los tambores. Y se oye también, ahora sí bien claro, que se acercan pasos, pero muy muy lentos. La chica tiembla de miedo, y ve que una sombra entra en la casa, por la puerta que la misma chica dejó abierta. A la pobre entonces no sabe qué es lo que le da más miedo, si quedarse ahí afuera en el jardín oscurísimo, o si entrar a la casa. Entonces decide acercarse a la casa, y espiar por alguna ventana, a ver quién es que ha entrado, y espía por una ventana y no ve nada, y se corre hasta otra, que es justamente la de la pieza de la esposa muerta. Y como está muy oscuro alcanza a distinguir nada más que una sombra que se desliza por la habitación, una silueta alta, que avanza con una mano estirada, y acaricia algunas de las cosas que hay ahí, y bien cerca de la ventana está la cómoda con los encajes y ahí encima un cepillo muy hermoso de mango de plata labrada, y un espejo de mango igual, y como está muy cerca de la ventana la chica ve que es una mano muy delgada y pálida de muerta la que acaricia esas cosas, y la chica se queda como petrificada de miedo, no se anima a moverse, *la muerta que camina, la sonámbula traidora, habla dormida y cuenta todo, lo oye el enfermo contagioso, no la toca de asco, es blanca su carne de muerta* pero sí ve que la sombra sale de la pieza en dirección a quién sabe qué otra parte de la casa, cuando al ratito oye pasos ahí en ese patio otra vez, y la chica se hace bien chiquita tratando de esconderse entre las enredaderas que trepan por esas paredes cuando la nube se corre y deja al descubierto la luna y se ilumina el patio y ahí delante de la chica hay una figura muy alta que la mata casi de terror, una cara pálida de muerta, con el pelo rubio enmarañado y largo hasta la cintura, envuelta en un batón negro. La chica quiere gritar socorro pero no le sale la voz, y va retrocediendo despacito, porque las piernas no le dan, le flaquean. La mujer que tiene delante la mira fijo, y al mismo tiempo es como si no la viese, tiene una mirada perdida, como de loca, pero estira los brazos para tocarla a la chica, y avanza muy despacio, como si estuviera muy débil, y la chica va retrocediendo, y sin ver que detrás hay una hilera de árboles muy tupidos se arrincona sola, y cuando se da vuelta y se da cuenta que está acorralada pega un grito bárbaro, pero la otra sigue despacito avanzando, con los brazos estirados. Del terror la chica cae desmayada. En eso alguien detiene a la mujer esa tan rara. Es que ha llegado la negra esa tan simpática, ¿o me olvidé de contarte? *una enfermera negra, vieja, buena, enfermera de día, a la noche deja sola con el enfermo grave a una enfermera blanca, nueva, la expone al contagio*

—No, no la nombraste.

—Bueno, esta negra viene a ser como un ama de llaves, pero muy buena. Una gordota, ya con el pelo todo canoso, y la mira con muy buena cara a la chica desde que llegó. Y cuando la chica se despierta del desmayo ya la negra la ha llevado hasta su cama, y le hace creer a la chica que lo que tuvo fue una pesadilla. Y la chica no sabe bien si creerle, pero como la ve tan buena a la negra se tranquiliza, y la negra le trae un té para que se duerma, una manzanilla, algo, no me acuerdo. Al día siguiente es el casamiento, bueno, tienen que ir al alcalde, a saludarlo y firmar unos papeles, y para eso la chica se está vistiendo, con un traje sastre muy sencillo, pero con un peinado muy hermoso que le está haciendo la negra, una especie de trenza arriba, cómo te podría explicar, bueno, en esa época se usaba el peinado alto para ciertas ocasiones, que daba mucho chic.

—No me siento bien... otra vez el mareo.

—¿Estás seguro?

—Sí, es un amago, pero igual que siempre.

—Pero esa comida no te pudo hacer mal.

—Estás loco, ¿cómo le voy a echar la culpa a tu comida?

—Qué nervioso estás...

—Pero no es tu comida, es mi organismo, algo me pasa.

—No pensés, que te hace peor.*

---

* Como una variante del concepto de represión, Freud introdujo el término "sublimación", entendiendo por ello la operación mental mediante la cual se canalizan los impulsos libidinosos inconvenientes. Los canales de la sublimación serían cualquier actividad —artística, deportiva, laboral— que permitieran el empleo de esa energía sexual, excesiva según los cánones de nuestra sociedad. Freud hace una diferencia fundamental entre represión y sublimación al considerar que esta última puede ser saludable, ya que resulta indispensable para el mantenimiento de una comunidad civilizada.

Esta posición ha sido atacada por Norman O. Brown, autor de *Vida contra muerte*, quien en cambio propicia un regreso a esa "perversión polimorfa" de

—Ya no me podía concentrar en lo que contabas.

—De veras, por favor, pensá en otra cosa, porque la comida era bien sana. Debe ser que te quedó un poco de sugestión.

—Por favor, contame un poco más, a ver si se me pasa. También es que me siento muy débil, y me llené enseguida, no sé de verdad qué es...

—Es eso, que estás muy débil, y yo te vi de angurria comer demasiado rápido, sin masticar casi.

—Desde que me desperté que estoy pensando lo mismo, eso me debe haber hecho mal, cuando puedo estudiar no me pasa eso. No me lo puedo sacar de la cabeza.

—¿Qué cosa?

—Que no le puedo contestar a mi compañera, ...y a Marta sí. Y a lo mejor me haría bien escribirle, pero no sé qué decirle. Porque está mal que le escriba, ¿para qué?

---

los bebés descubierta por Freud, lo cual implica una eliminación total de la represión. Una de las razones que aducía Freud en su defensa de una represión parcial, era la necesidad de sujetar los impulsos destructivos del hombre, pero tanto Brown como Marcuse refutan este argumento al sostener que los impulsos agresivos no existen como tales si los impulsos de la libido —preexistentes— hallan su modo de realización, es decir, su satisfacción.

La crítica que ha recibido Brown a su vez, parte de la suposición de que una humanidad sin diques de contención, es decir de represión, no podría organizar ninguna forma de actividad permanente. Es entonces que Marcuse interviene con su concepto de "surplus repression", designando estos términos aquella parte de la represión sexual creada para mantener el poderío de la clase dominante, pese a no resultar imprescindible para mantener una sociedad organizada que atienda a las necesidades humanas de todos sus componentes. Por lo tanto, el avance principal que supondría Marcuse con respecto a Freud, consistiría en que éste toleraba cierto tipo de represión por el hecho de preservar la sociedad contemporánea, mientras que Marcuse considera fundamental el cambio de la sociedad, sobre la base de una evolución que tenga en cuenta los impulsos sexuales originales.

Ésa sería la base de la acusación que representantes de las nuevas tendencias psiquiátricas formulan a los psicoanalistas ortodoxos freudianos, acusación según la cual estos últimos habrían buscado —con una impunidad que se agrietó notablemente a fines de los años sesenta— que sus pacientes asumie-

—¿Te sigo contando?

—Sí, por favor.

—Bueno, ¿en qué estábamos?

—En que la estaban vistiendo a la chica.

—Ah, sí, y le hace un peinado...

—Alto, ya sé, ¡¿y a mí qué?, no me detalles cosas que no tienen importancia realmente. *mascarón pintarrajeado, una trompada seca, de vidrio es el mascarón, se astilla, el puño no se lastima, el puño es de hombre*

—*la sonámbula traidora y la enfermera blanca, en la oscuridad las mira fijo el enfermo contagioso* ¡Cómo que no! Vos callate y dejame a mí que sé lo que te digo. Empezando porque el peinado alto, que —escuchame bien— tiene su

---

sen todo conflicto personal para facilitarles la adaptación a la sociedad represiva en que vivían, no para que advirtieran la necesidad de cambiar dicha sociedad.

En *El hombre unidimensional*, Marcuse afirma que originalmente el instinto sexual no tenía limitaciones temporales y espaciales de sujeto y objeto, puesto que la sexualidad es por naturaleza "perversa polimorfa". Yendo aún más allá Marcuse da como ejemplo de "surplus représsion" no solamente nuestra total concentración en la copulación genital sino también fenómenos como la represión del olfato y el gusto en la vida sexual.

Por su parte, Dennis Altman, comentando favorablemente en su libro ya citado estas afirmaciones de Marcuse, agrega que la liberación no debería solamente eliminar la contención sexual, sino también proporcionar la posibilidad práctica de realizar esos deseos. Además sostiene que sólo recientemente hemos advertido que mucho de lo que se consideraba normal e instintivo, especialmente en la estructuración familiar y en las relaciones sexuales, es en cambio aprendido, por lo cual sería necesario desaprender mucho de lo que hasta ahora se ha considerado natural, incluso actitudes competitivas y agresivas fuera del campo de la sexualidad. Y dentro de la misma línea, la teórica de la liberación femenina Kate Millet dice en su libro *Política sexual* que el propósito de la revolución sexual debería ser una libertad sin hipocresías, no corrompida por las explotadoras bases económicas de las alianzas sexuales tradicionales, o sea el matrimonio.

Además, Marcuse propicia no sólo un libre fluir de la libido, sino también la transformación de la misma: o sea el paso, de una sexualidad circunscripta a la supremacía genital, a una erotización de la entera personalidad. Se refiere entonces a una expansión más que a una explosión de la libido, una expansión que llegue a cubrir otras áreas de las actividades humanas, privadas y sociales, por ejemplo las laborales. Agrega que la entera fuerza de la moralidad

importancia, porque las mujeres se lo hacen nada más, o se lo hacían, en esa época, cuando querían realmente dar la impresión de que ese era un momento importante para ellas, una cita importante, porque el peinado alto, que descubría la nuca y llevaba todo el pelo para arriba daba una nobleza a la cara de la mujer. Y con toda esa mata de pelo arriba la negra le hace una trenza, y le pone todo un adorno de flores del lugar, y cuando ella sale en la calesa, aunque es tiempo moderno, van en ese cochecito divino tirado por dos burritos, y todo el pueblo le sonríe, y ella se ve como rumbo hacia la felicidad... ¿Se te pasa?

—Parece que sí. Seguí, por favor.

—Van ella y la negra, y en la puerta de esa especie de Municipalidad, estilo colonial, la espera el novio. Y ya después se ve que están en la noche en la oscuridad ella

---

civil fue movilizada contra el uso del cuerpo como mero objeto, medio e instrumento de placer, ya que esa cosificación fue considerada tabú y relegada a despreciable privilegio de prostitutas, degenerados y pervertidos.

Al margen de esa posición, J. C. Unwin, autor de *Sexo y cultura*, después de estudiar las regulaciones maritales de 80 sociedades no civilizadas, parece apoyar la suposición muy generalizada de que la libertad sexual conduce a la decadencia social, ya que, según el psicoanálisis ortodoxo, si el individuo no sucumbe a la neurosis, la continencia sexual impuesta puede ayudar a canalizar las energías por vías socialmente útiles. Unwin concluyó de su exhaustivo estudio que el establecimiento de las primeras bases de una sociedad organizada, su posterior desarrollo y su apropiación de terrenos vecinos, o sea las características históricas de toda sociedad pujante, se dan solamente a partir del momento en que se implanta la represión sexual. Mientras que las sociedades donde se permiten relaciones sexuales libres —prenupciales, extraconyugales y homosexuales— permanecen en un subdesarrollo casi animal. Pero al mismo tiempo Unwin dice que las sociedades estrictamente monógamas y fuertemente represivas, no logran sobrevivir mucho tiempo, y si lo logran en parte, es mediante el sometimiento moral y material de la mujer. Por lo tanto, Unwin expresa que entre la angustia suicida que provoca minimizar las necesidades sexuales y el extremo opuesto del desorden social por incontinencia sexual, debería hallarse una vía razonable que constituyera la solución del grave problema. O sea la eliminación de la "surplus repression" de que habla Marcuse.

183

recostada en una hamaca, se ve un primer plano muy lindo de las dos cabezas porque él se agacha a besarla, iluminados por el plenilunio que medio se va filtrando por las palmeras. Ah, pero me olvidaba algo importante. Bueno, la expresión de los dos es de enamorados, y de profunda satisfacción. Pero lo que me olvidé decirte es que, mientras la peina la negra, la chica...

—¿Otra vez el peinado alto?

—¡Pero qué nervioso estás! Si no ponés algo de tu parte no te vas a tranquilizar...

—Perdón, seguí.

—Bueno, la chica le hace preguntas a la negra. Como, por ejemplo, dónde se fue a pasar él la noche. La negra trata de disimular su alarma y le dice que él fue a saludar a la gente de los bananales, hasta la plantación que está más lejos de todo, y donde la mayoría de los peones creen... en el vudú. La chica sabe que es una religión negra, y le dice que le gustaría mucho ver algo, alguna ceremonia, porque deben ser muy bonitas, con mucho color y música, pero la negra hace una mueca de susto, y le dice que no, que tiene que mantenerse alejada de todo eso, porque es una religión a veces muy sanguinaria, y que de ninguna manera se acerque por ahí. Porque... Y ahí la negra se queda callada. Y la otra le pregunta qué le pasa, y la negra le dice que hay una leyenda, que no debe ser cierta pero que lo mismo a ella le da miedo, y es la de los zombis. ¿Zombi?, ¿qué es eso?, pregunta la chica, y la negra le hace señas de que no diga esa palabra en voz alta, apenas en voz muy baja. Y le explica que son los muertos que los brujos hacen revivir antes de que se enfríe el cadáver, porque los han matado ellos mismos, con un veneno que preparan, y el muerto vivo ya no tiene voluntad, y obedece todas las órdenes que le dan, y los brujos los usan para que hagan lo que a ellos se les da la gana, y los hacen trabajar, y los pobres muertos vi-

184

vos, que son los zombis, no tienen más voluntad que la del brujo. Y dice la negra que ahí en las plantaciones hace muchos años unos pobres peones se habían rebelado contra los dueños porque les pagaban poco, y los dueños se pusieron de acuerdo con el brujo principal de la isla para que los matara y los convirtiera en zombis, y así fue que después de muertos los hicieron trabajar en las cosechas de bananas, pero de noche, para que los demás no se dieran cuenta, y los zombis trabajan y trabajan, sin hablar, porque los zombis no hablan, ni piensan, aunque sí sufren, porque en medio del trabajo, cuando la luna los ilumina se los ve que se les caen las lágrimas, pero no se quejan, porque los zombis no hablan, no tienen ya voluntad y lo único que pueden hacer es obedecer y sufrir. Entonces de golpe la chica le pregunta, acordándose del sueño que ella cree que tuvo la noche anterior, si no hay mujeres zombis. Entonces la negra se escapa por la tangente y le dice que no, porque las mujeres no tienen fuerza para los trabajos más rudos del campo y por eso ella cree que no hay mujeres zombis. Y la chica le pregunta si el muchacho no le tiene miedo a esas cosas, y la negra le dice que no, pero que lo mismo conviene, para estar bien con los peones, que él les haya ido a pedir la bendición, a los brujos mismos. Y en eso termina la conversación, y como te decía, después se ve que ellos están juntos la noche de bodas, y muy felices, por primera vez se ve que el muchacho tiene la sensación de paz en la mirada, y se oyen nada más que los cricri de los bichitos de los jardines y el agua de las fuentes. Y ya después se ve que duermen en su cama, pero algo los despierta y alcanzan a distinguir, cada vez más fuerte, el tam-tam que viene desde lejos. Ella tiembla, un escalofrío le recorre el cuerpo. ¿Te sentís mejor?
ronda nocturna de enfermeras, temperatura y pulso normal, cofia blanca, medias blancas, buenas noches al paciente

185

—Un poco... pero apenas si te puedo seguir el hilo. *la noche larga, la noche fría, pensamientos largos, pensamientos fríos, vidrios rotos puntiagudos*

—Pero entonces no te cuento más. *la enfermera estricta, la cofia muy alta y almidonada, la sonrisa leve y no exenta de sorna*

—No, de veras, si me distraés me mejoro, seguí por favor. *la noche larga, la noche helada, las paredes verdes de humedad, las paredes atacadas de gangrena, el puño herido*

—Bueno, entonces... ¿cómo iba?, se oyen los tambores de muy lejos, y el muchacho también cambia de expresión, y ya no tiene paz, no puede dormir, y se levanta. La chica no dice nada, para hacerse la discreta ni se mueve, se hace la dormida, pero bien que para la oreja y oye un ruido de una puertita de aparador que se abre y el chirrido, y después nada más. Ella no se anima a levantarse y ver, pero él tarda y tarda en volver. Entonces ella se levanta y lo encuentra tirado en un sillón, completamente borracho. Y mira los muebles y ve que hay como una gavetita abierta, donde apenas si cabe una sola botella, una botella de cognac vacía, y el muchacho tiene al lado de él otra botella, por la mitad. Entonces la chica piensa de dónde la sacó, porque en la casa no hay bebidas, y ve que debajo de la botella hay cosas guardadas, en esa gaveta, y son cartas y fotos. Y a duras penas lo lleva al muchacho hasta el dormitorio, y se acuesta al lado de él, para reconfortarlo, de que ella lo quiere y ya no está solo, y él le hace una mirada de agradecimiento, y se queda dormido. Entonces ella trata también de dormirse, pero ya no puede, tan contenta como estaba antes, pero verlo a él tan borracho la ha dejado preocupadísima. Y se da cuenta de que el mayordomo tuvo razón de romper la barrica de ron. Se pone el salto de cama y va a la gavetita a revisar las fotos, porque lo que la tiene intrigadísima es ver una foto de la primera esposa de él.

Pero al llegar se encuentra con que la gaveta está cerrada, y con llave. ¿Quién puede haberla cerrado? Mira alrededor y todo está sumido en la mayor oscuridad y mayor silencio, con la excepción de los tambores, que todavía se oyen. Entonces ella va a cerrar las ventanas para no oírlos más, y justo en ese momento dejan de tocar, como si la hubiesen divisado desde kilómetros y kilómetros. Bueno, a la mañana siguiente él es como si no se acordara de nada, y la despierta con el desayuno, de lo más sonriente, y le dice que la va a llevar a un recorrido por la isla. Ella se siente contagiada por la felicidad de él, y se van por el trópico, en un auto hermoso sin capota, suena una música de fondo alegre, de calipso, y van recorriendo unas playas divinas, y ahí viene una escena muy sexy porque ella siente ganas de bañarse, porque ya han pasado por unos palmares hermosos, y unas rocas que dan sobre el mar, y unos jardines naturales de flores gigantescas, y el sol arde pero ella no se acordó de traerse traje de baño, y él le dice que se bañe sin nada, y paran, la chica se desviste detrás de unas rocas y se le ve de muy lejos correr desnuda al mar. Y ya después se los ve que están tirados en la playa, bajo las palmeras, ella con una especie de sarong hecho con la camisa de él, y él con los pantalones puestos, nada más, y descalzo, y no se sabe de donde viene, viste como es en el cine, pero llegan la palabras de la canción, que dice que al amor hay que saberlo ganar, y que detrás de una senda oscura, llena de acechanzas, el amor espera a todos los que luchan hasta el fin por ganarlo. Y se ve que la chica y el muchacho están de nuevo encantados, y se han olvidado de todo. Y ya se vuelven al atardecer, y cuando suben a una loma del camino, se alcanza a ver al fondo, no muy lejos de ahí, iluminada por el sol que ya está rojo fuego, una casa colonial muy vieja, pero muy linda, y con mucho misterio, porque está como invadida por las plantas, que la tapan casi. Y la chica dice que otro día quiere ir hasta esa casa, y pregunta por qué está como abandonada. Y el muchacho se pone muy nervioso y le dice de mal modo que nunca, nunca se acerque a esa casa, y no le da más explicaciones, que otro día le va a decir por qué. *la enfermera nocturna no tiene experiencia, la enfermera nocturna es sonámbula, ¿está dormida o despierta?, el turno de noche es largo, está sola y no sabe a quién pedirle ayuda* Qué callado estás, no hacés comentarios...

—Es que estoy embromado, seguí vos, que me hace bien pensar en otra cosa.

—Esperate que perdí el hilo.

—No sé como podés tener en la cabeza todos esos detalles. *el cerebro hueco, el cráneo de vidrio, lleno de estampas de santos y putas, alguien tira al pobre cerebro de vidrio contra la pared inmunda, el cerebro de vidrio se rompe, se caen al suelo todas las estampas*

—A pesar de que el paseo había sido tan lindo, la chica ya está otra otra vez preocupada, porque lo ha visto de nuevo nervioso, a raíz de la cuestión de la casa esa, que parece abandonada. Y cuando llegan a su mansión, el muchacho se da una ducha, y mientras tanto ella se tienta de buscarle en la ropa las llaves y revisar la gaveta esa de la noche anterior. Y va y le revisa los pantalones, y encuentra el llavero, y va corriendo a la gaveta: en el llavero hay una sola llave chiquita, la prueba y es esa. Abre. Hay una botella de cognac llena, ¿quién la puso ahí?, porque desde la noche anterior ella no se ha alejado un minuto del marido, y él no fue quien puso la botella, ella lo hubiese visto. Y debajo de la botella hay cartas, son cartas de amor, firmadas por él y otras firmadas por la primera mujer, y más abajo hay fotos, fotos de él y otra mujer, ¿sería la primera esposa?, a la chica le parece reconocerla, le parece haberla visto antes, de veras está segura de haber visto esa cara antes, en alguna parte, ¿pero dónde? Se la ve muy interesante en las fotos, una mujer muy, muy alta, de pelo rubio largo. La chica sigue mirando las fotos, y por ahí encuentra una que es un retrato, la cara sola, bien grande, los ojos muy claros, una mirada un poco perdida... ¡y la chica entonces se acuerda!, es la mujer que la perseguía en la pesadilla, la mujer con cara de loca, vestida de negro hasta los pies... Y en eso se da cuenta la chica que ya el agua de la ducha no se oye más caer, ¡y el marido la puede pescar revolviendo las cosas! Entonces rapidísimo trata de acomodar todo, pone la botella encima de las cartas y fotos, cierra, y va al dormitorio, ¡y ve que él ya está ahí, envuelto en una toalla inmensa de baño, muy sonriente! Ella no sabe qué hacer, y se le ofrece para secarle la espalda, no sabe cómo entretenerlo, distraerlo, *la pobre enfermera, no tiene suerte, le dan el enfermo más grave y no sabe qué hacer para que esa noche no muera o la mate, más fuerte que nunca el peligro al contagio* porque él ya va a empezar a vestirse, pero el terror es que ella tiene el llavero en una mano, y él se va a dar cuenta. Y ella le seca la espalda con una mano, y mira el pantalón de él, que está tirado en una silla, y no sabe cómo hacer para meterle las llaves en el bolsillo. Y entonces se le ocurre una idea, y le dice que le gustaría peinarlo ella. Y él le dice que sí, y que el peine quedó en el baño, que vaya a buscarlo, y ella dice que no es nada caballeresco que le pida eso, y entonces él va a buscarlo y mientras ella aprovecha a meterle las llaves en el bolsillo justito a tiempo y cuando él vuelve lo peina y le acaricia la espalda desnuda. Y la pobre recién respira aliviada. Y pasan unos días, y la chica se da cuenta que el muchacho a medianoche se levanta porque no puede dormir, y ella se hace la dormida, porque tiene miedo de tratar el tema con él, y a la madrugada se levanta para traerlo a él hasta la cama, porque siempre termina borracho perdido tirado en su sillón. Y ella mira la botella, y siempre es una distinta, llena, ¿y quién es que la pone ahí en la gaveta? La chica no se atreve a preguntarle nada, porque él cuando vuelve cada tarde de las plantaciones está muy contento de encontrarla a ella esperándolo, haciendo algún bordado, pero a media noche se vuelven a oír siempre los tambores, y ahí es que él parece que se obsesiona con algo, y ya no puede conciliar el sueño, si no es emborrachándose. Entonces, claro, la chica se va intranquilizando cada vez más, y en un momento que el muchacho está afuera trata de hablar algo con el mayordomo, y sacarle algún secreto, de por qué el marido está tan nervioso a veces, pero el mayordomo le dice con un suspiro de resignación que hay muchos problemas con los peones, etc. etc., y al fin de cuentas no le dice nada. Bueno, la cuestión es que la chica, una vez que el muchacho le dice que se va con el mayordomo todo el día a la plantación que está más lejos de todo y no vuelve hasta el otro día, ella decide irse sola caminando hasta la casa aquella abandonada, porque está segura de que ahí va a averiguar algo. Y después de tomar el té a eso de las cinco, cuando ya el sol no está tan fuerte, el muchacho y el mayordomo salen de viaje, y la chica al rato sale también. Y va buscando el camino a la casa abandonada, y se pierde, y se le va haciendo tarde, ya es casi de noche cuando consigue llegar a esa loma desde donde se veía la casa esa, y no sabe si volverse o no, pero la curiosidad puede más, y sigue hasta la casa. Y ve que adentro se enciende una luz, y eso la anima más. Pero llegando a la casa, que de veras está medio tapada por las plantas salvajes, no oye nada, por las ventanas se ve que sobre una mesa hay una vela, y la chica se anima a abrir la puerta y mira adentro, y ve que en un rincón hay un altar de vudú, con más velas encendidas, y entra más para ver que hay en el altar, y se acerca, y en el altar ve una muñeca de pelo ne-

gro con un alfiler clavado en el centro del pecho, ¡y la
muñeca está vestida con un trapo que le forma un vestido igual al que ella misma llevaba el día del casamiento!
Y ahí se desmaya casi de espanto y se da vuelta para correr afuera por la misma puerta que entró... ¿y qué ve
en la puerta?... un negro altísimo, de ojos desorbitados,
vestido nada más que con un pantalón todo raído, y con
la mirada totalmente de loco, que la mira y le cierra la
salida. Ahí la pobre chica lo único que puede hacer es
lanzar un grito de horror, pero el negro, que es lo que
ahí llaman zombi, un muerto vivo, se va acercando a
ella, con los brazos estirados, igual que la mujer de
aquella otra noche en el jardín. Y la chica vuelve a pegar
otro grito, y corre a otra pieza y cierra la puerta con llave detrás de ella, una pieza casi a oscuras, con una ventana casi tapada de matorrales por donde entra un poquito de luz apenas, del crepúsculo, y la pieza tiene una cama, que poco a poco la chica empieza a vislumbrar,
cuando se acostumbra a la oscuridad. Y se sacude toda,
casi ahogada por el llanto y el miedo, cuando ve que en
la cama... algo se mueve... y es... ¡la mujer aquella, pálida, desgreñada, con el pelo hasta la cintura, y con el
mismo trapo negro que la envuelve, que se levanta y la
mira, y se le acerca!, en la pieza sin salida, encerrada...
La chica quiere ya morirse de miedo, y ya ni gritar puede, cuando desde la ventana se oye una voz que le da
una orden a la mujer zombi que vuelva atrás y se vuelva
a acostar... y es la negra buena. Y le dice a la chica que
no se asuste, y que ella va a entrar y la va a proteger. La
chica le abre la puerta, la negra la abraza y la tranquiliza; detrás, en el marco de la puerta de salida, está el negro gigante, pero le hace caso en todo a la negra vieja,
que le dice que a la chica la tiene que cuidar, y no atacar.
El negro zombi le obedece, también la otra zombi, la
mujer toda desgreñada, porque la negra le ordena vol-

verse a acostar, y la mujer se acuesta. Entonces la negra la agarra cariñosa de los hombros a la chica y le dice que la va acompañar de vuelta a la casa, en un carrito de burros, y en el camino le cuenta toda la historia, porque la chica ya se ha dado cuenta que la muerta viva con el pelo rubio largo hasta la cintura... es la primera mujer de su marido. Y la negra le empieza el relato. *la enfermera tiembla, el enfermo la mira, ¿le pide morfina?, ¿le pide caricias?, ¿o quiere que el contagio sea fulminante y mortal?*

—*el cráneo de vidrio, también todo el cuerpo de vidrio, fácil de romper un muñeco de vidrio, pedazos de vidrio filosos y fríos en la noche fría, la noche húmeda, gangrena en las manos tajeadas por el puñetazo* ¿Me perdonás si te digo una cosa?

—*el paciente se levanta y camina de noche descalzo, toma frío, empeora* ¿Qué? Decime.

—*el cráneo de vidrio lleno de estampas de santos y putas, estampas viejas y amarillentas, caras muertas dibujadas en estampas de papel ajado, adentro en mi pecho las estampas muertas, estampas de vidrio, filosas, tajean, infectan de gangrena el pecho, pulmones, corazón* Estoy muy deprimido, no te puedo casi seguir lo que me contás. Me parece que si lo seguimos mañana es mejor, ¿verdad? Y así hablamos de otras cosas.

—Perfecto, ¿de qué querés que hablemos?

—Estoy tan jodido... no te podés imaginar. Y tan confundido... bueno, estaba..., ahora ya veo un poco más claro, es la cosa que te dije de mi compañera, que tengo mucho miedo por ella, porque está en peligro... pero de quien quiero noticias, a quien tengo ganas de ver, no es a ella. Y ganas de tocarla, no es a ella que tengo ganas, y de abrazarla, porque me duele, hasta me duele el cuerpo de ganas... de sentirla cerca, porque me parece que Marta sola me podría revivir, porque me siento muerto, te juro. Tengo la impresión de que nada más que ella me podría revivir.

—Hablá, yo te escucho.

—Vos te vas a reír de lo que te voy a pedir.

—No, ¿por qué?

—Si no te molesta, encendé la vela... Me gustaría dictarte una carta para ella, bueno, para lo que sabés. Yo me mareo si fijo la vista.

—Pero, ¿qué tendrás?, ¿no será algo más?, que la descompostura quiero decir.

—No, es de débil que estoy, y quiero de algún modo aliviarme, viejo, porque no doy más. A la tarde traté de escribirle, pero me bailaban las letras.

—Claro, esperá que encuentro los fósforos.

—Vos sos muy bueno conmigo.

—Ya está. ¿Lo hacemos en borrador en cualquier papel, o cómo querés?

—Sí, en borrador, porque no sé bien qué le voy a decir. Tomá mi birome.

—Esperate que le saco punta al lápiz.

—No, agarrá mi birome te digo.

—Bueno, pero no te sulfures.

—Perdoná, estoy que veo todo negro.

—Bueno, dictame.

—Querida... Marta: te extrañará... recibir esta carta. Me siento... solo, te necesito, quiero hablar con vos, quiero... estar cerca tuyo, quiero... que me digas... una palabra de aliento. Estoy en mi celda, quién sabe dónde estarás vos a esta hora... y cómo estarás, y en qué pensarás, y necesidad de qué tendrás... Pero te voy a escribir esta carta, aunque no te la mande, quién sabe lo que pasará... pero dejame que te hable... porque tengo miedo... de que me explote algo adentro... si no me desahogo un poco. Si pudiéramos hablar vos me entenderías...

—"...vos me entenderías"...

—Perdón, Molina, ¿cómo era que le dije que no le voy a mandar la carta? Leeme por favor.

—"Pero te voy a escribir esta carta, aunque no te la mande".

—Agregale por favor, "...Pero sí te la voy a mandar".

—"Pero sí te la voy a mandar". Seguí. Estábamos en "Si pudiéramos hablar vos me entenderías".

—...porque en este momento no podría presentarme ante mis compañeros y hablarles, me daría vergüenza ser tan débil... Marta, siento que tengo derecho a vivir algo más, y a que alguien me eche un poco de... miel... sobre las heridas...

—Ya... seguí.

—...adentro estoy todo llagado, y solamente vos me vas a comprender... porque vos también fuiste criada en tu casa limpia y cómoda para gozar de la vida, y yo como vos no me conformo a ser un mártir, Marta, me da rabia ser mártir, no soy un buen mártir, y en este momento pienso si no me equivoqué en todo... Me torturaron, y no confesé nada... claro que me ayudaba que yo nunca supe los nombres verdaderos de mis compañeros, y les dije los nombres de batalla, porque con eso no podían avanzar nada, pero adentro mío tengo otro torturador... y desde hace días no me da tregua... Es que estoy pidiendo justicia, mirá qué absurdo lo que te voy a decir, estoy pidiendo que haya una justicia, que intervenga la providencia... porque yo no me merezco podrirme para siempre en esta celda, o ya sé, ahora veo más claro, Marta... tengo miedo porque estoy enfermo... y tengo miedo... miedo terrible de morirme... y que todo quede ahí, que mi vida se haya reducido a este poquito, porque pienso que no me lo merezco, que siempre actué con generosidad, que nunca exploté a nadie... y que luché, desde que tuve un poco de discernimiento... contra la explotación de mis semejantes... Y yo, que siempre putié contra las religiones, porque confunden a la gente y no dejan que se luche por la igualdad... estoy sediento de que haya una justicia... divina. Estoy pidiendo que haya un Dios... con mayúscula escribilo, Molina, por favor...

—Sí, seguí.

—¿Cómo iba?

—"Estoy pidiendo que haya un Dios".

—...un Dios que me vea, y me ayude, porque quiero salir algún día a la calle, y que sea pronto, y no morirme. Y a veces me pasa por la cabeza que nunca, nunca más voy a tocar a una mujer, y no me puedo conformar... y cuando pienso en las mujeres... no te veo en la imaginación más que a vos, y casi sería un alivio creer que en este momento, de aquí a que te termine esta carta, vos vas a pensar en mí... y te vas a pasar la mano por tu cuerpo que tan bien recuerdo...

—Esperá, no vayas tan rápido.

—...por tu cuerpo que tan bien recuerdo, y vas a pensar que es mi mano... y qué consuelo tan grande sería... mi amor, que pudiera ocurrir eso... porque sería como tocarte yo mismo, porque algo de mí te quedó adentro tuyo, ¿verdad?, como a mí también me quedó dentro de la nariz tu perfumito... y debajo de la yema de los dedos tengo también la sensación de que tengo tu piel... como memorizada, ¿me entendés? Aunque no es cuestión de entender... es cuestión de creerlo, y a veces estoy convencido de que me llevé algo tuyo... y que no lo perdí, y a veces no, siento que no estoy en esta celda más que yo solo...

—Sí..., "...que yo solo...", seguí.

—...y que nada deja huella, y que la suerte de haber sido tan feliz junto a vos, de haber pasado esas noches, y tardes, y mañanas de puro goce, ahora no me sirve para nada, al contrario, todo eso se vuelve contra mí... porque te extraño como un loco, y lo único que siento es la tortura de mi soledad, y en la nariz tengo nada más que el olor asqueroso de la celda, y de mí mismo... que no me puedo bañar porque estoy enfermo, debilitadísimo, y el agua fría me podría dar una pulmonía, y debajo de la yema de los dedos lo que siento es el frío del miedo a la muerte, en los huesos ya siento ese frío... Qué terrible es perder la esperanza, y eso es lo que me ha pasado... el torturador que tengo adentro me dice que ya se acabó todo, que esta agonía es mi última experiencia sobre la tierra... y hablo como un cristiano, como si después viniera otra vida, que no la hay, ¿verdad que no?...

—Perdoname que te interrumpa...

—¿Qué pasa?

—Cuando termines de dictarme recordame que te quiero decir una cosa.

—¿Qué cosa?

—Bueno, que se podría hacer una cosa...

—¿Qué? Hablá.

—Porque si te bañás en la ducha helada te morís, con lo débil que estás.

—¿Pero qué se puede hacer?, ¡hablá de una vez, carajo!

—Que yo te podría ayudar a limpiarte. Mirá, en la cacerola calentamos agua, y hay dos toallas, a una la enjabonamos y te la pasás vos por delante y te la paso yo por la espalda, y con la otra toalla húmeda te quitás el jabón.

—¿Y así no me picaría más el cuerpo?

—Claro, vamos de a pedacitos, así no tomás frío, primero el cuello y las orejas, después debajo de los brazos, los brazos, el pecho, después la espalda, y así todo.

—¿De veras me ayudarías?

—Pero claro, hombre.

—¿Y cuándo?

—Ahora mismo si querés pongo a calentar el agua.

—¿Y después podría dormir tranquilo, sin picor?

—Tranquilo, y sin picor. En un rato se calienta el agua.

—Pero el kerosén es tuyo, y se gasta.

—No importa, terminamos la carta mientras.

—Dámela.

—¿Para qué la querés?

—Dámela te digo, Molina.

—Tomá.

—...

—¿Qué hacés?

—Esto.

—¿Por qué la rompés?

—No hablemos más del asunto.

—Como quieras.

—Está mal dejarse llevar por la desesperación...

—Pero está bien desahogarse. Vos me lo decías a mí.

—Pero a mí me hace mal. Yo tengo que aguantarme...

—...

—Escuchame, vos sos muy bueno conmigo, de veras te lo agradezco de corazón. Y algún día que pueda te demostraré mi agradecimiento, te lo aseguro. ...¿Tanta agua vas a gastar?

—Si, se necesita. ...Y no seas sonso, no hay nada que agradecer.

—Cuánta agua...

—...

—Molina...

—¿Uhm?

—Mirá las sombras que echa el calentador.

—Sí, yo siempre las miro, ¿vos nunca las mirás?

—No, no me había dado cuenta.

—Sí, yo me entretengo mucho mirando las sombras mientras está el calentador prendido.

CAPÍTULO DIEZ

—Buen día...

—¡Buen día!

—¿Qué hora es?

—Las diez y diez. Vos sabés, a mi mamá, pobre, yo le digo a veces las diez y diez, porque camina con los pies para afuera.

—No te puedo creer, que sea esa hora ya.

—Sí, Valentín, cuando abrieron para entrar el mate cocido te diste vuelta en la cama y te seguiste durmiendo.

—¿Qué decías de tu vieja?

—Mirá que estás dormido. Nada, ¿dormiste bien entonces?

—Sí, me siento bastante mejor.

—¿No tenés mareo?

—No... Y dormí como un tronco. Así sentado en la cama, te juro que no siento nada, nada de mareo.

—Genial... ¿Por qué no probás a caminar, a ver qué pasa?

—No, porque te vas a reír.

—¿De qué?

—Me pasa una cosa.

—¿Qué?

—Algo que le pasa a un hombre sano, nada más. Cuando se despierta a la mañana y tiene exceso de energías.

—¿Se te paró?, qué genial...

—Mirá para otro lado, que me da no sé qué...

—De acuerdo, cierro los ojos.

—Es gracias a tu comida, si no nunca me hubiese repuesto.

—¿Y?, ¿te mareás?

—No... nada, las piernas las tengo flojas, pero mareo nada.

—Qué genial...

—Ya podés mirar. Me quedo un rato más acostado.

—Te caliento el agua para un té.

—No, calentame el mate cocido y listo.

—Estás loco, ya lo tiré cuando fui al baño, si te querés componer tenés que tomar cosas buenas.

—No, mirá, me da vergüenza gastarte el té, y todo lo demás. Esto no puede seguir así, ahora ya estoy bien.

—Vos callate.

—No, de veras...

—De veras nada, ahora mi mamá me empieza a traer cosas de nuevo, así que no hay problema.

—Pero yo me siento en falta.

—Hay que saber recibir, también, ¿verdad? No hay que tener tantas vueltas tampoco.

—Bueno, gracias.

—Vos si querés aprovechá para ir al baño que mientras yo te hago el té. Pero quedate en la cama, que yo pido puerta. Así no tomás frío.

—Gracias.

—Y cuando vuelvas si querés te sigo la de los zombis, ¿no tenés ganas de saber cómo sigue?

—Sí, pero mejor trato de estudiar un poco, a ver si puedo retomar la lectura, ya que estoy bien.

—¿Te parece?, ¿no será mucho esforzarte?

—Vamos a ver.

—Mirá que sos fanático.

. . . .

—¿Por qué bufás?

—No hay caso, me bailan las letras, Molina.

—Yo te dije.

—Y bueno, con probar no se pierde nada.

bía llegado a esa isla a enriquecerse y trataba muy mal a los peones de las plantaciones. Y los peones estaban planeando una rebelión, y el padre se puso de acuerdo con el brujo del lugar, que tenía sus altares y sus cosas en la plantación más lejos de todas, y una noche el brujo los llamó a todos los cabecillas de los peones rebeldes para según él darles la bendición. Pero era una emboscada, ahí los masacraron, las flechas tenían la punta impregnada de un veneno preparado por el brujo. Y de ahí los llevaron a esconderlos en la selva, porque algunas horas después esos muertos abrían los ojos, eran muertos vivos. Y el brujo les ordenó ponerse de pie, y los muertos poco a poco se fueron levantando, todos con los ojos muy abiertos, y vos viste como tienen los ojos los negros, bien grandotes como huevos fritos, pero éstos tenían la mirada ida, los ojos casi sin la pupila, todo blanco casi, y el brujo les ordenó agarrar los machetes y ponerse en fila y caminar hasta el bananal, y ahí una vez llegados les dio la orden de trabajar, cortar cachos de banana toda la noche, y los pobres muertos vivos le obedecieron y cortaron toda la noche, y el padre del muchacho estaba satisfechísimo y les hicieron unos ranchitos, como unas cabañas de pedazos de caña seca para que durante el día los pudieran esconder a los muertos vivos, ahí todos echados en el piso como una pila de basura, y cada noche les daban la orden de salir a trabajar, a cortar cachos, y así el padre del muchacho fue acumulando su fortuna. Y el muchacho había estado presente durante todo eso pero era muy chico todavía. Hasta que se hizo grande y se casó con una chica rubia alta que había conocido en la universidad, en Estados Unidos, y la trajo a la isla, lo mismo que pocos años después iba a hacer con la chica, la otra con que se casa, la morocha, la chica. Bueno, pero con la primera esposa al principio es feliz, y cuando muere el viejo el muchacho siente que tiene que terminar con el brujo, y lo llama a la casa principal, pero él mientras tanto se va allá a las plantaciones últimas, donde están los zombis, y en ausencia del brujo, y ayudado por la gente que le es fiel, va y rodea las chozas de los zombis, y les clava estacas a las puertas, y les echa nafta y les prende fuego con todos los zombis adentro, los reduce a todos a cenizas y así pone fin al tormento de esos pobres negros muertos vivos. Pero a todo esto, el brujo, que está en la casa grande esperándolo, con la esposa primera del muchacho, recibe el mensaje de lo que está pasando, se lo cuentan con los tam-tam de la selva, que es como un sistema de telégrafo, entonces el brujo le dice a la mujer que va a interceptarlo en el camino al muchacho y matarlo, entonces la pobre rubia alta se desespera, le promete cualquier cosa, dinero, sus joyas, con tal de que se vaya de ahí y lo deje tranquilo al muchacho. Entonces el brujo le dice que hay algo por lo que él le perdonaría la vida al muchacho, y la mira de arriba abajo, como desnudándola. Y le muestra una daga envenenada, y la pone sobre la mesa, y le dice que si ella lo denuncia a él, al brujo, con esa daga lo va a matar al muchacho. Y en eso llega el muchacho y por la ventana los ve juntos y ella ya medio desvestida, y la primera esposa entonces le dice al muchacho que lo abandona y que se va con el brujo, y el muchacho se ciega de furia, ve la daga y se la clava a la mujer, en un arrebato de locura. Entonces el brujo le dice que nadie lo ha visto, que solamente él es el testigo, y que si promete dejarlo seguir con sus ritos y sus brujerías mentirá a la policía y dirá que vieron los dos cómo alguien mataba a la mujer, un energúmeno de la selva, cualquiera, que quiso entrar a robar. Bueno, esta es la historia que la negra buena le cuenta a la chica, que queda totalmente aterrada, pero claro, por lo menos se salvó de que la mataran ahí en la casa abandonada entre los dos zombis, el negro gigante y la rubia desgreñada, te quiero decir. *las enfermeras del turno del día, bromas y sonrisas con pacientes buenos que obedecen todo y comen y duermen pero si se sanan se van para siempre*

—*corteza cerebral de perro, asno, caballo, de mono, de hombre primitivo, de chica de barrio que entra al cine por no ir a la iglesia* Y así fue que la primera esposa se volvió zombi.

—Sí. Y ahora viene el momento que a mí más me impresionó, porque la chica y la negra buena se vuelven a la casa, a salvo por el momento, pero...

—¿Qué pinta tiene el brujo?, no me dijiste.

—Ah, es que no me di cuenta de decirte que nunca se lo ve, porque cuando la negra buena le hace el relato a la chica se ve como una espiral de humo que significa el tiempo que retrocede y se ve todo lo que va contando, pero con la voz de fondo de la negra, una voz gruesa pero muy dulce, y muy temblorosa.

—¿Y la negra cómo sabe todo eso?

—Bueno, la chica hace la misma pregunta que vos, ¿cómo es que usted señora sabe tanto? Y la negra con la cabeza baja le dice que el brujo era el marido de ella. Pero a todo esto al brujo nunca se le ve la cara.

—*corteza cerebral del verdugo culto, ruedan las cabezas de obreras, de zombis, la fría mirada del verdugo culto sobre una pobre corteza inocente de chica de barrio, de puto de barrio* ¿Y qué decías que era lo que más te impresionó?

—Sí, que ya una vez llegadas la chica y la negra a la casa grande, se vuelve a ver la otra casa, aquella abandonada, y el negro zombi como centinela en la puerta, y una sombra que avanza por los matorrales, que se acerca al negro zombi, a la puerta. Y el negro zombi se hace a un lado y deja pasar a la sombra. Y la sombra de ese que entra a la casa sigue hasta el dormitorio donde está acostada la pobre rubia. Y la pobre está inmóvil acostada, con los ojos desmesuradamente abiertos, sin mirar a nadie, y una mano blanca, que no es la del muchacho porque no tiembla, la empieza a desnudar. Y la pobre mujer está ahí sin ninguna posibilidad de defenderse ni hacer nada. *la enfermera más joven y linda, sola en un pabellón grande con el enfermo joven, si él se le abalanza la pobre novicia no puede escaparse*

—Seguí. *pobre la cabeza que rueda del puto de barrio, ya no hay más remedio, ya no se la puede pegar a su cuerpo, cuando ya está muerta hay que cerrarle los ojos abiertos a esa cabeza, y acariciarle la frente estrecha ¿besarle la frente? la frente estrecha que tapa los sesos de chica de barrio ¿quién dio la orden de guillotinarla? el verdugo culto obedece la orden que no sabe de dónde le llega*

—Y cuando la chica vuelve a la casa grande se encuentra que el muchacho ya está de vuelta y preocupadísimo. Cuando la ve la abraza, aliviado, pero después le vuelve la rabia y le prohíbe salir sin su permiso. Y se sientan a cenar. Por supuesto que en la mesa no hay alcohol, ni una sola gota de vino. Y el muchacho se ve que está nerviosísimo, y trata de disimular, y ella le pregunta cómo andan las cosechas, y él le contesta que bien, pero por ahí le da un arranque, tira la servilleta y se levanta de la mesa y se va a su escritorio, donde está la gaveta, y se encierra bajo llave, se pone a tomar como un desesperado. Ella antes de acostarse lo llama, porque ve debajo de la puerta que hay luz, pero él con una voz de borracho perdido le dice que se vaya. La chica va a su dormitorio y se cambia, se pone en camisón, no, se pone una salida de baño para ir a meterse en la ducha, porque el calor es insoportable, y se mete en la ducha, y sin darse cuenta ha dejado las puertas abiertas, y en eso oye pasos firmes de hombre por el salón. Mojada corre a la puerta de su dormitorio para encerrarse. Se queda pegada a la puerta y oye que alguien abre con una llave la puerta del escritorio y entra adonde está el marido. Ella cierra bien el pasador de su dormitorio, cierra bien las ventanas. Bueno, finalmente se duerme pero a la mañana, al despertarse, él ya no está por ninguna parte. Ella se pone el salto de cama enloquecida y pregunta a un sirviente dónde está el marido, y le contesta que salió sin decir adónde, pero que tomó el rumbo de la plantación más lejana. La chica se acuerda de que es ahí que está la guarida del brujo. Llama al mayordomo y le pide ayuda, es en la única persona que confía. El mayordomo le dice que su esperanza era la llegada de ella, de la chica, así el muchacho iba a estar contento, pero que ahora ve que ni siquiera así. Entonces la chica le pregunta si ningún médico de ahí de la isla lo ha visto al muchacho, y el mayordomo le dice que sí, pero que el muchacho no le sigue las indicaciones. Y que solamente quedaría algo que intentar, y la mira a la chica en los ojos. La chica enseguida se da cuenta que el mayordomo está sugiriendo que vayan a ver al brujo de la isla, y dice que jamás. Pero el mayordomo le explica que lo único que se necesita en un caso así es que alguien lo sugestione al muchacho y le fortifique la voluntad, nada más, que él sugiere eso nada más que como una medida extrema, y que de ella depende la decisión. Le dice también que el muchacho esa mañana salió insultándolo, y que ya no tolerará más la situación, que el muchacho es en realidad un monstruo, que su primera mujer murió de tanto sufrir por él, y que ella debe abandonarlo, y buscar un hombre bueno que la merezca, y a la chica le parece demasiado rara la mirada del mayordomo, que le clava los ojos en los ojos de ella. Y el tipo sigue diciéndole que una mujer hermosa como ella no merece tal trato. La chica toda confundida se va a buscarlo al muchacho, porque tiene miedo en realidad de que algo le haya pasado y de que él la necesite. Pero la negra se niega rotundamente a acompañarla, le dice que el peligro es muy grande, sobre todo para la chica que es blanca. Bueno, la chica entonces no tiene más remedio que pedirle al mayordomo, pese a lo raro que le pareció en esa conversación, que la acompañe él. El mayordomo acepta, prepara el carro de caballos más ligeros, carga una escopeta y arrancan. La negra buena, que está en el jardín cortando las flores frescas de la mañana, los ve ir, se estremece de pies a cabeza, y grita, pero como loca, para que la chica la oiga, que no vaya, pero la chica ya no la oye porque la rompiente de las olas del mar son como truenos ensordecedores. La chica le pide que no corra tanto, los caballos parece que van a desbocarse, pero el mayordomo no le hace caso. El mayordomo lo único que le dice es que pronto se va a dar cuenta de qué miserable es su marido. Siguen el viaje en silencio, la chica muerta de miedo a cada recodo del camino, porque el carro a veces va sobre una rueda, y los caballos le obedecen de una manera rarísima al mayordomo. Llegan a un lugar donde la selva es más espesa, y el mayordomo le dice que él debe preguntar ahí en una choza, algo, a alguien, y se baja. Y pasa un rato, y no vuelve, y no vuelve. Y la chica empieza a asustarse de estar sola, cuando peor que peor empiezan a sonar los tambores, y se los oye cerquísima. La chica baja del coche y va hacia la choza, tiene miedo de que lo hayan atacado al mayordomo. Y lo llama, pero nadie contesta. Llega a la choza y está desierta, es un lugar donde no ha habido nadie durante años, porque los matorrales lo han invadido totalmente. La chica entonces oye unos cantos, de brujería, y como más miedo todavía le da estar sola ahí, va hacia el lugar de donde vienen las voces. Y otra vez te la sigo.

—No seas perro.

—Qué perro, es que ya tengo hambre y hay que preparar algo de almuerzo, si no te querés envenenar otra vez con lo que nos dan. Las papas ya van a estar.

—Si no falta mucho para el final terminámela ahora.

—No, falta bastante todavía.

. . . .

. . . .

—Buen día...

—¿Qué tal?, ¿dormiste bien?

—Sí, fenomenal.

—Eso que leíste demasiado. Como la vela es mía la próxima vez te la apago.

—Es que me parecía mentira poder leer de nuevo.

—Sí, pero estaba bien leer a la tarde, que podías leer y gran celebración, pero a la tarde. Pero después de apagada la luz ya se te fue la mano seguir como dos horas más con la velita.

—Bueno, yo soy grandecito, ¿no?, dejame que mi vida me la administre como pueda.

—¿A la noche acaso no podríamos haber seguido con los zombis?, bien que te gustaba, no me digas que no.

—¿Qué hora es?

—Son las ocho y cuarto.

—¿Y por qué no vino el guardia?

—Vino y no te despertaste, dormís como un tronco, vos.

—Qué bárbaro... qué modo de dormir... ¿Pero dónde están los jarros? Vos me macaneás, ahí están donde los dejaste anoche...

—Claro que te macanié, le dije al guardia que no trajera más el mate a la mañana.

—Mirá, por vos decidí lo que quieras, pero yo quiero que me traigan el mate, aunque sea pis.

—Vos no sabés nada. Si tomás las cosas de la jaula te enfermás, así que no te preocupés, que mientras yo tenga provisiones también hay para vos. Y hoy yo tengo visita del abogado, y seguro que viene mamá con él y otro paquetazo.

—De veras, viejo, no me gusta que me manejen la vida.

—Hoy es importante lo que me diga el abogado. Yo no creo, y te lo digo de veras, en las apelaciones y eso, pero si hay una buena palanca como me prometieron, ahí sí que tengo esperanzas.

—Ojalá.

—Mirá, si salgo... Quién sabe a quién te pondrán de compañero.

—¿Ya te desayunaste, Molina?

—No, porque no te quería hacer ruido, para que durmieras.

—Pongo agua para los dos entonces.

—¡No! Vos quedate en la cama que estás convaleciente. Yo preparo. Y ya tengo el agua por hervir.

—Pero es el último día que permito esto.

—Contame qué leíste anoche.

—¿Qué estás preparando?

—Sorpresa. Contame que leíste anoche.

—Nada. Cosas de política.

—Ay, qué poco comunicativo estás...

—¿A qué hora viene tu abogado?

—A las once dijo. ...Y ahora... abrimos el paquetito secreto... que te tenía escondido... con una cosa muy rica... para acompañar el té... ¡budín inglés!

—No, gracias, no quiero.

—Que no vas a querer... Y el agua ya hierve. Pedí puerta y volvé rápido, que ya está el agua.

—No me digas lo que tengo que hacer, por favor...

—Pero, che, dejame que te mime un poco...

—¡Basta! ...carajo!!!

—Estás loco... ¿qué tiene de malo?

—¡¡¡Callate!!!

—El budín...

—...

—Pero mirá lo que hiciste...

—...

—Si nos quedamos sin calentador, estamos listos. Y el platito...

—...

—Y el té...

—Perdoname.

—...

—Perdí el control. De veras, te pido perdón.

—...

—El calentador no se rompió. Pero se volcó todo el kerosén.

—...

—Lo principal es que la hornalla no se quebró.

—...

—Molina, perdoname el arrebato.

—...

—¿Puedo ponerle kerosén de tu botella?

—Sí...

—Y perdoname, de veras te lo pido.

—No hay nada que perdonar.

—Sí, mientras estuve enfermo si no era por vos quién sabe dónde hubiese ido a parar.

—No tenés nada que agradecer.

—Sí que tengo qué agradecer. Y mucho.

—Olvidate, no pasó nada.

—Sí, claro que pasó algo, y me muero de vergüenza.

—...

—Soy una bestia.

—...

—Mirá, Molina, ahora pido puerta y aprovecho para llenar el botellón porque nos estamos quedando sin agua. Y mirame, por favor, levantá la cabeza.

—...

—Ahora traigo agua. Decime que me perdonás...

—...

—Perdoname, Molina.

—... *

---

*   En una encuesta citada por el sociólogo J. L. Simmons en su libro *Desviaciones*, se establece que los homosexuales son objeto de un rechazo considerablemente mayor por parte de la gente que los alcohólicos, jugadores compulsivos, ex presidiarios y ex enfermos mentales.

En *Hombre, moral y sociedad*, J. C. Flugel dice al respecto que quienes en la infancia se han identificado a fondo con figuras paternas o maternas de conducta muy severa, al crecer abrazarán causas conservadoras y les fascinará un régimen autoritario. Cuanto más autoritario el líder más confianza les despertará, y se sentirán patrióticos y muy leales al luchar por el mantenimiento de las tradiciones y las distinciones de clase, así como de los sistemas educacionales de rígida disciplina y de las instituciones religiosas, mientras que condenarán sin piedad a los anormales sexuales. En cambio, aquellos que en la infancia de algún modo rechazaron —a nivel inconsciente, emotivo o racional— dichas reglas de conducta de los padres, favorecerán las causas radicales, repudiarán las distinciones de clase y comprenderán a quienes tienen inclinaciones poco convencionales, por ejemplo los homosexuales.

Por su parte, Freud, en "Carta a una madre norteamericana", dice que la homosexualidad si bien no es una ventaja tampoco debe considerarse motivo de vergüenza, ya que no es un vicio ni una degradación, ni siquiera una enfermedad; tan sólo resulta una variante de las funciones sexuales producida por un determinado detenimiento del desarrollo sexual. En efecto, Freud juzga que la superación de la etapa de "perversión polimorfa" del niño —en la que están involucrados impulsos bisexuales—, debido a presiones socioculturales, es un signo de madurez.

En esto disienten algunas escuelas actuales del psicoanálisis, las cuales entrevén en la represión de la "perversión polimorfa" una de las razones principales de la deformación del carácter, sobre todo la hipertrofia de la agresividad. En cuanto a la homosexualidad misma, Marcuse señala que la función social del homosexual es análoga a la del filósofo crítico, ya que su sola presencia resulta un señalador constante de la parte reprimida de la sociedad.

Sobre la represión de la perversidad polimorfa en Occidente, Dennis Altman, en su libro ya citado, dice que los dos componentes principales de dicha represión son por un lado la eliminación de lo erótico de todas las actividades humanas que no sean definidamente sexuales, y por otro lado la negación de la inherente bisexualidad del ser humano: la sociedad asume sin detenerse en reflexión alguna, que la heterosexualidad es la sexualidad normal. Altman observa que la represión de la bisexualidad se lleva a cabo mediante la implantación forzada de conceptos histórico-culturales prestigiosos de "masculinidad" y "feminidad", los cuales logran sofocar los impulsos de nuestro inconsciente y aparecer en la conciencia como única forma de conducta, al mismo tiempo que logran mantener a lo largo de siglos la supremacía masculina. En otras palabras, roles sexuales claramente delineados que se van aprendiendo desde niños. Además, sigue Altman, ser macho o hembra queda establecido, ante todo, a través del otro: los hombres sienten que su masculinidad depende de su capacidad de conquistar mujeres, y las mujeres sienten que su realización puede solamente obtenerse ligándose a un hombre. Por otra parte, Altman y la escuela marcusiana condenan el estereotipo del hombre fuerte que se les presenta a los varones como modelo más deseable a emular, ya que dicho estereotipo propone tácitamente la afirmación de la masculinidad mediante la violencia, lo cual explica la vigencia constante del síndrome agresivo en el mundo. Por último, Altman señala la falta de forma alguna de identidad para el bisexual en la sociedad actual, y las presiones que sufre de ambos lados, puesto que la bisexualidad amenaza tanto a las formas aburguesadas de vida homosexual exclusiva como a los heterosexuales, y esta característica explicaría el por qué la bisexualidad asumida es tan poco común. Y en cuanto al conveniente, pero sólo ideal —hasta hace pocos años—, paralelismo entre las luchas de liberación de clases y las de liberación sexual, Altman recuerda que a pesar de los desvelos de Lenin a favor de la libertad sexual en la URSS, por ejemplo el rechazo de legislación anti-homosexual, estas leyes fueron reintroducidas en 1934 por Stalin, y el prejuicio contra la homosexualidad como una "degeneración burguesa" se afianzó así en casi todos los partidos comunistas del mundo.

En otros términos comenta Theodore Roszak, en su obra *El nacimiento de una contracultura*, el movimiento de liberación sexual. Allí expresa que la mujer más necesitada, y desesperadamente, de liberación, es la "mujer" que cada hombre lleva encerrada en los calabozos de su propia psiquis. Roszak señala que sería ésa y no otra la siguiente forma de represión que es preciso eliminar, y lo mismo en lo que respecta al hombre maniatado que hay dentro de toda mujer. Y Roszak no duda de que todo ello significaría la más cataclísmica reinterpretación de la vida sexual en la historia de la humanidad, ya que replantearía todo lo concerniente a los roles sexuales y al concepto de normalidad sexual vigente en la actualidad.

CAPÍTULO ONCE

DIRECTOR: Está bien, Suboficial, déjenos solos.

SUBOFICIAL: A sus órdenes, señor Director.

DIRECTOR: ¿Qué tal, Molina?, ¿cómo anda?

PROCESADO: Bien, señor. Gracias...

DIRECTOR: ¿Qué novedades tiene para mí?

PROCESADO: No mucho, me parece.

DIRECTOR: Ajá...

PROCESADO: Pero yo noto que cada vez va entrando más en confianza, eso sí...

DIRECTOR: Ajá...

PROCESADO: Sí, señor, eso seguro...

DIRECTOR: Lo malo, Molina, es que a mí me están presionando mucho. Y le voy dejar saber más, Molina, para que usted se ponga en mi lugar. De donde me presionan es de Presidencia. De ahí quieren tener noticias pronto. Y me presionan con que a Arregui hay que volver a interrogarlo, y fuerte. Usted me entiende.

PROCESADO: Sí, señor. ...Pero deme unos días más, no lo interrogue, dígales que está muy débil, que es la verdad. Porque peor es que se le quede ahí en el interrogatorio, dígales eso.

DIRECTOR: Sí, yo digo, pero eso no los convence.

PROCESADO: Deme una semana más, y seguro que le voy a tener algún dato.

DIRECTOR: Todos los datos, Molina, todos los datos posibles.

PROCESADO: A mí se me ha ocurrido una idea.

DIRECTOR: ¿Cuál?

PROCESADO: No sé qué le parecerá...

DIRECTOR: Diga...

PROCESADO: Arregui es muy duro, pero también tiene su lado sentimental...

DIRECTOR: Sí.

PROCESADO: Entonces... por ejemplo, si él se entera, por ejemplo, que viene un guardia y dice que en una semana me cambian de celda, porque ya entré en categoría especial, por la cuestión del indulto, o más despacito todavía, por la cuestión de que mi abogado ya tiene presentada la apelación, entonces si él cree que nos van a separar de celda, se va a ablandar más. Porque me parece que está un poco encariñado conmigo, y ahí se va a largar a hablar más...

DIRECTOR: ¿Usted cree?

PROCESADO: Creo que vale la pena hacer la prueba.

DIRECTOR: Lo que a mí me pareció siempre un error es que usted le dijese de la posibilidad del indulto. Eso a lo mejor le hizo atar cabos.

PROCESADO: No, no creo.

DIRECTOR: ¿Por qué?

PROCESADO: Bueno, me pareció...

DIRECTOR: No, dígame por qué. Usted debe tener sus razones.

PROCESADO: Bueno... así me cubrí un poco yo también.

DIRECTOR: ¿En qué sentido?

PROCESADO: En el sentido de que cuando yo me fuera él no sospechara, y después me largase encima a los compañeros de él, que se tomasen represalias.

DIRECTOR: Usted bien sabe que él no tiene contacto alguno con sus compañeros.

PROCESADO: Eso es lo que nosotros creemos.

DIRECTOR: Él no le puede escribir a nadie sin que nosotros veamos la carta, ¿de qué tiene miedo usted Molina, entonces? Ahí me está actuando fuera de lo convenido.

PROCESADO: Pero le aseguro que también es mejor que

él piense que yo voy a salir en libertad... Porque...

DIRECTOR: ¿Porque qué?

PROCESADO: Nada...

DIRECTOR: Le ruego, Molina. Hable.

PROCESADO: Qué sé yo...

DIRECTOR: Hable, Molina, hable claro. Si no habla claro conmigo no nos vamos a entender.

PROCESADO: Bueno, nada, le juro, señor. Es una corazonada, que si él piensa que me voy, va tener más necesidad de desahogarse conmigo. Son así los presos, señor. Cuando un compañero se va... se sienten más desamparados que nunca.

DIRECTOR: Está bien, Molina, nos vemos de aquí a una semana.

PROCESADO: Gracias, señor.

DIRECTOR: Pero para entonces tendremos que hablar ya en otros términos, me temo.

PROCESADO: Sí, claro.

DIRECTOR: Muy bien, Molina...

PROCESADO: Señor, tengo que abusar otra vez... de su paciencia.

DIRECTOR: ¿Qué pasa?

PROCESADO: Convendría que yo volviese a la celda con un paquete, y aquí le hice la lista, si usted está de acuerdo. Se la preparé mientras esperábamos afuera, perdone la letra.

DIRECTOR: ¿Usted cree que esto ayude?

PROCESADO: Le aseguro que nada ayudaría más, se lo aseguro, de veras de veras.

DIRECTOR: Déjeme ver...

Lista de cosas para paquete a Molina, por favor todo en en un paquete, como lo trae mi mamá:
Dos pollos rotisería
Cuatro manzanas asadas

Un cartón ensalada rusa
300 gramos jamón crudo
300 gramos jamón cocido
Cuatro panes roseta
Un paquete té y un tarro café en polvo
Un paquete pan en rebanadas, de centeno
Dos tarros dulce de leche grandes
Un frasco dulce naranja
Un litro de leche y un quesito holandés
Un paquetito chico sal
Cuatro pedazos grandes, distintos, fruta abrillantada
Dos budines ingleses
Un paquete manteca
Un frasquito mayonesa y servilletitas de papel

. . . .
. . . .

—Este es el paquete de jamón crudo, y éste de cocido. Yo me quiero hacer sánguche para aprovechar el pan fresco. Vos hacete lo que quieras.

—Gracias.

—Lo único que me voy a hacer es esta roseta partida por la mitad, con un poquito de manteca, y jamón cocido adentro. Y un poco de ensalada rusa. Y después la manzana asada. Y té.

—Qué bueno.

—Vos si querés cortar uno de los pollos y aprovecharlo mientras está calientito, dale no más. Con toda libertad.

—Gracias, Molina.

—Mejor así, ¿verdad? Cada uno se prepara lo que quiere, así no te hincho.

—Como vos prefieras.

—Puse más agua en el fuego por si vos querés algo. Hacete lo que quieras, té o café.

—Gracias.

—...

—Qué ricas cosas, Molina.

—Y hay también fruta abrillantada. Lo único que te pido es que dejes el pedazo de zapallo porque es el que más me gusta. Hay un pedacito de ananá abrillantado, y un higo grandote, ¿y esto colorado qué es?

—Debe ser sandía, o no, quién sabe, no sé...

—Por el gusto vamos a saber.

—Molina... todavía me dura la vergüenza...

—¿Vergüenza de qué?

—De esta mañana, el desplante que tuve.

—Sonso...

—El que no sabe recibir... es un mezquino. Es porque tampoco le gusta dar nada.

—¿Te parece?...

—Sí, lo estuve pensando, y es eso. Si me ponía nervioso que vos fueras... generoso, conmigo, ...es porque no me quería ver obligado a ser igual yo con vos.

—¿Vos creés?

—Sí, es eso.

—Bueno, mirá, ...yo también estuve pensando, y me acordé de cosas que vos me habías dicho, Valentín, y te comprendí perfectamente... por qué te pusiste así.

—¿Qué es lo que yo te había dicho?

—De que ustedes, cuando están en una lucha como la que están, no les conviene... bueno, encariñarse, con nadie. Bueno, encariñarse es demasiado decir, o bueno, sí, encariñarse como amigo.

—Ésa es una interpretación muy generosa de tu parte.

—Viste que a veces entiendo lo que me decís...

—Sí, pero en este caso, estamos los dos acá encerrados, y no hay ninguna lucha, ninguna batalla que ganarle a nadie, ¿me estás siguiendo?

—Sí, dale.

—¿Y estamos tan presionados... por el mundo de afuera, que no podemos actuar de forma civilizada?, ¿es posible que pueda tanto... el enemigo que está afuera?

—Ahora sí no te entiendo bien...

—Sí, que todo lo que está mal en el mundo, y que yo quiero cambiar, ¿será posible que no me deje actuar... humanamente, ni un solo momento?

—¿Qué te vas a hacer?, porque el agua hierve.

—Poné té para los dos, por favor.

—Bueno.

—No sé si me entendés... pero aquí estamos los dos solos, y nuestra relación, ¿cómo podría decirte?, la podemos moldear como queremos, nuestra relación no está presionada por nadie.

—Sí, te escucho.

—En cierto modo estamos perfectamente libres de actuar como queremos el uno respecto al otro, ¿me explico? Es como si estuviéramos en una isla desierta. Una isla en la que tal vez estemos solos años. Porque, sí, fuera de la celda están nuestros opresores, pero adentro no. Aquí nadie oprime a nadie. Lo único que hay, de perturbador, para mi mente... cansada, o condicionada o deformada... es que alguien me quiere tratar bien, sin pedir nada a cambio.

—Bueno, eso no sé...

—¿Cómo que no sabés?

—No me sé explicar.

—Vamos, Molina, no me salgas con esas. Concentrate, y se te van a aclarar las ideas.

—Bueno, no pienses en nada raro, pero si yo te trato bien... es porque quiero ganarme tu amistad, y por qué no decirlo... tu cariño. Igual que trato bien a mi mamá porque es una persona buena que nunca hizo mal a nadie, porque la quiero, porque es buena, y quiero que ella me quiera... Y vos también sos una persona muy buena, muy desinteresada, que se ha jugado la vida por un ideal muy noble. ...Y no mires para otro lado, ¿te da vergüenza?

—Sí, un poco. ...Pero te miro de frente, ¿ves?

—Y por eso... te respeto, y te tengo afecto, y quiero que vos también me tengas afecto... Porque, mirá, el cariño de mi mamá es lo único bueno que he sentido en mi vida, porque ella me acepta como soy, me quiere así no más, como soy. Y eso es como un regalo que te hace el cielo, y es lo único que me ayuda a vivir, lo único.

—¿Puedo cortarme un pan?

—Claro...

—Pero vos... ¿no has tenido buenos amigos, que también te importaron mucho?

—Sí, pero mirá, mis amigos han sido siempre... putazos, como yo, y nosotros entre nosotros, ¿cómo decirte?, no nos tenemos demasiada confianza, porque nos sabemos muy... miedosos, flojos. Y siempre lo que estamos esperando... es la amistad, o lo que sea, de alguien más serio, de un hombre, claro. Y eso nunca puede ser, porque un hombre... lo que quiere es una mujer.

—¿Y todos los homosexuales son así?

—No, hay otros que se enamoran entre ellos. Yo y mis amigas somos mu—jer. Esos jueguitos no nos gustan, esas son cosas de homosexuales. Nosotras somos mujeres normales que nos acostamos con hombres.

—¿Querés azúcar?

—Sí, gracias.

—Qué rico el pan fresco, es una de las cosas más ricas que hay.

—De veras, qué rico es... Tengo que contarte una cosa.

—Claro, cómo que no, el final de los zombis.

—Sí, eso también. Pero hay otra cosa...

—¿Qué pasa?

—Me dijo el abogado que las cosas van bien.

—Soy una bestia, no haberte preguntado. ¿Y qué más te dijo?

—Que parece que todo va bien, y cuando una apelación es tenida en cuenta, quiero decir cuando entra en consideración, no cuando es aceptada, bueno, que el procesado pasa a otro lado de la penitenciaría. Y que dentro de una semana me sacan de esta celda.

—De veras...

—Sí, parece que sí.

—¿Él, cómo sabe?

—Se lo dijeron en la oficina del Director, donde él presenta sus papeles para los trámites.

—Qué bien... Estarás contento...

—No quiero pensar mucho en eso. No me quiero hacer ilusiones. ...Servite ensalada rusa.

—¿Te parece?

—Sí, está rica.

—No sé, se me cerró el estómago con la noticia.

—Mirá, hacé de cuenta que no te dije nada, porque no es nada seguro. Yo me voy a hacer de cuenta que no me dijeron nada.

—No, la cosa pinta bien, tenemos que alegrarnos.

—Mejor no...

—Yo me alegro mucho por vos, aunque te vayas y... bueno, qué se le va a hacer...

—Comé una manzana asada, que es muy sano.

—No, mejor dejamos para más tarde, o la dejo yo. Vos comé, si tenés ganas.

—No, tampoco tengo mucho hambre, ¿sabés una cosa?... a lo mejor si te termino los zombis nos viene más hambre y dejamos la comida para un poco más tarde.

—Bueno...

—Es divertida película, ¿verdad?

—Sí, es muy entretenida.

—Al principio no me acordaba bien, pero ahora me está volviendo.

—Sí... pero espera un poco. La verdad es que... no sé qué me pasa, Molina, de golpe... tengo un lío en la cabeza.

—¿Por qué?, ¿te duele algo?, ¿la barriga?

—No, es en la cabeza que tengo un lío.

—¿Lío de qué?

—No sé, debe ser porque te podrías ir, no sé bien.

—Ah...

—Dejame un rato que me tire a descansar.

—Bueno.

—Hasta luego.

—Hasta luego.*

---

* La calificación de perversidad polimorfa que Freud da a la libido infantil —referida a la indiscriminación del bebé para gozar de su cuerpo y del de los demás—, es también aceptada por estudiosos de más recientes promociones como Norman O. Brown y Herbert Marcuse. La diferencia de éstos con Freud, ya apuntada, consiste en que Freud considera positivo que la libido se sublimice en parte y se canalice por vías exclusivamente heterosexuales, y definidamente genitales, mientras que los pensadores más recientes consideran y hasta propician un regreso a la perversidad polimorfa y a la erotización más allá de la sexualidad meramente genital.

De todos modos, la civilización occidental, afirma Fenichel, impone a la niña o al niño los modelos de su madre o su padre, respectivamente, como únicas identidades sexuales posibles. La probabilidad de orientación homosexual, según Fenichel, es tanto mayor cuanto más se identifique la criatura con el progenitor de sexo opuesto, en vez de acontecer lo común. La niña que no halla satisfactorio el modelo propuesto por su madre, y el niño que no halla satisfactorio el modelo propuesto por su padre, estarían entonces expuestos a la homosexualidad.

Aquí es conveniente señalar los trabajos recientes de la doctora danesa Anneli Taube, como *Sexualidad y revolución*, donde expresa que el rechazo que un niño muy sensible puede experimentar con respecto a un padre opresor —símbolo de la actitud masculina autoritaria y violenta—, es de naturaleza consciente. El niño, en el momento que decide no adherirse al mundo que le propone ese padre —la práctica con armas, los deportes violentamente competitivos, el desprecio de la sensibilidad como atributo femenino, etc.—, está tomando una determinación libre, y más aún, revolucionaria, puesto que rechaza el rol del más fuerte, del explotador. Ahora bien, ese niño no podrá vislumbrar en cambio que la civilización occidental, aparte del mundo del pa-

—Molina... ¿qué hora es?

—Las siete pasadas. Ya oí que andan con la cena.

—No puedo hacer nada... Y tendría que aprovechar hasta que apaguen, con una hora de luz.

———

dre, no le proporcionará otro modelo de conducta, en esos primeros años peligrosamente decisivos —de los 3 a los 5 años sobre todo— que el de su madre. El mundo de la madre —la ternura, la tolerancia, las artes— le resultará mucho más atractivo, sobre todo por la ausencia de agresividad; pero el mundo de su madre, y aquí es donde la intuición del niño fallaría, es también el de la sumisión, puesto que ella forma pareja con un hombre autoritario, el cual sólo concibe la unión conyugal como una subordinación de la mujer al hombre. En el caso de la niña que decide no adherirse al mundo de la madre, la actitud se debe en cambio a que rechaza el rol de la sometida, porque lo intuye humillante y antinatural, sin imaginar que excluido ese rol, la civilización occidental no le propondrá otro que el del opresor. Pero el acto de rebelión de esa niña y ese niño resultaría una muestra de valentía y dignidad, indiscutible.

La doctora Taube se pregunta por otra parte, por qué este desenlace no es más corriente aún, siendo la pareja occidental, en general, un exponente de explotación. Aquí introduce dos elementos que juegan como amortiguadores: el primero se presentaría cuando en un hogar la esposa es —por falta de educación, de inteligencia, etc.— realmente inferior al esposo, lo cual haría parecer más justificable la autoridad incontestada de aquél; el segundo elemento estaría constituido por el tardío desarrollo de la inteligencia y sensibilidad del niño o niña, lo cual no le permitiría captar la situación. En esta observación está implícito que si por el contrario en un hogar el padre es muy primitivo y la madre muy refinada pero sometida, el niño muy sensible y precozmente inteligente casi por fuerza elegirá el modelo materno. Y respectivamente, la niña lo rechazará por arbitrario.

En cuanto al interrogante de por qué en un mismo hogar se dan hijos homosexuales y heterosexuales, la doctora Taube dice que en toda célula social se tiende al reparto de roles, y así resultaría que uno de los hijos se haría cargo del conflicto de los padres y dejaría a los hermanos dentro de un cuadro ya algo neutralizado.

Ahora bien la doctora Taube, después de valorizar el motor primero de la homosexualidad y señalar su característica de inconformismo revolucionario, observa que la ausencia de otros modelos de conducta —y en esto coincide con Altman y su tesis sobre lo poco común de la práctica bisexual en razón de la falta de modelos de conducta bisexual a la vista— hace que el futuro homosexual varón, por ejemplo, después de rechazar los defectos del padre re-

—Ajá.

—Pero no tengo la cabeza en su lugar.

—Descansá entonces.

—Todavía no me terminaste la película.

—No quisiste vos.

—Me da pena desperdiciarla, si no la puedo saborear.

---

presor, se sienta angustiado por la necesidad de identificación con alguna forma de conducta y "aprenda" a ser sometido como su madre. El proceso de la niña sería el mismo, reniega de la explotación y por eso odia ser como su madre sometida, pero las presiones sociales hacen que poco a poco "aprenda" otro rol, el de su padre represor.

Desde los 5 años hasta la adolescencia se produce en estos niños y niñas "diferentes" un oscilar de su bisexualidad original. Pero, por ejemplo, la niña "masculinizada" por su identificación con el padre, aunque se sienta atraída sexualmente por un varón, no aceptará el rol de muñeca pasiva que le impondrá un varón convencional, se sentirá incómoda y cultivará como único modo de superar su angustia, un rol diferente que sólo admitirá juego con mujeres; en cuanto al niño "feminizado" por su identificación con la madre, aunque se sienta sexualmente atraído por una niña, no aceptará el rol de asaltante intrépido que le impondrá una hembra convencional, se sentirá incómodo y cultivará un rol diferente que sólo admitirá juego con hombres.

Anneli Taube interpreta así la actitud imitativa practicada hasta hace poco por los homosexuales en alto porcentaje, actitud imitativa ante todo de los defectos de la heterosexualidad. Era característica de los homosexuales varones el espíritu sumiso, conservador, amante a todo coste de la paz, sobre todo a coste de la perpetuación de su propia marginación, mientras que era característica de las mujeres homosexuales su espíritu anárquico, violentamente disconforme, aunque básicamente desorganizado. Pero ambas actitudes resultaban no deliberadas, sino compulsivas, impuestas por un lento lavado cerebral en el que intervenían los modelos de conducta heterosexual burgueses, durante infancia y adolescencia, y posteriormente, al asumir la homosexualidad, los modelos "burgueses" de homosexualidad.

Este prejuicio, u observación justa, sobre los homosexuales, hizo que se los marginara en movimientos de liberación de clases y en general en toda acción política. Es notorio la desconfianza de los países socialistas por los homosexuales. Mucho de esto —afortunadamente, acota la doctora Taube—, empezó a cambiar en la década de los sesenta, con la irrupción del movimiento de liberación femenina, ya que el consiguiente enjuiciamiento de los roles "hombre fuerte" y "mujer débil" desprestigió ante los ojos de los marginados sexuales esos modelos tan inalcanzables como tenazmente imitados.

La posterior formación de frentes de liberación homosexual sería una prueba de ello.

—Ni charlar quisiste.

—Si no sé lo que digo, no me gusta hablar. No quiero decir cualquier macana, sabés...

—Entonces descansá.

—¿Y si me terminás la película?

—¿Ahora?

—Sí.

—Como quieras.

—Yo estudié un poco y ni sé lo que estudié.

—Ya no sé ni dónde estábamos, ¿dónde era que íbamos?

—¿De qué, Molina?

—De la película.

—Que la chica está sola en la selva, y oye los tambores.

—Ah, sí... La selva está a pleno sol de mediodía, la chica decide acercarse adonde están los que tocan esos tambores tan tétricos. Y va avanzando, y pierde un zapato, y después se cae y se le raja la blusa, y la cara se le ensucia, y pasa por unas plantas de espinas y se le hace jirones la pollera. Y acercándose adonde están los santeros se va haciendo más y más oscuro, pese a ser mediodía, y la única luz viene de todas las velas que tienen encendidas. Y hay un altar lleno de velas, nada más que velas, y un muñeco de trapo al pie del altar, con una aguja clavada en el corazón. El muñeco es igual al muchacho. Y todos los negros y negras hincados, rezando, y cada tanto largando un grito de la pena muy, muy grande que tiene cada uno adentro. Pero la chica mira y busca al brujo, tiene muchísimo miedo de verlo pero lo mismo la mata la curiosidad de ver cómo es. Y los tambores cada vez van tomando más furias, y los negros cada vez largan más alaridos, y la chica toda hecha una mugre, despeinada, la ropa ni hablar, se queda ahí al borde del círculo que forman todos los que rezan. De golpe los tambores paran de tocar, la gente no se queja más, se levanta un viento helado en la selva tropical y aparece el brujo, con una especie de túnica blanca hasta los pies, pero abierta en el pecho, un pecho joven tapado de pelo crespo, pero la cara de hombre viejo... el mayordomo. Con una expresión de malvado, falso, da la bendición a todos los negros, y con una mano hace una señal a los de los tambores. Y empieza otro ritmo, ya directamente diabólico, y la mira a la chica con un deseo ya sin disimular, y con la mano le hace unos pases mágicos, y la mira fijo para hipnotizarla. La chica mira para otro lado para no caer en el poder de él, pero no resiste la atracción y poco a poco va girando la cabeza hasta quedar mirándolo al brujo frente a frente. Y cae hipnotizada y mientras los tambores tocan un ritmo ya más sexual que ninguna otra cosa, ella va dando pasos hasta donde está el brujo, y los negros van cayendo todos en trance, están arrodillados y van tirando la cabeza para atrás, hasta casi tocar el piso. Y cuando la chica ya está al alcance de la mano del brujo, se levanta un viento huracanado y se apagan todas las velas, y es la oscuridad completa, a mediodía. El brujo la toma a la chica de la cintura y después va subiendo las manos hasta el pecho, y después le acaricia los pómulos, y de un brazo la va llevando para adentro de su cabaña. Y ahí... ¿cómo era?, ay, perdoname, pero no me acuerdo bien cómo era la cosa. Ah, sí, la negra buena que vio pasar en el coche a la chica, lo busca al muchacho y lo arrastra diciéndole que el brujo lo llama. Porque, qué pasa, ella, la negra, había sido la mujer del brujo, es decir del mayordomo. Y al verlo la chica al muchacho que llega, el hechizo se rompe, porque la negra pega unos gritos. Y la chica ya estaba por entrar a la cabaña.

—Seguí. *el pobre da limosna al rico, el rico pide limosna al pobre y se ríe, se burla e insulta al pobre por no tener más que darle, una moneda falsa*

—La chica y el muchacho vuelven a la casa grande en el jeep. Ninguno de los dos dice nada. Claro, el muchacho ya se ha dado cuenta que la chica está enterada de todo. Y llegan a la casa. La chica para demostrar que ella quiere poner todo de su parte para arreglar las cosas, le va a ordenar algo de comer, como si no hubiese pasado nada, y mientras va y viene se lo encuentra al muchacho que ya está otra vez prendido de la botella. Entonces ella le ruega que no sea débil, que no la abandone a ella sola en la lucha por salvar su matrimonio, que los dos se quieren y juntos van a afrontar todos los obstáculos. Pero él le da un empujón terrible y la tira al suelo. Mientras tanto el brujo llega a la casa abandonada, donde está la zombi, y la encuentra con la negra buena, que la está cuidando, la que era su mujer, ya vieja ahora, y que por eso la desprecia. Y el brujo le ordena que salga de ahí, pero la negra le dice que no va a dejar que él la use a la zombi para más maldades. Y saca un puñal para clavárselo al brujo. Pero él la consigue agarrar por la muñeca de la mano donde tiene el puñal y se lo arrebata, y la mata a ella, se lo clava en el corazón. La zombi no se mueve, pero se ve que en los ojos de ella hay un dolor muy grande, aunque no tiene voluntad para actuar por su cuenta. El brujo le ordena entonces que lo siga y le va diciendo las mentiras más terribles, que el marido es un malvado y fue quien ordenó que la hicieran zombi y que ahora está queriendo repetir lo mismo con la segunda esposa, la está maltratando, y que por eso ella, la zombi, tiene que ir y con ese cuchillo matarlo al muchacho, para terminar con todas sus maldades. Y en los ojos de la zombi se ve que no cree lo que le dice el brujo, pero nada puede hacer ella, porque no es dueña de su voluntad, y no puede hacer más que obedecer las órdenes del brujo. Y cuando llegan a la casa grande entran muy despacito por el jardín, que ya está medio oscuro al atardecer. Y por el ventanal la zombi ve que el muchacho está borracho y le grita de todo a la chica, la agarra de los hombros y la sacude y la tira a un lado. El brujo le pone el puñal en la mano. El muchacho busca más alcohol, la botella está vacía, la sacude tratando de sacarle la última gota. La zombi sólo puede obedecer. El mayordomo le dice que entre y lo mate al muchacho. La zombi avanza. Se le ve en el fondo de los ojos que todavía lo quiere al muchacho, que no quiere matarlo, pero la orden es implacable. El muchacho no la ve. El mayordomo llama a la chica, le dice señora, muy respetuoso, la chica se encierra con la llave en su cuarto, hasta que oye el quejido mortal del marido, que ha sido apuñaleado por la zombi. Entonces la chica sale corriendo y se lo encuentra agonizando, tirado ahí en el sofá donde estaba medio dormido borracho, con la mirada más trágica que se pueda imaginar. Y enseguida entra el mayordomo, y llama a los sirvientes, para que sean testigos del crimen, y él lavarse las manos de todo. Pero el muchacho en su agonía le dice a la zombi que él la quiso mucho y que todo fue la maldad del brujo, que siempre quiso adueñarse de la isla, de todas sus posesiones, y le dice a la zombi que vuelva a su cabaña y se encierre y prenda fuego a la casa, así no será más instrumento de la perversidad de nadie, y el cielo ya está negro pero todo se ilumina de a ratos por los relámpagos de la tormenta que se avecina, y el muchacho ya casi sin fuerzas cuenta a los sirvientes, que a todo esto ya entraron, que los padres de muchos de ellos fueron sacrificados por el infame brujo, quien los transformó en zombis. Entonces todos lo miran al brujo con odio, y el brujo va retrocediendo y sale al jardín, y se quiere escapar, en esa noche de tormenta terrible, con un viento huracanado que sopla, y relámpagos que de golpe iluminan todo como si fuera de día, y el brujo saca un revólver para de-

227

fenderse, y entonces los sirvientes se detienen, pero ahí en el jardín, cuando el brujo ya se cree a salvo y se va a escapar, cae un rayo ensordecedor y lo fulmina. Poco despúes la lluvia amaina. Nadie ha visto que la zombi ha tomado el camino de la casa vieja. Se oye la sirena de un barco que se va, la chica mete sus cosas en una valija y se va al barco, le deja todo a los sirvientes, ella no quiere más que olvidar. Llega al barco justo cuando están retirando la pasarela. El capitán la ve desde la borda, por suerte es el mismo capitán buen mocísimo que salió al principio. El barco suelta amarras, se van alejando las luces de la costa. La chica está en su camarote, golpean a la puerta. Abre y es el capitán, que le pregunta si fue feliz en la isla. Ella le dice que no, y él entonces le recuerda que aquellos tambores que se oían el día de la llegada, anunciaban siempre sufrimientos, y también la muerte. Ella le dice que es posible que nunca más se vuelvan a oír esos tambores. El capitán le pide entonces silencio, porque le parece oír algo extraño. Los dos salen a la borda y escuchan un canto hermosísimo, y ven que son cientos de isleños que han llegado al muelle para cantarle a la chica, para despedirse con un canto de cariño y agradecimiento. La chica tiembla de emoción. El capitán le pasa el brazo por la espalda para cobijarla. Y muy lejos en la isla se ve, lejos del pueblo, allá por el campo, una inmensa hoguera. La chica se abraza al capitán para aplacar el temblor y los escalofríos que le recorren el cuerpo, porque sabe que ahí adentro de ese fuego está ardiendo la pobre zombi. El capitán le dice que no tenga miedo, que todo eso ha quedado atrás, y que la música del amor de todo ese pueblo le está dando la despedida para siempre, y le augura un futuro lleno de felicidad. Y colorín colorado, este cuento se ha terminado. ¿Te gustó? *el paciente más grave del pabellón ya está fuera de peligro, la enfermera velará toda la noche sobre su sueño tranquilo*

—Sí, mucho. *el rico duerme tranquilo si le da su oro al pobre*
—Ahhhh...
—¡Qué suspiro!
—Qué vida ésta, más difícil...
—¿Qué te pasa, Molinita?
—No sé, tengo miedo de todo, tengo miedo de ilusio-
narme de que me van a soltar, tengo miedo de que no
me suelten. ...Y de lo que más miedo tengo es de que
nos separen y me pongan en otra celda y me quede ahí
para siempre, con quién sabe qué atorrante...
—Mejor no pensar en nada, total nada depende de
nosotros.
—Ves, ahí no estoy de acuerdo, pienso que a lo mejor
pensando se nos ocurre alguna salida, Valentín.
—¿Qué salida?
—Por lo menos... que no nos separen.
—Mirá... para no maltratarte a vos mismo, pensá en
una cosa: que todo lo que querés es salir para cuidar a
tu madre. Y nada más. No pienses en nada más. Porque
la salud de ella es lo más importante para vos, ¿verdad?
—Sí...
—Concentrate en eso, y ya.
—No, no quiero concentrarme en eso... ¡no!
—Eh... ¿qué pasa?
—Nada...
—Vamos, no te pongas así... levantá la cara de esa al-
mohada...
—No... dejame...
—¿Pero qué pasa?, ¿Hay algo que me ocultás?
—No, ocultarte no... Pero es que...
—¿Es que qué? Al salir de acá, vas a estar libre, vas a
conocer gente, si querés podés entrar en algún grupo
político.
—Estás loco, no me van a tener confianza por puto.
—Yo te puedo decir a quien ver...

—No, por lo que más quieras, nunca, pero nunca, ¿me entendés?, me digas nada de tus compañeros.

—¿Por qué?, ¿a quién se le va a ocurrir que vos los veas?

—No, me pueden interrogar, lo que sea, y si yo no sé nada no puedo decir nada.

—Pero de todos modos, hay muchos grupos, de acción política. Y si alguno te convence te podés meter, aunque sean grupos que no hagan más que hablar.

—Yo no entiendo nada de eso...

—¿Y es cierto que no tenés amigos de verdad, buenos amigos?

—Sí, tengo amigas locas como yo, pero pasar un rato, para reírnos un poco. Pero en cuanto nos ponemos dramáticas... nos huimos una de la otra. Porque ya te conté cómo es, que una se ve reflejada en la otra y sale espantada. Nos deprimimos como perras, vos no te imaginás.

—Las cosas pueden cambiar al salir.

—No van a cambiar...

—Vamos, no llores... no seas así... ¿Ya cuántas veces te he visto llorar? ...Bueno, yo también solté el moco una vez... Pero basta, che... Me pone... nervioso, que llores.

—Es que no puedo más... Tengo tanta... mala suerte...

—¿Ya apagan la luz?

—Sí, ¿qué te creés?, ya son las ocho y media. Y mejor, así no me ves la cara.

—Pasó rápido el tiempo con la película, Molina.

—Esta noche no me voy a poder dormir.

—Vos escuchame, que en algo te podré ayudar. Es cuestión de hablar. Ante todo tenés que pensar en agruparte, en no quedarte solo, eso seguro te va a ayudar.

—¿Agruparme con quién? Yo no entiendo nada de esas cosas, y tampoco creo mucho.

—Entonces aguantate.

—No hablemos... más...

—Vamos... no seas así..., Molinita.

—No... te lo ruego... no me toques...

—¿No te puede palmear tu amigo?

—Me hacés peor...

—¿Por qué?... vamos, hablá, ya es hora que confiemos el uno en el otro. De veras, te quiero ayudar, Molinita, decime qué te pasa.

—Lo único que pido es morirme. Eso es lo único que pido.

—No digas eso. Pensá la tristeza que le darías a tu madre..., y a tus amigos, a mí.

—A vos no te importaría nada...

—¡Cómo que no! Vamos, qué tipo...

—Estoy muy cansado, Valentín. Estoy cansado de sufrir. Vos no sabés, me duele todo por dentro.

—¿Adónde te duele?

—Adentro del pecho, y en la garganta... ¿Por qué será que la tristeza se siente siempre ahí?

—Es verdad.

—Y ahora vos... me cortaste la gana, de llorar. No puedo seguir, llorando. Y es peor, el nudo en la garganta, como me está apretando, es algo terrible.

—...

—...

—Es cierto, Molina, ahí es donde se siente más la tristeza.

—...

—¿Sentís muy fuerte... te aprieta muy fuerte, ese nudo?

—Sí.

—...

—...

—¿Es acá que te duele?

—Sí...

—¿No te puedo acariciar?

—Sí...

—¿Acá?

—Sí...

—¿Te hace bien?

—Sí... me hace bien.

—A mí también me hace bien.

—¿De veras?

—Sí... qué descanso...

—¿Por qué descanso, Valentín?

—Porque... no sé...

—¿Por qué?

—Debe ser porque no pienso en mí...

—Me hacés mucho bien...

—Debe ser porque pienso en que me necesitás, y puedo hacer algo por vos.

—Valentín... a todo le buscás explicación... qué loco sos...

—Será que no me gusta que las cosas me lleven por delante... quiero saber por qué pasan las cosas.

—Valentín... ¿puedo yo tocarte a vos?

—Sí...

—Quiero tocarte... ese lunar... un poco gordito, que tenés arriba de esta ceja.

—...

—¿Y así puedo tocarte?

—...

—¿Y así?

—...

—¿No te da asco que te acaricie?

—No...

—Sos muy bueno...

—...

—De veras sos muy bueno conmigo...

—No, sos vos el bueno.

—Valentín... si querés, podés hacerme lo que quieras... porque yo sí quiero.

—...

—Si no te doy asco.

—No digas esas cosas. Callado es mejor.

—Me corro un poco contra la pared.

—...

—No se ve nada, nada... en esta oscuridad.

—...

—Despacio...

—...

—No, así me duele mucho.

—...

—Esperá, no, así es mejor, dejame que levanté las piernas.

—...

—Despacito, por favor, Valentín.

—...

—Así...

—...

—Gracias... gracias...

—Gracias a vos también...

—A vos... Y así te tengo de frente, aunque no te pueda ver, en esta oscuridad. Ay... todavía me duele...

—...

—Ahora sí, ya estoy empezando a gozar, Valentín... Ya no me duele.

—¿Te sentís mejor?

—Sí...

—...

—¿Y vos?... Valentín, decime...

—No sé... no me preguntes... porque no sé nada.

—Ay, qué lindo...

—No hables... por un ratito, Molinita.

—Es que siento... unas cosas tan raras...

—...

—Ahora sin querer me llevé la mano a mi ceja, buscándome el lunar.

—¿Qué lunar? ...Yo tengo un lunar, no vos.

—Sí, ya sé. Pero me llevé la mano a mi ceja, para tocarme el lunar, ...que no tengo.

—...

—A vos te queda tan lindo, lástima que no te lo pueda ver...

—...

—¿Estás gozando, Valentín?

—Callado... quedate callado un poquito.

—...

—...

—¿Y sabés qué otra cosa sentí, Valentín? pero por un minuto, no más.

—¿Qué? Hablá, pero quédate así, quietito...

—Por un minuto sólo, me pareció que yo no estaba acá, ...ni acá, ni afuera...

—...

—Me pareció que yo no estaba... que estabas vos sólo.

—...

—O que yo no era yo. Que ahora yo... eras vos.

CAPÍTULO DOCE

—BUEN día...

—Buen día... Valentín.

—¿Dormiste bien?

—Sí...

—...

—¿Y vos, Valentín?

—¿Qué?

—Si dormiste bien...

—Sí, gracias...

—...

—Ya oí hace un rato pasar el mate, ¿vos no querés, verdad?

—No... No le tengo confianza.

—...

—¿Qué querés de desayuno?, ¿té o café?

—¿Vos qué vas a tomar, Molinita?

—Yo, té. Pero si querés café es el mismo trabajo. O mejor dicho, no es ningún trabajo. Lo que vos quieras.

—Muchas gracias. Haceme café, por favor.

—¿Querés pedir puerta antes, Valentín?

—Sí, por favor. Pedime puerta ahora.

—Bueno...

—...

—...

—¿Sabés por qué quiero café, Molinita?

—No...

—Para despabilarme bien, y estudiar. No mucho, unas dos horas, o un poco más, pero bien aprovechadas. Hasta que retome el ritmo de antes.

—Muy bien.

—...Y después un descanso antes de almorzar.

—...

—Molina... ¿cómo amaneciste?

—Bien...

—¿Se te pasó el malhumor?...

—Sí, pero estoy como atontado... No pienso, no puedo pensar en nada.

—Eso es bueno, ...de vez en cuando.

—Pero estoy bien, ...estoy contento.

—...

—...Hasta me da miedo hablar, Valentín.

—No hables, ...ni pienses.

—...

—Si te sentís bien, no pienses en nada, Molina. Cualquier cosa que pienses te va a aguar la fiesta.

—¿Y vos?

—Yo tampoco quiero pensar en nada, y voy a estudiar. Con eso me salvo.

—¿Te salvás de qué?..., ¿de arrepentirte de lo que pasó?

—No, yo no me arrepiento de nada. Cada vez me convenzo más de que el sexo es la inocencia misma.

—¿Te puedo pedir algo... muy en serio?

—...

—Que no hablemos... de nada, que no discutamos nada, hoy. Es por hoy solo que te lo pido.

—Como quieras.

—...¿No me preguntás por qué?

—¿Por qué?

—Porque me siento... que estoy... bien, estoy... muy... bien, y no quiero que nada me quite esa sensación.

—Como quieras.

—Valentín... yo creo que desde que era chico que no me siento tan contento. Desde que mamá me compraba algún juguete, o algo así.

—¿Sabés una cosa? Pensá en alguna película linda, ...y

me la empezás a contar cuando termine de estudiar, mientras se hace la comida.

—Bueno...

—...

—¿Y qué película querés que te cuente?

—Una que te guste mucho a vos, no me la pienses para mí.

—¿Y si no te gusta?

—No, si te gusta a vos, Molina, me va a gustar a mí, aunque no me guste.

—...

—No te quedes tan callado. Te quiero decir que si algo te gusta, me alegra, porque me siento en deuda con vos, no, qué digo, porque fuiste bueno conmigo, y te estoy agradecido. Y saber que algo te puede poner contento... ya me alivia.

—¿De veras?

—De veras, Molina. ¿Y sabés qué me gustaría saber? Es una pavada...

—Decí...

—Que me digas si te acordás de algún juguete que te gustó mucho, el que más te gustó... de los que te compró tu mamá.

—Una muñeca...

—Uy...

—¿Por qué te reís tanto?

—Ay, si no me dan puerta rápido me hago encima...

—¿Pero por qué tanta risa?

—Porque... ay, me muero... ay, qué buen psicólogo resulté...

—¿Qué pasa?

—Nada... que quería ver si había alguna relación entre ese juguete... y yo.

—Lo tenés merecido...

—¿Y seguro que no era un muñeco?

—No, una muñeca bien rubia, con trenzas, y que abría y cerraba los ojos, vestida de tirolesa.

—Ay, que me den puerta, porque no aguanto más, uy...

—Me parece que es la primera vez que te reís desde que tuve la mala suerte de entrar en tu celda.

—No es cierto.

—Te lo juro, no te había visto reírte, nunca.

—Pero si tantas veces me he reído... y de vos.

—Sí, pero ha sido siempre cuando está la luz apagada. Te lo juro: nunca te había visto reírte.

.   .   .   .

.   .   .   .

—Es en México, en un puerto, muy tropical. Los pescadores esa madrugada están saliendo en sus barcas, falta poco para que despunte el día. Les llega una música de lejos. Lo único que ven desde el mar es una casa suntuosa, toda iluminada, con unos grandes balcones que se asoman a un jardín hermoso, exclusivamente de jazmines, después viene un cerco de palmeras, y después la playa. Ya quedan pocos invitados en ese baile de disfraz y fantasía. La orquesta toca un ritmo muy cadencioso, con maracas y bongós, pero lento, una especie de habanera. Hay pocas parejas bailando, y una sola con antifaces todavía puestos. Ya se está terminando el famoso carnaval de Veracruz, y por desgracia el sol que está saliendo en ese momento anuncia el miércoles de ceniza. La pareja de los antifaces es perfecta, ella disfrazada de gitana, muy alta, con una cinturita de avispa, morocha, con raya al medio y el pelo suelto largo hasta la cintura, y él muy fuerte, también morocho, con unas patillas y el peinado para un lado con un poquito de jopo, y un bigotazo. Ella tiene una naricita muy chica, recta, un perfil delicado pero que revela carácter al mismo tiempo. Tiene unas monedas de oro sobre la frente, una blusa amplia de esas con el escote con un elástico, que se pueden bajar del hombro, o de los dos hombros, de esas blusas gitanas, ¿me entendés?

—Más o menos, no importa, seguí.

—Y después la cintura bien ceñida. Y la pollera...

—Describime el escote. No te saltees.

—Bueno, es de esa época tan linda en que venía el escote bien bajo, y se alcanzaba a ver el nacimiento de los senos, pero no que estaban levantados por el corpiño como dos boyas. No, se veía poco pero que había algo, se notaba lo mismo, o mejor, se dejaba imaginar.

—¿Pero en este caso qué hay?, ¿mucho o poco?

—Mucho, y la pollera es enorme, hecha de pañuelos, de montones de pañuelos atados a la cintura, de todos colores, de gasa, y al bailar por ahí se entreveían las piernas, pero muy poco. Y él disfrazado de dominó, es decir con una capa negra, y nada más, un traje y corbata debajo. Él le dice que ésa es la última pieza que va a tocar la orquesta, que ya es hora de quitarse el antifaz. Ella le dice que no, la noche debe terminar sin que él sepa quién es ella, y sin que ella sepa quién es él. Porque nunca más se volverán a ver, ése ha sido el encuentro perfecto de un baile de carnaval y nada más. Él insiste y se saca el antifaz, es divino el tipo, y le repite que ha estado toda su vida esperándola y ahora no la va a dejar escapar. Y le mira a ella un anillo solitario fabuloso que tiene, y le pregunta si eso significa algo, un compromiso sentimental. Ella contesta que sí, y le pide que la espere afuera en el coche de él, mientras ella va al tocador a empolvarse y rehacer el maquillaje. Es el minuto fatal, porque él sale y la espera y la espera y ella nunca más aparece. Bueno, la acción pasa a la capital de México, y se ve que el muchacho trabaja como reportero en un gran diario de la tarde. ¡Ah!, porque me olvidé decirte que mientras bailan ella dice que esa pieza es preciosa, y qué lástima que no tenga letra, y ahí él le dice que es medio poeta. Y entonces está él una tarde ahí en la redacción del diario, que es un bochinche bárbaro de gente que entra y sale, cuando ve que están preparando un artículo bastante escandaloso, con muchas fotos, sobre una actriz y cantante que hace un tiempo se ha retirado, y que vive protegida por un poderosísimo hombre de negocios, un magnate temidísimo, medio mafioso, pero del que no dan el nombre. Y al ver las fotos el muchacho se queda pensando, esa mujer hermosísima, que empezó su carrera en teatros de revistas y que después se volvió estrella dramática de gran éxito, pero por muy poco tiempo, porque se retiró, bueno, esa mujer le resulta conocidísima, y cuando le ve en una foto la mano tomando champagne con un solitario rarísimo, ya no le queda duda de quién es. Haciéndose el sonso averigua qué se traen con todo eso, y le dicen que va a ser una nota muy sensacionalista, y que les falta no más algunas fotos de cuando ella se desnudaba en escena, que pronto van a conseguir. Ahí tienen la dirección de ella, porque la han estado espiando, entonces él aprovecha y se le presenta en la casa. Él la mira deslumbrado, ella está con un salto de cama de tul negro. Es un departamento supermoderno, con lámparas empotradas que dan una luz difusa que no se sabe de dónde viene, y todo es de raso clarito, las cortinas son de raso, los sillones son de raso, y los taburetes también, sin patas, redondos. Ella se recuesta en un diván para escucharlo. Él le cuenta lo que pasa y le promete esconder todas las fotos y lo que han escrito, así no pueden sacar el artículo. Ella se lo agradece profundamente. Él le pregunta si ella es feliz en esa jaula de oro. A ella no le gusta que le diga eso. Y le cuenta la verdad, que agotada por la lucha del teatro, donde había llegado a escalar los más altos peldaños, se dejó convencer por la oferta de un hombre al que creía bueno. Ese hombre, riquísimo, la llevó a viajar, a ver mundo, pero de vuelta en su país se volvió más y más celoso, hasta reducirla casi a una prisionera. Ella pronto se cansó de no hacer nada, y le pidió a él que la dejara volver a actuar, pero él se negó. El muchacho le dice que por ella se atrevería a cualquier cosa, y no le tendría miedo al otro, ella lo mira fijo, desde el diván, y saca un cigarrillo. Él se le acerca para encendérselo, y ahí la besa. Ella lo abraza, por un momento se deja llevar por un impulso, y le dice que lo necesita..., pero entonces él le dice que se vaya con él, que deje todo, joyas, pieles, vestidos, magnate, y lo siga. Pero a ella le da miedo. El muchacho le dice que no sea cobarde, que juntos se pueden ir lejos. Ella le pide unos días de tiempo. Él le insiste que ahora o nunca. Ella le dice que se vaya. Él le dice que no, que de ahí no saldrá sin ella, y la agarra de los brazos, y la sacude, como para que pierda el miedo. Entonces ella reacciona pero en contra de él, le dice que todos los hombres son iguales, que ella no es una cosa, algo que se maneja como ellos quieren, por capricho, y que le tienen que dejar tomar su propia decisión. Él entonces le dice que nunca más la quiere volver a ver y va hacia la puerta. Ella, despechada, le dice que espere un momento, y va a su dormitorio y vuelve con un montón de billetes, y le dice que son en pago del favor que le ha hecho, de destruir ese artículo. Él le tira el dinero a los pies, y sale. Pero ya en la calle se arrepiente de haber sido tan impetuoso. No sabe qué hacer, y se va a tomar a una taberna, donde entre el humo apenas si se entrevé un pianista ciego, que toca esa misma música tropical muy lenta, muy triste, que él bailó con ella en carnaval. El muchacho toma, y toma, y va componiendo versos para esa música, pensando en ella, y canta, porque es un galán cantor: "Aunque vivas... prisionera, en tu soledad... tu alma me dirá... te quiero". ¿Y cómo sigue?, bueno, sigue un poquito más y después dice, "Me hacen daño tus ojos, me hacen daño tus manos, me hacen daño tus labios... que saben mentir... y a mi sombra pregunto, si esos labios que adoro, en un beso sagrado... en un beso sagrado...", ¿y qué más?, algo como "...volverán a mentir". Y después sigue, "Flores negras... del destino, nos apartan sin piedad, pero el día vendrá en que seas... para mí no más, no más...". ¿Te acordás de ese bolero?

—Me parece que no. No sé... Seguí.

—Al día siguiente, en el diario, el muchacho ve que todos buscan el artículo sobre ella, y no lo encuentran. Claro, él se guardó todo bajo llave en su escritorio. Y como no pueden encontrar nada, el jefe de los reporteros decide que se olviden del asunto, porque será imposible juntar todo ese material de nuevo. El muchacho respira aliviado, y después de titubear un poco... marca el número de ella. Y le dice que esté tranquila, que ya no sacarán el artículo. Ella se lo agradece, él le pide perdón por todo lo que le dijo en la casa, y le pide verla, le da cita. Ella acepta. El pide permiso para salir del diario, el jefe se lo da, le dice que le ve mala cara, desde hace unos días. A todo esto ella se está preparando para salir, con un traje de saco negro, de terciopelo, de esos de esa época tan bonitos, muy entallados, y sin blusa abajo, y un broche de brillantes en la solapa, y un sombrero blanco de tul, que es como una nube blanca detrás de la cabeza. Y el pelo recogido en rodete. Y ya está calzándose los guantes, blancos haciendo juego con el sombrero, cuando piensa en el peligro que entraña esa cita, porque el magnate justito entra en ese momento, cuando ella está indecisa si ir o no. Y el magnate, que es un hombre maduro, canoso, de unos cincuenta y pico, un poco gordo, pero muy presentable como hombre, le pregunta adónde va. Ella le dice que de compras, él se ofrece a acompañarla, ella le dice que se va a aburrir mucho, porque tiene que elegir telas. El magnate pone cara de darse cuenta de algo, pero no le reprocha nada. Ella entonces aprovecha para decirle que él no tiene derecho a poner mala cara, que ella hace todo lo que él quiere, que ha renunciado a volver al teatro, a cantar por radio, pero que es ya el colmo que él vea mal que salga de compras. El magnate entonces le dice que él se va, y que ella vaya de compras todo lo que quiera, pero que si él se llega a enterar de que lo engaña... no se vengará con ella, porque sin ella bien sabe que no puede vivir, sino que se vengará con el hombre que se ha atrevido a acercársele. El magnate sale, ella sale un momento después, no sabe qué decirle al chofer, porque en los oídos todavía le silban las palabras del magnate: "me vengaré con el hombre que se haya atrevido a acercársete". Mientras tanto el muchacho está esperándola en un bar suntuoso, y mira la hora, y ya se está dando cuenta de que ella no va a venir. Pide otro whisky, doble. Pasa una hora, pasan dos horas, y él ya está totalmente borracho, pero disimula, se levanta y camina derecho. Va a la redacción del diario, se sienta en su escritorio y pide al ordenanza un café doble. Y trabaja, tratando de olvidarse de todo. Al día siguiente entra más temprano que de costumbre, y el jefe se sorprende, lo felicita por venir a ayudarlo, porque es un día muy difícil. Él se enfrasca en el trabajo y termina todo muy temprano también, y va y entrega lo que ha hecho al jefe, que lo felicita por lo bueno que es lo que ha escrito, y le dice que ya se puede ir por el día. El muchacho entonces sale, y se mete a tomar un trago con un compañero que lo invita, él al principio se niega, pero el otro le pide que lo acompañe, pero no, esperá, es el mismo jefe que lo convida a un trago ahí en su despacho, porque como el muchacho le ha resuelto todo el problema de ese día, que era un artículo sobre un desfalco muy grande en el gobierno, y quiere celebrar la cosa. Entonces, después del trago, el muchacho ya sale mal a la calle, le ha venido el vino triste, y cuando se quiere acordar está frente a la casa de ella. No resiste y entra, toca el timbre del departamento. La mucama le pregunta qué quiere. Él pide hablar con la dueña de casa, que justamente son las cinco de la tarde y está tomando el té con el magnate, que le acaba de traer una joya maravillosa, un collar de esmeraldas, para que le perdone la escena del día anterior. Ella da la orden a la mucama de decir que no está, pero él ya ha entrado. Entonces ella trata de arreglar el asunto y le dice al magnate lo que pasó con ese artículo, y le agradece al muchacho, y le cuenta al magnate que él no quiso dinero, ella realmente no sabe más qué decir para arreglar la cosa, pero él, el muchacho, furioso de ver que ella toma del brazo al magnate, le dice que le da asco todo y que el único agradecimiento que pide es que lo olviden para siempre. Tanto ella como el magnate no dicen ni una palabra, el muchacho se va, pero deja sobre una mesa un papel, con la letra de la canción que le ha escrito. El magnate la mira a la chica, ella tiene los ojos llenos de lágrimas, porque está enamorada del muchacho, y ya no lo puede negar, no se lo puede negar a ella misma, que es lo peor. El magnate la mira bien fijo en los ojos y le pregunta qué es lo que siente por ese pelagatos periodista. Ella no puede contestar, tiene un nudo en la garganta, pero cuando ve que el tipo está levantando presión, bueno, traga saliva y dice que ese pelagatos periodista no es nada para ella, pero que se vio envuelta con él por el lío de ese diario. Y entonces el magnate pregunta qué diario es, y al saber que se trata del diario que está en una investigación implacable de los líos de la mafia, le pide a ella que le dé el nombre de él, para de algún modo sobornarlo. Pero la chica, aterrorizada de que lo que el magnate realmente quiera sea vengarse del muchacho...

le niega el nombre. El magnate entonces le da una gran bofetada, la tira al suelo. Se va. Ella queda tirada sobre una alfombra que parece como de armiño, el cabello renegrido sobre el armiño blanco, y parecen estrellas las lágrimas que le titilan... Y levanta la mirada... y ve sobre uno de los taburetes de raso... un papel. Se levanta y lo agarra, lo lee... "...Aunque vivas prisionera, en tu soledad tu alma me dirá... te quiero. Flores negras del destino... nos apartan sin piedad, pero el día vendrá en que seas... para mí no más, no más...", y se lleva ese papel todo estrujado al corazón, que a lo mejor está tan estrujado como ese papel, tanto... o más.

—Seguí.

—El muchacho, por su parte, está deshecho, no vuelve al trabajo, y va de taberna en taberna. Lo buscan del diario pero no lo encuentran, lo llaman por teléfono y él contesta, pero al oír la voz del jefe cuelga el tubo. Pasan los días, hasta que él ve en un diario en la calle, el mismo donde él trabaja, que anuncian para el día siguiente un gran artículo sobre la intimidad de una gran estrella retirada del medio artístico. Tiembla de rabia. Va al diario, está todo cerrado porque es muy de noche, el sereno de guardia lo deja entrar sin sospechar nada, él va a su escritorio y ve que han forzado sus cajones para entregar a otro reportero el escritorio que él abandonó, y ahí por supuesto han encontrado todo el material. Entonces va a los talleres, que están lejos de ahí, y cuando llega es plena mañana ya y ve que está en las máquinas rotativas el número de esa tarde. Desesperado a martillazos para las máquinas y todo el tiraje de ese número del diario se echa a perder, porque las tintas se vuelcan y todo todo se arruina. Un destrozo de miles y miles de pesos, millones, un acto de sabotaje. El desaparece de la ciudad, pero lo echan del sindicato y nunca más podrá trabajar como periodista en su vida. De borrachera en borrachera, llega a una playa, en busca de sus recuerdos: Veracruz. En un boliche de mala muerte, frente al mar, bien al pie de la playa, una orquesta típica del lugar, con ese instrumento que es una mesa de tablitas...

—Xilofón.

—Vos, Valentín, sabés todo, ¿cómo hacés?

—Vamos, seguí que estoy interesado.

—Bueno, con ese instrumento tocan una melodía muy triste. El, con una navaja, escribe sobre una mesa, que está llena de inscripciones de corazones, nombres y también groserías, ahí escribe la letra para esa canción y la canta. Dice así... "...cuando te hablen de amor, y de ilusiones... y te ofrezcan un sol y un cielo entero, si te acuerdas de mí... ¡no me menciones! porque vas a sentir ...amor del bueno. ...Y si quieren saber de tu pasado, es preciso decir una mentira, di que vienes de allá, de un mundo raro...", y se la imagina a ella, mejor dicho la ve en el fondo de ese vaso de aguardiente, y ella se va agigantando, hasta ser de tamaño natural y pasearse por ese boliche miserable, y mirándolo ella le canta completando el verso... "...que no sé qué es penar, que no entiendo de amor, y que nunca he llorado...", y entonces él mirándola le canta, entre todos esos borrachos que ni siquiera lo oyen o lo ven, "...porque yo donde voy, hablaré de tu amor, como un sueño dorado...", y ella sigue "...y olvidando el rencor, no dirás que mi adiós te volvió desgraciado..." y él entonces acaricia el recuerdo transparente de ella, sentada allí al lado de él en la mesa, y le sigue cantando "...y si quieren saber de mi pasado, es preciso decir otra mentira, les diré que llegué de un mundo raro...", y mirándose los dos con lágrimas en los ojos, siguen a dúo en voz muy baja, que es como un susurro apenas, "...que no sé del dolor, que triunfé en el amor, y que nunca he llorado...", y al secarse él las lágrimas, porque le da vergüenza ser hombre y estar llo-

rando, ve más claro y no está ella a su lado. Y desesperado agarra el vaso para empinárselo, y no ve reflejado
más que a él mismo todo desgreñado ahí en el fondo del
vaso, y entonces con todas sus fuerzas tira el vaso contra
la pared, y lo hace añicos.

—¿Por qué te callás?

—...

—No te pongas así...

—...

—¡Carajo!, te he dicho que hoy acá no entra la tristeza, ¡y no va a entrar!

—No me sacudas así...

—Es que hoy le vamos a ganar a los de afuera.

—Me asustaste.

—No te me pongas triste, ni te asustes..., lo único que
quiero es cumplirte la promesa. Y hacerte olvidar cualquier cosa fea. Yo esta mañana te di mi palabra que hoy
no vas a pensar en nada triste. Y te lo voy a cumplir,
porque no me cuesta nada. Es tan fácil hacerte olvidar
a vos las cosas tristes, ...y mientras esté a mi alcance,
por lo menos en este día, ...no te voy a dejar pensar en
cosas tristes.

CAPÍTULO TRECE

—¿Cómo estará la noche afuera?

—Quién sabe, Molina. No hace frío, y hay mucha humedad. Así que debe estar nublado, con nubes muy bajas a lo mejor, de esas que reflejan la luz del alumbrado de las calles.

—Sí, debe ser una noche así.

—Y las calles deben estar mojadas, sobre todo las empedradas, sin que haya llovido, y al fondo un poco de neblina.

—Valentín... a mí la humedad me pone nervioso, porque me pica todo el cuerpo, pero hoy no.

—Yo también me siento bien.

—¿Te cayó bien la comida?

—Sí, la comida...

—Qué poquita queda.

—Culpa mía, Molina.

—De los dos, comimos más que de costumbre.

—¿Cuánto hace que te trajeron el paquete?

—Hace cuatro días. Y para mañana queda un poco de queso, un poco de pan, mayonesa...

—Y hay dulce de naranja. Y medio budín inglés. Y dulce de leche.

—Y nada más, Valentín.

—No, un pedazo de fruta abrillantada. El de zapallo, que separaste para vos.

—Me da lástima comérmelo, me lo voy reservando, y nunca le llega el momento. Pero mañana lo partimos en dos.

—No, ese es tuyo.

—No, mañana vamos a tener que comer la comida del penal, y de postre nos comemos el zapallo abrillantado.

—Mañana lo discutimos.

—Sí, no quiero pensar en nada ahora, Valentín. Dejame que me quede en la luna.

—¿Tenés sueño?

—No, pero estoy bien, estoy tranquilo. ...No, estoy más que tranquilo... Pero no te enojes si te digo alguna pavada. Estoy feliz.

—Así tiene que ser.

—Y lo lindo de cuando uno se siente feliz, sabés Valentín... es que parece que es para siempre, que nunca más uno se va a sentir mal.

—Yo también me siento bien, el camastro éste de porquería está calentito, y sé que voy a dormir bien.

—Yo siento un calorcito en el pecho, Valentín, eso es lo más lindo. Y la cabeza despejada, no, macana, la cabeza como llena de vaporcito tibio. Yo todo estoy lleno de eso. No sé, a lo mejor es que todavía... te siento... como que me tocás.

—...

—¿Te molesta que hable de estas cosas?

—No.

—Es que cuando estás acá, ya te dije, ya no soy yo, y ese es un alivio. Y después, hasta que me duermo, y aunque vos estés en tu camita, tampoco soy yo. Es una cosa rara... ¿cómo te explico?

—Decímelo, vamos.

—No me apures, dejame que me concentre... Y es que cuando me quedo solo en la cama ya tampoco soy vos, soy otra persona, que no es ni hombre ni mujer, pero que se siente...

—...fuera de peligro.

—Sí, ahí está, ¿cómo lo sabés?

—Porque es lo que siento yo.

—¿Por qué será que se siente eso?

—No sé...

—Valentín...

—¿Qué?

—Te quiero decir una cosa... pero no te rías.

—Hablá.

—Cada vez que has venido a mi cama... después... quisiera, no despertarme más una vez que me duermo. Claro que me da pena por mamá, que se quedaría sola... pero si fuera por mí, no me querría despertar nunca más. Pero no es una cosa que se me pasa por la cabeza no más, de veras lo único que pido es morirme.

—Antes me tenés que terminar la película.

—Uf, falta mucho, esta noche no la termino.

—Si en estos días me hubieses contado otro poco, ya esta noche la terminábamos. ¿Por qué no me quisiste contar más?

—No sé.

—Pensá que puede ser la última película que me contés.

—Será por eso, vaya a saber.

—Contame un poco antes de dormir.

—Pero no hasta el final, falta mucho.

—Hasta donde te canses.

—Bueno. ¿En qué estábamos?

—En que él le canta en el boliche, a ella, que se le aparece en el fondo del vaso de aguardiente.

—Sí, y que cantan a dúo. A todo esto, ella... ha dejado al magnate, le ha dado vergüenza seguir haciendo esa vida, y decide volver al trabajo. Va a presentarse en un club nocturno como cancionista, y ya es el día del debut, ella está muy nerviosa, a la noche va a volver a ponerse en contacto con el público, y esa tarde es el ensayo general. Se presenta con un traje largo, como todos los de ella, sin breteles, el busto muy ceñido, la cintura de avispa y después la pollera amplísima, todo en lentejuelas negras. Pero el brillo de las lentejuelas es apenas como

251

un resplandor. El pelo muy sencillo, raya al medio y largo hasta los hombros. La acompaña un pianista, el escenario es nada más que un cortinado de raso blanco recogido por un lazo igual, porque ella donde va quiere sentir el contacto del raso, y al lado una columna griega simulando mármol blanco, el piano también blanco, de cola, pero el pianista de smóking negro. Ahí en la boîte todo el mundo está enloquecido arreglando las mesas, lustrando los pisos, clavando clavos, pero cuando aparece ella suenan las primeras notas del piano, bueno, ahí todos se quedan mudos. Y ella canta, o no, todavía no, empiezan las notas del piano, y una casi imperceptible cadencia de maracas allá lejos, y ella se ve que tiene las manos temblando, los ojos se le llenan de ternura, alcanza el cigarrillo a un traspunte que está entre bambalinas, toma su posición al lado de la columna griega, y empieza con una voz grave y muy melodiosa a decir la introducción, casi hablada, pensando en el muchacho "...todos dicen que la ausencia es causa de olvido, ...y yo te aseguro que no es la verdad, ...desde aquel último instante que pasé contigo, mi vida parece... llena de crueldad", y ahí la orquesta invisible empieza a todo volumen y larga ella toda su voz, "...tú, te llevaste en tus labios, aquel beso sagrado... que yo había guardado ¿para ti?, sí, para ti... Tú, te llevaste en tus ojos, todo el mundo de antojos, que hallaste en los míos, para ti...", y ahí viene un intermedio de la orquesta, y ella hace un pequeño paseo y en medio de la pista vuelve a atacar, a toda voz, "...¡Cómo pudiste dejarme, queriéndonos tanto! ...cuando habías encontrado en mi pecho guardado tanto... tanto frenesí... Tú, aunque estemos muy lejos, llorarás como un niño, buscando un cariño como el que te di..."

—Te escucho, dale.

—Y al terminar de cantar ella está completamente ensimismada, y rompen en aplausos todos los trabajadores que están preparando la sala para esa noche. Y ella se va contenta al camarín porque se imagina que él se va a enterar de que está trabajando de nuevo, y por lo tanto que no está más con el magnate. Pero le espera una terrible sorpresa. El magnate ha comprado ese club nocturno, y ha ordenado que se lo cierre, antes mismo del debut. Y hay una orden de embargo de las alhajas de ella, porque el magnate ha arreglado con el joyero para que finja que no se las ha pagado, y todo así. Ella enseguida se da cuenta de que el magnate ha decidido impedirle trabajar, y hacerle la vida imposible, claro, para que así vuelva a él. Pero no se deja vencer y deciden con su agente seguir intentando lo que sea, hasta conseguir un buen contrato. El muchacho por su parte, en Veracruz, ve que se le están terminando los ahorros, y tiene que buscar trabajo. Ya no puede ser periodista porque lo han puesto en la lista negra del sindicato, y otros trabajos, sin recomendación, y con la mala cara que tiene de tantas borracheras, y aspecto descuidado, tampoco lo toman en otras partes. Finalmente le dan trabajo como peón, en un aserradero, y ahí trabaja unos días, pero las fuerzas se le van terminando, su organismo está minado por el alcohol, no tiene apetito nunca, no le pasa la comida. En la hora de descanso para almorzar, un día un compañero le insiste que coma algo, y él prueba un bocado, pero no le pasa, lo único que tiene es sed, sed. Y esa tarde misma cae desmayado. Y lo tienen que internar en un hospital. En el delirio de la fiebre él la llama, y entonces el compañero le revisa todos los papeles a él, buscando la dirección de ella, y la llama a México, y claro ya no está en ese departamento suntuoso, pero el ama de llaves, que era muy buena mujer, le pasa el mensaje a la chica, que está ahora en una pensión muy barata. Ella enseguida se lanza a Veracruz, pero acá está la escena más terrible, y es que no tiene dinero para el pasaje, y el dueño de la pensión es un gordo viejo, repulsivo, y ella le pide que le preste el dinero, y él le dice que no. Entonces ella se le insinúa, y el inmundo gordo enseguida le dice que sí le presta el dinero, pero a cambio de... puntos suspensivos. Y se ve que él se mete en la pieza de ella, cosa que la chica nunca se lo había permitido al inmundo. Y está el muchacho en el hospital, y el médico entra con una monja, y mira la cartilla esa donde anotan cómo va el enfermo, y le toma el pulso, y le mira el blanco del ojo, y le dice que ya está reaccionando bastante bien, pero que tiene que cuidarse mucho, nunca más tomar alcohol, comer muy bien, y descansar. Y él piensa de dónde... si está en la miseria, cuando ve una figura increíble en el marco de la puerta, lejos, en la otra punta del pabellón. Ella va avanzando, mirando a cada enfermo a ver si lo encuentra al muchacho, va avanzando despacito, y todos los internados la miran como si fuera una aparición. Ella está muy sencilla, pero divina toda de blanco, un vestido muy simple pero vaporoso, con el pelo recogido, y ni una joya. Claro, porque ya no tiene, pero para el muchacho eso tiene un significado especial, que ella ha cortado con la vida de lujos que le daba el magnate. Cuando ella lo ve, no lo puede creer, porque él está tan desmejorado, y se le llenan los ojos de lágrimas, y está justamente ahí el médico diciéndole que lo da ya de alta, y él dice que no tiene donde ir, pero ella le dice que sí, que tiene una casa con jardín, muy chiquita, muy modesta, pero sombreada de palmeras y acariciada por el aire salado del mar. Y se van juntos, ella ha alquilado esa casita, casi en el campo, donde terminan los suburbios de Veracruz. El está algo mareado por la debilidad, ella le prepara la cama y él le pide que mejor le coloque una hamaca en el jardín, amarrada a dos de las muchas palmeras que rodean la casita. Y allí se echa, y se toman las manos, no pueden quitarse la mirada de los ojos, él le dice que pronto se repondrá por la alegría de tenerla ahí, y que conseguirá un buen trabajo, y no será una carga para ella, que le contesta que por eso no se aflija, que ella tiene un dinero ahorrado, y que sólo permitirá que él salga a trabajar cuando esté totalmente curado, y en silencio se miran adorándose y llegan ecos lejanos de cantos de pescadores, una música de cuerdas, muy delicada, no se sabe si de guitarras, o de arpas. Y él, como en un susurro, le va poniendo letra a esa melodía, casi le habla más que cantarle, y con un compás muy lento, como el que le van marcando esos instrumentos que suenan tan por allá lejos, "...estás en mí, ...estoy en ti, ...por qué llorar, ...por qué sufrir... Callar mi dicha quisiera, ...que el mundo no lo supiera, ...mas grita dentro de mí... esta ansiedad de vivir... para querer... Estoy feliz, ...también lo estás, ...me quieres tú, ...te quiero más... Estoy tan enamorado, que ya olvidé lo pasado, ...y hoy me siento feliz, ...porque te he visto... llorar por mí..."

—No pares.

—Pasan los días, y él se siente mucho mejor, pero le preocupa que ella no le permita ir, ni siquiera acompañarla, al lujoso hotel donde canta todas las noches. Poco a poco los celos lo empiezan a corroer. Él le ha preguntado por qué no salen anuncios en los periódicos de sus presentaciones estelares, y ella le dice que es para no poner sobre la pista al magnate, y que el magnate puede mandarlo a matar a él si lo ve por el hotel, y el muchacho entonces empieza a pensar que ella lo ve al magnate. Y un día va al hotel ese de superlujo con una boîte adentro, de atracciones internacionales. Y ella no está anunciada por ninguna parte, y nadie la conoce ni la ha visto nunca, la recuerdan, sí, como una estrella de años atrás. Él entonces, desesperado, se va a rodar por los barrios del puerto, donde están las tabernas. Y no puede creer lo que ve: en una esquina, bajo un farol, está ella de buscona, ¡así era que ganaba el dinero para mantenerlo! Él entonces se esconde para que no lo vea, y vuelve deshecho a la casa. Cuando ella aparece a la madrugada, él, lo que nunca, se finge dormido. Al día siguiente se levanta temprano para ir a buscar trabajo, a ella le da una excusa cualquiera. Y vuelve al anochecer y sin haber conseguido nada, ella ya estaba preocupada. Él finge que todo está bien, y cuando llega la hora de ella ir a la calle, según ella para ir a cantar, él le ruega que no salga, que la noche encierra peligros, que por favor se quede con él, que tiene miedo de no volver a verla más. Ella le pide que se tranquilice, que es absolutamente necesario que salga, porque hay que pagar el alquiler. Y el médico, sin que él lo sepa, le ha propuesto un nuevo tratamiento muy caro, que mañana mismo tienen que ir al médico los dos juntos. Y se va... Él entonces se da cuenta del lastre que es para ella, a lo que se tiene que rebajar para salvarlo a él. El muchacho ve las barcas de pescadores que vuelven a su rada con la noche, camina hasta la orilla del mar, hay una luna llena divina, la luna se rompe en pedacitos al reflejarse en el oleaje manso de la nochecita tropical. No hay viento, todo es quietud, menos en el corazón del muchacho. Los pescadores hacen como un coro a boca cerrada, entonan una melodía muy triste, el muchacho la canta, a las palabras se la va dictando su propia desesperanza, "...luna que te quiebras... sobre la tiniebla... de mi soledad, ...¿adónde? ¿adónde vas?... dime si esta noche tú te vas de ronda... como ella se fue, ...¿con quién? ¿con quién está? ...Dile que la quiero, dile que me muero... de tanto esperar, ...que vuelva, que vuelva ya... que las rondas... no son buenas, que hacen daño... que dan penas, ...y se acaba por llorar..." Y a la madrugada cuando ella vuelve él ya no está, le ha dejado un papelito diciendo que la quiere con locura, pero que no puede ser para ella una carga, y que no lo busque, porque si Dios los querrá reunir nuevamente... se encontrarán aunque no se busquen... Y ella ve cerca de ahí muchos puchos de cigarrillo, y una cajita de fósforos olvidada, una cajita de las que dan en las tabernas del puerto, y ahí se da cuenta que él la ha visto...

—¿Y ahí termina?

—No, sigue todavía, pero el final lo dejamos para otro día.

—Tenés sueño.

—No.

—¿Entonces?

—Esta película me tira abajo, no sé por qué te la empecé a contar.

—...

—Valentín, tengo un mal presentimiento.

—¿Cuál?

—Que me van a cambiar de celda, y nada más, que no me van a dejar libre, y no te voy a ver más.

—...

—Estaba tan contento... y contándote esa película me vino otra vez, la cascarria al alma.

—Hacés mal en adelantarte a los acontecimientos, qué sabés lo que puede pasar...

—Tengo miedo de que pase algo malo.

—¿Cómo ser qué?

—Mirá, a mí salir me importa más que nada por la salud de mamá. Pero me queda la preocupación de que a vos no te va a... cuidar nadie.

—¿Y en vos no pensás?

—No.

—...

—...

—Molina, hay una cosa que me gustaría preguntarte.

—¿Cuál?

—Es complicada. Bueno... es esto: vos, físicamente sos tan hombre como yo...

—Uhm...

—Sí, no tenés ningún tipo de inferioridad. ¿Por qué entonces, no se te ocurre ser... actuar como hombre? No te digo con mujeres, si no te atraen. Pero con otro hombre.

—No, no me va...

—¿Por qué?

—Porque no.

—Eso es lo que no entiendo bien... Todos los homosexuales, no son así.

—Sí, hay de todo. Pero yo no, yo... no gozo más que así.

—Mirá, yo no entiendo nada de esto, pero quiero explicarte algo, aunque sea a los tropezones, no sé...

—Te escucho.

—Quiero decir que si te gusta ser mujer... no te sientas que por eso sos menos.

—...

—No sé si me entendés, ¿qué te parece a vos?

—...

—Quiero decirte que no tenés que pagar con algo, con favores, pedir perdón, porque te guste eso. No te tenés que... someter.

—Pero si un hombre... es mi marido, él tiene que mandar, para que se sienta bien. Eso es lo natural, porque él entonces... es el hombre de la casa.

—No, el hombre de la casa y la mujer de la casa tienen que estar a la par. Si no, eso es una explotación.

—Entonces no tiene gracia.

—¿Qué?

—Bueno, esto es muy íntimo, pero ya que querés saber... La gracia está en que cuando un hombre te abraza... le tengas un poco de miedo.

—No, eso está mal. Quién te habrá puesto esa idea en la cabeza, está muy mal eso.

—Pero yo lo siento así.

—Vos no lo sentís así, te hicieron el cuento del tío los que te llenaron la cabeza con esas macanas. Para ser mujer no hay que ser... qué sé yo... mártir. Mirá... si no fuera porque debe doler mucho te pediría que me lo hicieras vos a mí, para demostrarte que eso, ser macho, no da derecho a nada.

—No hablemos más de esto, porque es una conversación que no conduce a nada.

—Al contrario, quiero discutir.

—Pero yo no.

—¿Por qué no?

—Porque no, y listo. Te lo pido, por favor.

CAPÍTULO CATORCE

DIRECTOR: Sí, señorita, deme con su jefe, por favor...
Gracias... ¡Qué tal! ¿Qué se cuenta por ahí?
Por aquí poca novedad.   Sí, por eso
mismo lo llamaba.   Dentro de unos minutos lo
vuelvo a ver.   No sé si usted recuerda que le había dado a Molina una semana más de tiempo. Incluso hicimos que Arregui pensase que a Molina lo
cambiamos de celda de un día para otro, por ser can-
didato a libertad condicional.   Exacto, fue idea
del propio Molina, sí.   Caramba...   Sí, el
tiempo es lo que apremia.   Claro, si quieren este
dato antes de lanzar la contraofensiva, lo comprendo,
claro.   Sí, dentro de unos minutos lo veo, pero
por esto es que lo llamo a usted antes. Digamos, en
caso de que no me tenga nada... absolutamente nada
que declarar, en caso de que no haya el menor progreso, ¿qué voy a hacer con Molina?   Usted
cree...   ¿Dentro de cuántos días?   ¿Mañana mismo?   ¿Por qué mañana?   Sí,
claro que no hay tiempo que perder.   Sí, comprendo, hoy no, así Arregui tiene tiempo de planear
algo.   Perfecto, si le da un mensaje, el mismo
Molina nos conducirá a la célula.   La dificultad
está en que no note la vigilancia.   Pero mire...
hay algo raro en Molina, hay algo que me dice, no sé
cómo explicarme, hay algo que me dice... que Molina
no está actuando limpio conmigo... que me oculta algo.   ¿Usted cree que Molina se haya puesto del
lado de ellos?   Sí, por miedo a las represalias
de la gente de Arregui, también puede ser.   Sí,
también Arregui puede habérselo trabajado, vaya a

saber con qué métodos.   Y por eso también, puede ser.   Es difícil prever las reacciones de un tipo como Molina, un amoral en fin de cuentas.   También hay otra posibilidad: que Molina intente salir sin comprometerse con nadie, ni con nosotros ni con Arregui. Que Molina esté de parte de Molina y nada más.   Sí, bien vale la pena probar.   Y también hay otra posibilidad.   Sí, perdone que lo interrumpa...   Es la siguiente: si Molina no nos lleva a nada... es decir, si no nos proporciona ningún dato hoy, ni mañana antes de salir a la calle, ...y tampoco nos lleva a nadie, de la gente de Arregui, una vez en la calle, ...bueno, ahí nos queda todavía otra posibilidad.   Y es ésta: se puede publicar en el periódico, o hacerlo saber, como sea, que Molina, o mejor dicho que un agente equis, ha proporcionado a la policía datos sobre la célula adscripta a Arregui, y que el agente ese, el agente equis, actuó subrepticiamente como procesado, en esta penitenciaría. Al enterarse la gente de Arregui va a ir a buscarlo para ajustar cuentas, y ahí los podemos sorprender. En fin, se abren muchas posibilidades, una vez que Molina esté en la calle.   Ah, me alegro.   Gracias, gracias.   Sí, yo lo llamo ni bien salga Molina del despacho.   Perfecto, en eso quedamos.   De acuerdo...   Enseguida lo llamo...   Encantado. Hasta luego.

DIRECTOR: Pase, Molina.
PROCESADO: Buenos días, señor.
DIRECTOR: Está bien, Suboficial, puede dejarnos solos.
SUBOFICIAL: A las órdenes, señor.
DIRECTOR: ¿Cómo anda, Molina?
PROCESADO: Bien, señor.

DIRECTOR: ¿Qué me cuenta de nuevo?

PROCESADO: Aquí andamos, señor.

DIRECTOR: ¿Hay algún progreso?

PROCESADO: Me parece que nada, señor... Yo imagínese, qué más querría...

DIRECTOR: Nada de nada...

PROCESADO: Nada.

DIRECTOR: Mire, Molina, yo tenía todo listo para dejarlo en libertad si usted nos traía algún dato. Le digo más, los papeles de su libertad condicional ya están listos. No falta más que mi firma.

MOLINA: Señor...

DIRECTOR: Es una lástima.

PROCESADO: Yo hice todo lo posible, señor.

DIRECTOR: ¿Pero no hubo ni la menor insinuación de nada?, ¿la más mínima pista? ...Porque bastaría algún elemento... para que nosotros pudiésemos actuar. Y ese pequeño elemento ya justificaría que yo le pusiese la firma a sus papeles.

PROCESADO: Imagínese, señor, qué más quiero yo, que salir de acá. ...Pero peor sería que les inventase algo. De veras, Arregui es como una tumba. Es un tipo cerrado, y con una desconfianza total, qué sé yo, es imposible, es... no es humano.

DIRECTOR: Míreme de frente, Molina, hablemos humanamente, ya que usted y yo, sí somos seres humanos. ...Piense en su madre, en la alegría que le daría. Y piense en que nosotros lo protegeremos, en que no le va a pasar nada una vez en la calle.

PROCESADO: Con tal de estar en la calle, no me importaría nada de nada.

DIRECTOR: De veras, Molina, no tiene que temer a represalias de ninguna especie, nosotros le vamos a dar vigilancia continua, va a estar perfectamente protegido.

PROCESADO: Señor Director, yo eso lo sé. Y se lo agradezco mucho, que piense en eso, en que yo necesite custodia... Pero, ¿qué puedo hacer?, peor sería que le inventase algo que no es cierto.

DIRECTOR: Bueno... lo siento mucho, Molina... En estas condiciones yo no puedo hacer nada por usted.

PROCESADO: ¿Entonces todo queda en la nada?... de mi libertad condicional, quiero decir. ¿No queda esperanza de nada?

DIRECTOR: No, Molina. Si usted no nos proporciona ningún dato, yo me veo imposibilitado de ayudarlo.

PROCESADO: ¿Ninguna recomendación por buena conducta?, ¿nada?

DIRECTOR: Nada, Molina.

PROCESADO: ¿Y la celda?, me van a dejar en la misma celda, por lo menos?

DIRECTOR: ¿Por qué?, ¿no prefiere estar con gente... más comunicativa que Arregui? Debe ser bastante triste estar con alguien que no habla.

PROCESADO: Es que... no pierdo la esperanza de que algún día me cuente algo.

DIRECTOR: No, creo que ya ha hecho bastante por ayudarnos, Molina. Lo vamos a pasar a otra celda.

PROCESADO: Por favor, señor, por lo que más quiera...

DIRECTOR: Pero qué pasa... ¿está encariñado con Arregui?

PROCESADO: Señor... mientras esté con él, tendré esperanza de que me cuente algo, ...y si me cuenta algo hay esperanza de que me suelten...

DIRECTOR: No sé, Molina, tendré que pensarlo. Pero creo que no será conveniente.

PROCESADO: Señor, de veras, por lo que más quiera...

DIRECTOR: Contrólese, Molina. Y ya no tenemos más que hablar, vaya no más.

PROCESADO: Gracias, señor. Por lo que pueda hacer por mí, gracias desde ya...

DIRECTOR: Puede irse.

PROCESADO: Gracias...

DIRECTOR: Hasta pronto, Molina.

SUBOFICIAL: ¿Llamó, señor?

DIRECTOR: Sí. Puede acompañar al procesado.

SUBOFICIAL: Muy bien, señor.

DIRECTOR: Aunque antes quiero decirle algo al procesado. Molina... mañana esté listo con sus cosas para dejar la celda.

PROCESADO: Se lo ruego... No, no me quite mi única posi...

DIRECTOR: Un momentito, que no he terminado de hablar. Mañana tenga todo listo porque saldrá en libertad condicional.

PROCESADO: Señor...

DIRECTOR: Sí, mañana, a primera hora de la mañana.

PROCESADO: Gracias, señor...

DIRECTOR: Y buena suerte, Molina.

PROCESADO: Gracias, señor. Gracias...

DIRECTOR: Nada, hombre, que le vaya bien...

PROCESADO: ¿Pero es en serio?

DIRECTOR: Claro que es en serio.

PROCESADO: No lo puedo creer...

DIRECTOR: Créalo... y a portarse bien, en la calle. Que no le conviene ya macanear con pibes, Molina.

PROCESADO: ¿Mañana ya?

DIRECTOR: Sí, mañana a primera hora.

PROCESADO: Gracias...

DIRECTOR: Bueno, ya vaya que tengo que hacer.

PROCESADO: Gracias, señor.

DIRECTOR: De nada.

PROCESADO: ¡Ah!... una cosa...

DIRECTOR: ¿Qué le pasa?

PROCESADO: Aunque salga mañana... si me vinieron a ver, o de mi casa, o el abogado...

265

DIRECTOR: Hable... ¿o prefiere que salga el Suboficial?

PROCESADO: No, es decir... si vinieron a verme, ellos no podían estar seguros de que yo salía mañana...

DIRECTOR: ¿Qué quiere decir?... no le entiendo. Explíquese, que tengo mucho que hacer.

PROCESADO: Sí, que si vinieron me hubiesen traído paquete... Y para disimular con Arregui...

DIRECTOR: No, no tiene importancia ya. Dígale que no le trajeron nada, porque el abogado sabía que usted salía en libertad. Ya mañana comerá en su casa, Molina.

PROCESADO: No era por mí, señor. Era por Arregui... para disimular.

DIRECTOR: No exageremos, Molina. Está bien así.

PROCESADO: Perdone, señor.

DIRECTOR: Que le vaya bien.

PROCESADO: Muchas gracias. Por todo...

. . . .
. . . .

—Pobre Valentín, me mirás las manos.

—No me di cuenta. Lo hice sin querer.

—Se te fueron los ojos, pobre tesoro...

—Qué lenguaje... ¿y?, ¡contá algo rápido!

—No me trajeron paquete. Me vas a tener que perdonar.

—Qué culpa tenés vos...

—Ay, Valentín...

—¿Qué pasa?

—Ay, no sabés...

—Vamos, ¿qué es todo ese misterio?

—No sabés...

—Vamos... ¿qué pasó? ¡Dale!

—Mañana me voy.

—¿De la celda?, ...qué macana.

—No, me dejan salir, en libertad.

—No...

—Sí, me dieron la libertad provisional.

—Pero es una maravilla...

—No sé...

—Pero no es posible... ¡es lo más genial que te podía pasar!

—¿Pero y vos? ...Te vas a quedar solo.

—No, no es posible, tal golpe de suerte, ¡Molinita!, es genial, genial... Decime que es cierto, ¿o me estás cachando?

—No, de veras.

—Es genial.

—Sos muy bueno de alegrarte tanto por mí.

—Sí, me alegro por vos, pero también por otra cosa... ¡esto es fabuloso!

—¿Por qué?, qué tiene de tan fabuloso...

—Molina, vos vas a servirme para algo fabuloso, y te aseguro que no vas a correr ningún riesgo.

—¿Qué es?

—Mirá... en estos últimos días se me ocurrió un plan de acción extraordinario, y me moría de bronca pensando que no se lo podía pasar a mi gente. Me devanaba los sesos buscando una solución, ...y vos me la servís en bandeja.

—No, Valentín. Yo no sirvo para eso, vos estás loco.

—Escuchame un momentito. Va a ser fácil. Vos te lo memorizás todo, y basta. Con eso ya está.

—No, vos estás loco. A mí me pueden seguir, cualquier cosa, para ver si no estoy en combinación con vos.

—Eso se arregla. Podés dejar pasar unos días, dos semanas. Y yo te digo cómo hacer para darte cuenta si te siguen o no.

—No, Valentín, yo salgo en libertad condicional, cualquier cosa me encierran de nuevo.

—Te aseguro que no habría el menor riesgo.

—Valentín, te lo ruego. No quiero saber una palabra de nada. Ni donde están, ni quienes son, nada.

—¿No te gustaría que un día yo también saliera?

—¿De acá?

—Sí, libre.

—Cómo no me va a gustar...

—Entonces me tenés que ayudar.

—No hay nada que yo quisiera en el mundo más que eso. Pero escuchame, es por tu bien que te lo pido... no me des ningún dato, no me cuentes nada de tus compañeros. Porque yo no tengo maña para esas cosas, y si me agarran les voy a largar todo.

—Soy yo y no vos el responsable por mis compañeros. Si te pido algo es porque sé que no hay riesgo. Todo lo que tenés que hacer es dejar pasar unos días, y hacer una llamada desde un teléfono público, no desde tu casa. Y citar a alguien en un lugar falso.

—¿Cómo en un lugar falso?

—Sí, en caso de que la línea del teléfono de mis compañeros esté intervenida. Por eso les tenés que dar un lugar en clave, por ejemplo les decís en la confitería Río de Oro, y ellos saben que es otro lugar, porque todo por teléfono lo hacemos así, ¿me entendés? Si nombramos un lugar es que nos referimos en realidad a otro. Por ejemplo el cine Monumental es la casa de uno de nosotros, y el hotel Plaza es una esquina en el barrio de Boedo.

—Me da miedo, Valentín.

—Cuando te explique todo se te va a ir el miedo. Vas a ver lo fácil que es pasar un mensaje.

—Pero si la línea está intervenida me comprometo yo, ¿o no?

—Hablando desde teléfono público, no, y cambiando la voz, que es lo más fácil del mundo, eso yo te lo enseño. Hay mil maneras, con un caramelo en la boca, con un escarbadiente debajo de la lengua... Mirá, eso es nada.

—No, Valentín...

—Después volvemos a hablar.

—¡No!

—Como quieras...

—...

—¿Qué pasa?

—...

—No te eches ahí... Mirame por favor.

—...

—No escondas la cara en la almohada, por favor te lo pido.

—Valentín...

—¿Qué hay?

—Me da pena dejarte solo.

—Nada de pena. Estate contento que vas a ver a tu madre, y la vas a poder cuidar. Eso era lo que querías, ¿no es cierto?

—...

—Vamos, mirame.

—No me toques.

—Bueno, está bien, Molinita.

—...¿No me vas a extrañar?

—Claro que te voy a extrañar.

—Valentín, yo hice una promesa, no sé a quién, a Dios, aunque no creo mucho.

—Sí...

—Y es que lo que más quería en la vida era poder salir para cuidar a mamá. Y que sacrificaba cualquier cosa por eso, que todo lo mío venía después, antes que todo yo pedí poder cuidar a mamá. Y se cumplió mi deseo.

—Estate contento entonces. Vos sos muy generoso de pensar primero en otra persona, y no en vos mismo. Tenés que estar orgulloso de ser así.

—¿Pero es justo eso, Valentín?

—¿Qué cosa?

—Que yo siempre me quede sin nada... Que yo no tenga nada mío de verdad, en la vida.

—Bueno, pero tenés a tu madre, esa es una responsabilidad, y tenés que asumirla.

—Sí, es cierto.

—¿Entonces?

—Escuchame. Mamá ya tuvo su vida, ella ya vivió, ya tuvo su marido, su hijo... Ya es vieja, ya su vida está casi cumplida...

—Sí, pero está viva todavía.

—Sí, y yo también estoy vivo... ¿Pero mi vida cuándo empieza?, ¿cuándo me va a tocar algo a mí, tener algo?

—Molinita, hay que conformarse. Te sacaste la lotería, de que te dejaran salir. Estate contento con eso. Afuera vas a poder empezar de nuevo.

—Yo quiero quedarme con vos. Ahora lo único que quiero es quedarme con vos.

—...

—¿Te da vergüenza que hable de eso?

—No... Bueno, sí.

—¿Sí, qué?

—Eso, me da un poco de vergüenza.

—Valentín... ¿Si yo paso ese mensaje te parece que vas a salir más pronto?

—Bueno, va a ser un modo de ayudar a la causa nuestra.

—Pero no es que te van a dejar salir enseguida. Vos decís porque así van a hacer más rápido la revolución.

—Sí, Molinita.

—No porque te dejen salir por otra razón.

—No, Molina.

—...

—No te rompas la cabeza, no pienses en eso. Más tarde discutimos.

—Ya no queda mucho tiempo para discutir.

—Tenemos toda la noche.

—...

—Y me tenés que terminar la película, no te olvides. Hace días que no me querés contar nada.

—Es que esa película me pone muy triste.

—Todo te pone triste.

—Tenés razón. ...Todo menos una cosa.

—No digas macanas.

—Sí, es una desgracia, pero es así. Todo me pone triste, que me cambien de celda me pone triste, que me dejen salir me pone triste. Todo menos una cosa.

—Afuera lo vas a pasar bien, te vas a olvidar de todas las que pasaste en el penal, vas a ver.

—Es que no me quiero olvidar.

—Bueno... ¡basta de macanas!, no me jodas más, ¡¡por favor!!

—Perdoname.

—...

—Por favor, Valentín, decime que me perdonás.

—...

—Te cuento la película, te la termino, si querés. Y después te prometo que no te jodo más con cosas mías.

—...

—Valentín...

—¿Qué querés?

—Yo no voy a pasar el mensaje.

—Está bien.

—Es que tengo miedo de que antes de salir me interroguen sobre vos.

—Como te parezca.

—Valentín...

—¿Qué?

—¿Estás enojado conmigo?

—No.

—¿Querés que te termine la película?

—No, porque no tenés ganas.

—Sí, si vos querés te la termino.

—No vale la pena, ya me imagino cómo termina.

—¿Termina bien, verdad?

—No sé, Molina.

—Viste que no sabés. Yo te la termino.

—Como quieras.

—¿En qué parte estábamos?

—No me acuerdo.

—A ver... Yo creo que habíamos quedado en que él la ve que ella se hizo prostituta por darle de comer a él, y que ella se da cuenta. Y que cuando ella vuelve a la madrugada a la casa ya no lo encuentra.

—Sí, ahí era.

—Bueno. A todo esto el magnate la ha estado buscando, porque se ha enterado de que ella está en la última miseria, y el tipo está arrepentido de lo que ha hecho. Y esa mañana llega un coche fastuoso a la casita frente al mar. Y es el chofer del magnate, que la manda a buscar. Ella se niega, y al rato llega el magnate mismo. Le dice que lo perdone, que todo lo ha hecho por amor, por la desesperación de perderla. Ella le cuenta lo que ha pasado, llora desconsoladamente. Entonces el magnate se siente arrepentidísimo, y le dice que si ella ha sido capaz de tales sacrificios es porque a ese hombre lo quiere y lo querrá para siempre. Y le dice "esto es tuyo", y le entrega un cofre, con todas sus alhajas, le da un beso en la frente y se va. Ella entonces empieza enloquecida a buscar al muchacho por todas partes, porque con la venta de las joyas tiene dinero de sobra para que él haga una cura con los mejores médicos y en los mejores sanatorios. Pero no lo encuentra por ninguna parte, hasta que comienza a recorrer las cárceles, y los hospitales. Y en una sala de enfermos graves finalmente lo encuentra. El organismo de él está destrozado, primero por el alcohol, y después por el hambre y el frío. El frío de las noches durmiendo tirado a la orilla del mar, sin tener donde ir. Cuando él la ve le sonríe, y le pide que se acerque para abrazarla. Ella se hinca al pie de la cama y se abrazan. Él le dice que la noche anterior tuvo miedo de morirse, porque la enfermedad se agravó mucho, pero que esa mañana, al sentirse fuera de peligro, pensó en que ni bien estuviera mejor la iba a ir a buscar, porque todo lo que los separó no tenía importancia, y que de algún modo juntos van a empezar de nuevo. La chica entonces mira a la monja enfermera que está al pie de la cama como buscando una confirmación de lo que él dice, que se va a curar. Pero la monja mueve casi imperceptiblemente la cabeza en señal de que no. Y él sigue hablando, empieza a decir que le han ofrecido nuevos trabajos, en diarios importantes, y que también le han ofrecido mandarlo como corresponsal al extranjero, y que juntos se van a ir lejos de todo, y se van a olvidar de sus sufrimientos. Es recién entonces que la chica se da cuenta que él está delirando de fiebre, y gravísimo. Él le dice que le ha compuesto otra letra, pero que ella la tiene que entonar, como canción, y él le susurra de a poco las palabras, y ella las repite, y suena un fondo musical, que viene como del mar, porque él, en su delirio, se imagina estar con ella en un espigón de pescadores a la luz dorada del atardecer. Y él le dice, y ella repite, "...Si tengo tristeza... me acuerdo de ti. ...Si tengo alegría, me acuerdo de ti. Si miro otros ojos, si beso otra boca, si aspiro un perfume... me acuerdo de ti...", y desde el espigón miran hacia el horizonte, porque se acerca un velero, "...Te llevo muy dentro, muy dentro de mí... Te llevo en el alma, me acuerdo de ti...", y el velero atraca ahí en el muelle chiquito de los pescadores, y el capitán les hace señas de que suban ya porque zarpan enseguida, aprovechando el viento favorable, que los llevará muy lejos, en un mar sereno, y las palabras siguen, "...nunca pensé... que me crearas... tanta, tanta obsesión... nunca creí, que me robaras el corazón... Por eso mi vida... me acuerdo de ti, ...de cerca y de lejos, me acuerdo de ti... De noche y de día, como melodía, te llevo en el alma... me acuerdo de ti...", y él se imagina que ya juntos en la borda del velero miran abrazados hacia el infinito, no hay más que mar y cielo, porque el sol ya se puso detrás del horizonte. Y la chica le dice que la canción es hermosa, pero él no le contesta nada, está con los ojos abiertos, a lo mejor la última cosa que vio en esta vida es a los dos en la borda del velero, abrazados para siempre, y rumbo a la felicidad.

—Qué triste...

—Pero no terminó todavía. Ella entonces lo abraza, y llora desesperada. Y deja todo el dinero de sus joyas ahí a las monjas del hospital, para el cuidado de los pobres, y camina, y camina, como una sonámbula, y llega hasta la casita donde ellos vivieron los pocos días de felicidad, y empieza a caminar por la orilla del mar, y ya es el atardecer, y se oye a los pescadores que cantan las canciones de él, porque las escucharon y las aprendieron, y hay parejas de jovencitos mirando la caída de la tarde y se oyen aquellas palabras que él le cantó en el momento feliz del reencuentro, que cantan ahora los pescadores y escuchan las parejas enamoradas, "...estás en mí... estoy en ti... por qué llorar... por qué sufrir... Callar mi dicha quisiera, que el mundo no lo supiera... mas grita dentro de mí, esta ansiedad de vivir...", y un viejo pescador le pregunta por él, y ella le dice que se ha ido, pero que no importa, porque siempre va a estar con ellos, aunque no sea más que en el recuerdo de una canción, y ella sigue caminando sola, con la mirada en el sol que ya se está ocultando, y se oye "...estoy feliz, también lo estás... me quieres tú... te quiero más... Estoy tan enamorada, que ya olvidé lo pasado... y hoy me siento feliz, ...porque te he visto... llorar... por mí...". Y como ya está casi oscuro apenas si se ve la silueta de ella, a lo lejos, que sigue caminando sin rumbo, como un alma en pena. Y de golpe se ve grande grande en primer plano la cara de ella, con los ojos llenos de lágrimas, pero con una sonrisa en los labios. ...Y colorín colorado, ...este cuento... se ha terminado.

—Sí...

—Qué final más enigmático, ¿verdad?

—No, está bien, es lo mejor de la película.

—¿Y por qué?

—Quiere decir que aunque ella se haya quedado sin nada, está contenta de haber tenido por lo menos una relación verdadera en la vida, aunque ya se haya terminado.

—¿Pero no se sufre más, después de haber sido feliz y quedarse sin nada?

—Molina, hay una cosa que tener muy en cuenta. En la vida del hombre, que puede ser corta y puede ser larga, todo es provisorio. Nada es para siempre.

—Sí, pero que dure un poquito, por lo menos.

—Es que habría que saber aceptar las cosas como se dan, y apreciar lo bueno que te pase, aunque no dure. Porque nada es para siempre.

—Sí, eso es fácil decirlo. Pero sentirlo es otra cosa.

—Pero tenés que razonar entonces, y convencerte.

—Sí, pero hay razones del corazón que la razón no entiende. Y eso lo dijo un filósofo francés muy de los mejores. Así que te embromé. Y creo que hasta me acuerdo el nombre: Pascal. ¡Chupate esa mandarina!

—Te voy a extrañar, Molinita...

—Aunque sea las películas.

—Aunque sea las películas...

—...

—Siempre que vea fruta abrillantada, me voy a acordar de vos.

—...

—Y cada vez que vea un pollo al espiedo, en una vidriera de rotisería.

—...

—Porque alguna vez me tocará a mí también, que me larguen de acá.

—Te voy a dar mi dirección.

—Bueno.

—Valentín... si alguna vez pasó algo, yo me cuidé bien de empezar, porque no te quise pedir nada, si no te salía a vos mismo. Espontáneamente, quiero decir.

—Sí.

—Bueno, pero de despedida, querría pedirte algo...

—¿Qué?

—Algo que nunca hiciste, aunque hicimos cosas mucho peores.

—¿Qué?

—Un beso.

—Es cierto.

—Pero mañana, antes de irme. No te asustes, no te lo pido ahora.

—Bueno.

—...

—...

—Tengo una curiosidad... ¿te daba mucha repulsión darme un beso?

—Uhmm... Debe haber sido de miedo que te convirtieras en pantera, como aquella de la primera película que me contaste.

—Yo no soy la mujer pantera.

—Es cierto, no sos la mujer pantera.

—Es muy triste ser mujer pantera, nadie la puede besar. Ni nada.

—Vos sos la mujer araña, que atrapa a los hombres en su tela.

—¡Qué lindo! Eso sí me gusta.

—...

—Valentín, vos y mi mamá son las dos personas que más he querido en el mundo.

—...

—¿Y vos te vas a acordar bien de mí?

—Aprendí mucho con vos, Molinita...

—Estás loco, si yo soy un burro...

—Y quiero que te vayas contento, y tengas buen recuerdo de mí, como yo lo tengo de vos.

—¿Y qué es lo que aprendiste de mí?

—Es muy difícil de explicar. Pero me has hecho pensar mucho, esto te lo aseguro...

—Tenés siempre calientes las manos, Valentín.

—Y vos siempre frías.

—Te prometo una cosa, Valentín, ...que siempre que me acuerde de vos, va a ser con alegría, como vos me enseñaste.

—Y prometeme otra cosa... que vas a hacer que te respeten, que no vas a permitir que nadie te trate mal, ni te explote. Porque nadie tiene derecho a explotar a nadie. Perdoname que te lo repita, porque una vez te lo dije y no te gustó.

—...

—Molina, prometeme que no te vas a dejar basurear por nadie.

—Te lo prometo.

—...

—¿Ya guardás los libros, tan temprano?

—...

—¿No esperás que apaguen la luz?

—...

—¿No te da frío sacarte la ropa?

—...

—Qué lindo sos...

—...

—Ah...

—Molinita...

—¿Qué?

—Nada... ¿no te hago mal?

—No... Ay, sí, así sí.

—¿Te duele?

—Mejor como el otro día, dejame levantar las piernas. Así, sobre los hombros.

—...

—Así...

—Callado... callado un ratito.

—Sí...

—...

—...

—Valentín...

—¿Qué?

—Nada... nada...

—...

—Valentín...

—...

—Valentín...

—¿Qué pasa?

—No, nada, una pavada... que te quería decir.

—¿Qué?

—No, mejor no.

—...

—...

—Molina, ¿qué es?, ¿me querías pedir lo que me pediste hoy?

—¿Qué?

—El beso.

—No, era otra cosa.

—¿No querés que te lo dé, ahora?

—Sí, si no te da asco.

—No me hagas enojar.

—...

—...

—Gracias.

—Gracias a vos.

. . . .

. . . .

—Valentín...

—...

—Valentín, ¿ya te dormiste?

—¿Qué?

—Valentín...

—Decime.

—Tenés que darme todos los datos... para tus compañeros...

—Como quieras.

—Tenés que decirme todo lo que tengo que hacer.

—Bueno.

—Hasta que lo aprenda todo bien de memoria...

—De acuerdo. ...¿Era eso lo que me querías decir hace un rato?

—Sí...

—...

—Pero una cosa, y esto es muy, muy en serio... Valentín, ¿estás seguro de que no me interrogarán al salir?

—Estoy seguro.

—Entonces voy a hacer todo lo que me digas.

—No sabés la alegría que me das.

CAPÍTULO QUINCE

Informe sobre Luis Alberto Molina, procesado 3.018, puesto en libertad condicional el 9 del corriente mes, a cargo del servicio de vigilancia CISL en colaboración con el servicio de vigilancia telefónica TISL

Día 9. Miércoles. El procesado fue puesto en libertad a las 8.30 y llegó a su casa a las 9.05 de la mañana, en taxímetro, solo. No salió en todo el día de su domicilio, calle Juramento 5020, se asomó a la ventana varias veces, mirando en direcciones varias, pero quedando varios minutos mirando fijo hacia la dirección noroeste. El departamento está situado en un tercer piso y no tiene casas altas enfrente.

Llamó por teléfono a las 10.16, preguntó por Lalo, y cuando éste atendió hablaron varios minutos, en femenino, dándose varios nombres diferentes que se intercambiaban a lo largo de la conversación, por ejemplo Teresa, Ni, China, Perla, Caracola, Pepita, Carla y Tina. El nombrado Lalo ante todo insistió en que el procesado contara sus "conquistas" en el penal. El procesado contestó que eran todas mentiras las cosas que se contaban sobre las relaciones sexuales en los penales y que no había tenido ninguna "diversión". Prometieron verse el fin de semana para ir al cine. Cada vez que se llamaban por un nuevo nombre se reían.

A las 18.22 el procesado llamó por teléfono a una señora a la que llamó tía Lola. Habló largo rato con ella, evidentemente una hermana de su madre, hablaron ante todo de la salud de la madre del procesado,

281

y de la imposibilidad de que esa señora la fuera a cuidar, porque por su parte también estaba enferma.

Día 10. Jueves. El procesado salió a la calle a las 9.35 de la mañana, se dirigió a la tintorería situada en la esquina de Pampa y Triunvirato, es decir a dos cuadras de su casa. Depositó un atado grande de ropa. Después fue al almacén a media cuadra de allí, doblando por Gamarra. De vuelta a su casa se detuvo en un kiosco a comprar cigarrillos, el situado sobre la calle Ávalos casi llegando a Pampa. De allí volvió a su casa.

A las 11.04 recibió llamado de parientes a quienes llamó tío Arturo y tía María Esther, quienes le auguraron buena suerte. Enseguida llamó una persona de voz joven, llamada Estela, presuntamente prima, porque le pasó el tubo a su madre, a la que el procesado llamó a veces Chicha y a veces tía Chicha. Lo felicitaron por haber salido antes de cumplir la condena, debido a buena conducta. Lo invitaron a almorzar el próximo domingo, hubo extraños intercambios de frases pero pueden deberse a que le repetían cosas que el procesado decía de niño al pedir más comida. El procesado, ante el ofrecimiento no muy claro de qué querían comer, contestó que "calne de leones". Todo parece ser simple jerga infantil, pero recomendamos atención. A las 17, pese al frío, el procesado abrió la ventana, y allí se quedó largo rato observando —como en el día de ayer— hacia el noroeste. A las 18.46 le telefoneó el mismo Lalo del día anterior, lo invitó a dar una vuelta en el auto de una amiga, el procesado aceptó con la condición de estar de vuelta en casa a las 21 para cenar en compañía de su madre y su tía. Ésta, de nombre Cuca, vive en el departamento y sale de compras a la mañana a la panadería y lechería, y de tarde a veces también, al supermercado situado a seis cuadras de allí en la esquina de avenida Triunvirato con Roosevelt. Minutos después bajó el procesado, esperó en la puerta y llegaron en un Fiat dos sujetos, no un hombre y una mujer como anunciado. Uno de ellos, de unos 40 años, abrazó ni bien bajó del auto al procesado, lo besó en ambas mejillas con visible emoción, mientras que el otro no bajó permaneciendo al volante, y dio la impresión de que no conocía al procesado, por el modo en que se dieron la mano. Sujeto de unos cincuenta años. El recorrido del coche fue directo a Avenida Cabildo, por Pampa, remontaron Cabildo hasta Pacífico y siguieron Santa Fe, luego Retiro, Leandro Alem, Plaza de Mayo, Avenida de Mayo, Congreso, Callao, Corrientes, Reconquista, y varias calles del barrio de San Telmo, parando breves momentos el coche delante de nuevos locales de café-concert que en los últimos años están proliferando en la zona. También delante de casas de antigüedades. El procesado en varias ocasiones se dio vuelta, en actitud de sospecha, evidentemente avistó que lo seguían. Del barrio de San Telmo el coche siguió sin detenerse hasta el domicilio del procesado.

Referente a la observación hecha ayer por miembros de la TISL sobre la necesidad de estudiar atentamente el posible código escondido en los nombres femeninos usados por el procesado con el mencionado Lalo, se señala que el tono de las conversaciones es de broma y extremadamente desordenado. De todos modos se prestará la debida atención.

Día 11. Viernes. A las 11.45, llamada de sujeto de voz cascada, el procesado lo llamó "padrino", por la tensión del tono pudo parecer en un momento llamada sospechosa, la voz parecía fingida, pero el tema fue la conducta futura del procesado. El "padrino", que pareció en realidad serlo, recomendó buena conducta en la calle y sobre todo en el trabajo, le recordó al procesado que su encarcelamiento se debió a relaciones con un menor en la tienda donde trabajaba como vidrierista. La conversación terminó muy fríamente, casi con ofensa de ambas partes. A los pocos minutos llamó el mencionado Lalo, como de costumbre se dijeron varios nombres femeninos diferentes, esta vez de actrices, se supone, porque se apodaban Greta, Marlene, Marilyn, Merle, Gina, Jedi (?). No daba la impresión de tratarse de un código, sino broma corriente entre ellos, se repite. El tono fue animado, el amigo comunicó al procesado que unos conocidos estaban por abrir boutique de varias vidrieras y no habían llegado a un acuerdo de dinero con otro vidrierista por dificultades de presupuesto. Dio el teléfono y dirección del procesado, para llamar lunes próximo, 42-5874 y Berutti 1805 respectivamente.

A las 15 salió el procesado y caminó hasta Cabildo, más de veinte cuadras, y entró al cine General Belgrano, había muy poca gente en la sala, se sentó solo, no habló con nadie, antes de salir fue a orinar al baño, donde no fue seguido para evitar sospechas, dado lo estrecho del recinto, y salió rápidamente. Volvió caminando a su casa, por otra calle paralela, y parando en varias esquinas, mirando con atención a las casas y negocios. Entró a su casa pocos minutos antes de las 19.

Poco después telefoneó a un lugar donde contestaron diciendo "Restaurant" y luego un nombre que fue imposible distinguir por el fondo de voces y ruidos de un mostrador de bar o restaurant. El procesado pidió hablar con Gabriel. Enseguida vino éste al aparato, demostró gran asombro y sorpresa, pero fue a continuación muy afectuoso. Su voz era varonil y posiblemente de barrio bajo de la capital. Quedaron en llamarse a la misma hora, si el procesado no podía ir al restaurant a la hora de entrada del llamado Gabriel, que suponemos que puede ser mozo del establecimiento. Apuntamos ambigüedades de ciertos pasajes de la conversación, definitivamente será fundamental establecer identidad de Gabriel. Enseguida después el procesado se asomó a la ventana sin abrirla, debido al frío, seguramente, pero sí corrió la cortina, y permaneció varios minutos mirando fijo pero como de costumbre no a las calles sino más arriba. Como las veces anteriores, también en este día miró hacia el noroeste, es decir hacia la confluencia de las calles Juramento y Bauness, o sea —para dar orientación más precisa— hacia el barrio de Villa Devoto donde se halla situada esta Penitenciaría.

Día 12. Sábado. Salió con su madre y su tía, tomaron taxi, llegaron al cine Gran Savoy de la avenida Cabildo a las 15.25. Estuvieron sentados juntos y no hablaron con nadie. Salieron a las 17.40 y esta vez tomaron colectivo en la esquina de Monroe y Cabildo. Bajaron a una cuadra de su casa, caminaron riendo. Pararon en una panadería y compraron masas. A las 19 el procesado llamó al restaurant, esta vez fue posible oír claramente Restaurant Mallorquín, el presunto Gabriel vino al teléfono y el procesado dijo no poder ir a verlo porque debía acompañar a su madre. Gabriel dijo que el lunes estaría en turno de día, pero que mañana domingo el restaurant estaría cerrado, como de costumbre. Pareció algo disgustado por la postergación. Como ya consta en otro informe, se procedió, mediante el servicio CISL de esa zona, a averiguar la identidad de Gabriel. Mañana llegará informe a esta oficina, según dispuesto.

Día 13. Domingo. Ya en posesión de informe. El gerente

del Mallorquín, restaurant español en gestión desde hace casi cincuenta años, sito en la calle Salta 56, afirmó que en efecto Gabriel Armando Solé trabaja allí desde hace cinco años como mozo y no tienen la menor duda en cuanto a la honestidad de su persona. No se le conocen ideas políticas extremistas y no asiste a las reuniones de sindicato ni se le sabe que tenga amistades activas en política.

Una sola llamada en casa del procesado, a las 10.43. La misma que llamó días atrás, tía Chicha, insistió con sus palabras en media lengua, pero esta vez quedó establecido que los esperan a las 13 en su casa y que no llegaran tarde que había cocinado algo que primero refirió con un nombre confuso, pero que después quedó claro que eran canelones. A las 12.30 salieron procesado, madre y tía, tomaron taxi en la esquina de Avenida Triunvirato y Pampa. Bajaron en el número 1998 de la calle Deán Funes, una casa de un solo piso, en el barrio de Patricios. Los recibió una señora gruesa, canosa, con demostraciones de gran cariño allí mismo en el zaguán. Salieron a las 18.55, una muchacha de edad indefinida los llevó en su Fiat 600 de vuelta a la casa. Es preciso anotar que el chofer del taxi miró varias veces hacia atrás en el largo recorrido, percatándose de que se lo seguía, y también el procesado se dio vuelta varias veces, no así las dos señoras. En el camino de vuelta la conductora del Fiat no se apercibió de nada, al parecer.

Día 14. Lunes. A las 10.05 el procesado llamó al número ya señalado de la boutique, debidamente interceptado desde el viernes 11, y correspondiente al local de la calle Berutti, no allanado en espera de acontecimientos. Quien atendió dijo que en efecto necesitaban de sus servicios y pidió que pasara el próximo lunes 21 a discutir salario, se quejó de que el maestro mayor de

obras se había pasado del presupuesto en las refaccio-
nes que terminarían dentro de la semana y por lo tanto no le podría pagar al vidrierista como debería ser.
A continuación, el procesado llamó al mozo Solé al
restaurant. Le dijo que no podría ir al centro porque
debía permanecer con su madre. Solé se mostró dis-
plicente, no fijaron nueva cita, el procesado prometió
llamar a mediados de semana. Solé resulta ya casi
descartado como contacto pero recomendamos seguir interceptando teléfono del Mallorquín. A las 15
el procesado se asomó a la ventana y permaneció un
rato con la mirada fija en el noroeste como de costumbre. A las 16.18 salió y fue hasta el kiosco, compró dos revistas, por las grandes letras alcanzamos a
divisar que una de ellas era la revista de modas Clau-
dia. En ese kiosco por otra parte no se venden revistas
políticas.

. . . .
. . . .

Día 20. Domingo. Llamado de Lalo a las 11.48, propuso
salir en auto con Mecha Ortiz como el domingo anterior. Se supone que es el apodo de quien manejaba el
Fiat en el paseo anterior. Se dieron nombres diferentes, pero no creemos que constituyan código alguno.
Esos nombres fueron Delia, Mirta, Silvia, Niní, Líber,
Paulina, etc., referidos casi con seguridad a actrices
del cine argentino de años atrás. El procesado recha-
zó la invitación por tener compromiso con su madre.
A las 15.15 se asomó a la ventana, esta vez abierta, suponemos porque había sol y no hacía casi frío, y quedó largo rato mirando en la dirección acostumbrada.
A las 17.04 salió con su madre, tomaron colectivo en
la esquina de Pampa y Avenida Triunvirato, bajaron en
Avenida de Mayo y Lima, caminaron dos cuadras
hasta el teatro Avenida, compraron localidades para

el espectáculo de zarzuela, se cruzaron a ver vidrieras mientras llegaba la hora del espectáculo, 18.15. En el intervalo el procesado fue al baño pero no habló con nadie. Después de estar en la platea sin hablar con nadie, salieron a las 20.40. En la confitería de Avenida de Mayo esquina Santiago del Estero tomaron chocolate con churros, no hablaron con nadie. Tomaron el mismo colectivo de vuelta, en la esquina de Avenida de Mayo y Bernardo de Irigoyen.

Día 21. Lunes. El procesado salió a las 8.37, tomó colectivo hasta Avenida Cabildo, de allí otro a Santa Fe y Callao, de aquí caminó las cinco cuadras hasta el local de la calle Berutti 1805. Habló con dos señores, miraron los espacios dedicados a vidrieras, le sirvieron café. Salió y repitió el mismo viaje en dos colectivos hasta su casa. A las 11.30 llamó a su amigo Lalo, al Banco de Galicia donde trabaja, hablaron con seriedad, seguramente por estar el individuo en su trabajo. El procesado solamente comunicó que había arreglado para empezar a trabajar al día siguiente, a pesar de que no habían definido el salario. El otro llamado del día fue de la tía Lola, habló con la madre del procesado, se alegraron con la noticia del empleo.

Día 22. Martes. El procesado salió de casa a las 8.05, y llegó a la boutique casi a las 9, corriendo las dos últimas cuadras. A las 12.30 salió a almorzar, en una lechería de la calle Juncal entre Ayacucho y Río Bamba. Allí hay un teléfono público, de allí realizó una telefoneada. Es preciso señalar que marcó el número tres veces y colgaba inmediatamente, luego habló por espacio de unos tres minutos. Esto resulta extraño considerando que en el local donde trabaja el procesado hay teléfono, y allí en la lechería tuvo que hacer cola para conseguir el teléfono libre. Se controlaron inmediatamente los teléfonos de la casa del procesado, del restaurant Mallorquín y del Banco donde trabaja su amigo, y se constató que no era con ninguno de ellos que hablaba. El procesado salió del empleo a las 19 y llegó a su casa minutos después de las 20.

Día 23. Miércoles. El procesado salió de casa a las 7.45 y llegó al empleo a las 8.51. Habló desde allí a su amigo Lalo a la casa de éste, a las 10, le agradeció su recomendación y luego pasó el tubo a uno de los dueños quien habló con Lalo a quien llamó siempre Soraya, y en un momento de la conversación se pudo saber el por qué del apodo, ya que el individuo le dijo "te llamás para siempre así, porque sos una mujer que no puede tener hijos", palabras textuales. El otro, Lalo, a su vez lo llamó Reina Fabiola, por la misma razón. Cabe señalar que el modo en que constantemente cambian nombres hace pensar que es todo no premeditado, juego que no oculta código. A las 12.30 el procesado salió, tomó taxi y llegó a la casa matriz del Banco Mercantil, se dirigió a la ventanilla de ahorros, retiró una suma y de allí tomó taxi a la calle Suipacha 157 y entró en una escribanía donde fue imposible seguirlo por causas obvias. Salió 18 minutos más tarde y tomó taxi hasta el local de la calle Berutti. Allí desenvolvió un sandwich que había traído desde la mañana de su casa, y lo comió de pie mientras tomaban medidas de telas con uno de los dos dueños. Salió a las 19.20 y llegó a su casa mediante los medios de transporte habituales a las 20.15. A las 21.04 volvió a salir, tomó un colectivo hasta la esquina de Federico Lacroze y Álvarez Thomas, allí tomó otro hasta Avenida Córdoba y Medrano. De allí caminó hasta Soler y Medrano. Se detuvo cerca de la esquina, sobre Medrano, allí esperó cerca de una hora. Cabe señalar que la esquina esa, siendo confluencia pocos metros más allá, de otra calle, Costa Rica, permite una vigilancia total por parte de quien acude a la cita desde cuatro puntos de vista diferentes, y por consiguiente se deduce que fue elegida por alguien experto en eludir la vigilancia policial. El procesado esperó sin hablar con nadie, pasaron varios coches pero ninguno paró. El procesado volvió a su casa, según parece sin apercibirse de la vigilancia. La suposición del Consejo es que se dio cita con alguien que se percató de la vigilancia.

Día 24. Jueves. Según informe aparte, el procesado retiró del Banco todos sus ahorros, dejando la cifra mínima requerida para no cerrar la cuenta. Tenía ese dinero desde antes de ser encarcelado. En la escribanía "José Luis Neri Castro" dejó un sobre lacrado a nombre de su madre, no otra cosa que el dinero retirado, según declaración del titular del estudio citado. Las actividades del procesado fueron mínimas, salió de mañana a su empleo, comió un sandwich allí mismo con café, que toman varias veces al día hecho allí mismo en el local. Volvió a su casa directamente, a las 20.10. Anotamos también, según orden superior, que se ha resuelto no hacer trascender por conducto de prensa la confesión imaginaria de Arregui al procesado Molina y la intervención de éste como agente de inteligencia. La resolución fue tomada porque se considera posible e incluso inminente el contacto del procesado con los allegados de Arregui.

Día 25. Viernes. El procesado acudió a su empleo por la mañana, salió a las 12.30 y fue a almorzar solo a algunas cuadras de allí, en la pizzería de Las Heras 2476. Antes habló por teléfono público repitiendo las tres llamadas y colgando, como la vez anterior. Habló breves minutos. Comió solo, o mejor apenas probó la comida, que dejó casi íntegramente en el plato. Volvió a su trabajo. Salió a las 18.40, tomó en Callao un colectivo hasta Congreso donde tomó el tren subterráneo hasta estación José María Moreno. Caminó hasta Riglos y Formosa. Allí esperó treinta minutos, el espacio de tiempo ordenado por la Dirección para detenerlo en caso de que antes no viniera nadie a su encuentro, y proceder a interrogarlo. Los dos agentes de la CISL, ya en contacto con la patrulla, procedieron a la detención. El procesado exigió que le mostraran credenciales. En ese momento dispararon desde un auto en movimiento, cayendo heridos el agente Joaquín Perrone, del CISL, y el procesado. La llegada de la patrulla, pocos minutos después, no logró dar caza al vehículo de los extremistas. De los dos heridos, Molina expiró antes de que la patrulla pudiera aplicarle primeros auxilios. El agente Perrone resultó con herida en un muslo y seria contusión por la caída. La impresión de Vásquez y de los integrantes de la patrulla, por el desarrollo de los acontecimientos, es que los extremistas prefirieron eliminar a Molina para que no pudiese confesar. Además, la acción previa del procesado concerniente a su cuenta bancaria, indica que él mismo temía que algo le podía suceder. Más aún, si estaba a sabiendas de que era vigilado, su plan, en caso de ser sorprendido en actitud comprometida por las fuerzas del CISL, pudo haber sido uno de los dos siguientes: o pensaba escapar con los extremistas, o estaba dispuesto a que estos lo eliminaran.

El presente informe se ha redactado en original y tres copias, a ser distribuidas a las reparticiones correspondientes.

—...*veintinueve, treinta, treinta y uno, treinta y dos, treinta y... tres treinta y... ¿qué número sigue?, ya no se oye ninguna pisada, ¿será posible que no me sigan más?, está tan oscuro que si no fuera por usted que sabe el camino y va adelante, yo no avanzaría, de miedo a caerme en algún pozo, ¿y cómo es posible que haya recorrido tanto trecho si estoy agotado, sin comer?, y si de a ratos me quedo dormido, ¿cómo es posible que camine y no me caiga?, "no tengas miedo, Valentín, el enfermero es buena persona y te va a cuidar", Marta..., ¿dónde estás? ¿cuándo llegaste?, yo no puedo abrir los ojos porque estoy dormido, pero por favor acercate a mí, Marta... no dejes de hablarme, ¿no me podrías tocar?, "no tengas miedo, te estoy escuchando, pero todo con una condición, Valentín", ¿cuál?, "que no me escondas nada de lo que pienses, porque en ese momento, aunque te quiera oír ya no voy a poder", ¿no nos oye nadie?, "nadie", Marta, he estado muy mal..., "quiero saber como estás ahora", ¿y no habrá alguien escuchando, alguien esperando que delate a mis compañeros?, "no", Marta querida, te oigo hablar adentro mío, "porque estoy adentro tuyo", ¿es cierto?, ¿y así va a ser siempre? "no, eso será mientras yo no tenga secretos para vos, como vos no los vas a tener para mí", entonces te cuento todo, porque este enfermero tan bueno me está llevando por un túnel larguísimo hasta una salida, "¿está muy oscuro?", sí, él me dijo que al fondo se ve una luz, muy lejos, pero yo no sé si es cierto porque estoy dormido y por más que me esfuerce no puedo abrir los ojos, "¿en qué pensás en este momento?", tengo tan pesados los párpados que me es imposible abrirlos, tengo tanto sueño, "yo oigo correr agua, ¿y vos?", el agua que corre entre piedras siempre es limpia y si pudiera alcanzar con la mano hasta donde corre el agua, me mojaría la punta de los dedos y después las pestañas para despegarlas, pero tengo miedo, Marta, "tenés miedo de despertarte y estar en la celda", ¿entonces no es cierto que alguien me va a ayudar a escaparme?, no me acuerdo, pero este calorcito que estoy empe-*

zando a sentir en las manos y la cara es como el que da el sol, "es posible que se esté haciendo de día", no sé si el agua está limpia, ¿me animo a tomar un sorbo?, "siguiendo la dirección del agua seguramente se podrá llegar hasta donde desemboca", es verdad, pero me parece que es un desierto lo que estoy viendo, no hay árboles, ni casas, nada más que los médanos que siguen y siguen hasta donde me llega la vista, "¿en vez de desierto, no será mar?", sí, es mar, y hay un trecho de playa muy caliente, tengo que correr para no quemarme la planta de los pies, "¿qué más estás viendo?", ni de un lado de la costa ni del otro se ve el velero pintado en cartón, "¿y qué se oye?", nada, no se oyen maracas, el ruido de las olas y nada más, a veces son olas más grandes que rompen con fuerza y llegan hasta cerca de donde empiezan las palmeras, Marta... me parece que cayó una flor en la arena, "¿una orquídea salvaje?", si las olas llegan se la van a llevar mar adentro, ¿y cómo es posible que el viento se la lleve justo en el momento en que yo iba a agarrarla?, y la lleva hasta mar adentro, y no importa que desaparezca debajo del agua porque sé bucear y me zambullo, pero en el mismo lugar donde yo estoy seguro de que cayó la flor... lo que se ve ahora es una mujer, una nativa, podría alcanzarla si ella no se me escapara nadando tan rápido, no la alcanzo, Marta, y es imposible gritarle debajo del agua y decirle que no tenga miedo, "debajo del agua se oye lo que se piensa", me mira sin miedo, se ha atado al pecho una camisa de hombre, pero ya estoy tan cansado, no tengo más oxígeno en los pulmones después de nadar debajo del agua, pero Marta, la nativa me toma la mano y me lleva hasta la superficie, se lleva un dedo a los labios en señal de que no le hable, los nudos mojados atados tan fuerte que no puede deshacerlos si no es con mi ayuda y mientras desato los nudos ella mira para otro lado, ...yo no me acordaba que estaba desnudo y la estoy rozando, la isleña roja de vergüenza se abraza a mí, mi mano está caliente y la toca y la seca, le toco la cara, el pelo largo hasta la cintura, las nalgas, el ombligo, los senos, los hombros, la espalda, el vientre, las piernas, los pies, otra vez el vientre, "¿puedo pedirte que pienses que ella soy yo?", sí, "pero a ella no le digas nada, no le hagas el menor reproche, dejala que crea que soy yo, aunque falle en algo", con un dedo en los labios la nativa me hace seña de que no diga nada, pero a vos Marta yo te cuento todo, que siento lo mismo que sentía con vos, porque estás conmigo, y que ya pronto me sale un chorro blanco y caliente de adentro, la voy a inundar, ay, Marta, qué felicidad, yo te cuento todo así no te vas, para que estés conmigo en todo momento, sobre todo ahora, en este instante, ¡que no se te ocurra irte en este preciso instante! el más lindo de todos, ya, sí, no te muevas, callada es mejor, ya, ya, y después, al rato, también te cuento que la nativa cierra los ojos porque tiene sueño, quiere descansar, y si yo cierro los ojos quién sabe cuándo los volveré a abrir, los párpados me pesan tanto, si se hace de noche no me voy a dar cuenta porque estoy con los ojos cerrados, "¿y no tenés frío?, es de noche y estás durmiendo destapado, el aire del mar está fresco, ¿no sentiste frío en toda la noche?, tenés que contarme", no, no sentí frío, mi espalda toca esta sábana tan lisa y tibia sobre la que dormí todas las noches desde que llegué a la isla, y no sé cómo explicarte, mi amor, pero la sábana me parece... que es en realidad una piel muy suave y tibia, de mujer, y no se ve más nada en este lugar que esa piel que llega hasta donde la vista me alcanza, no se ve más que la piel de mujer acostada, soy como un granito de maíz en la palma de su mano, ella está acostada en el mar y levanta la mano y desde aquí arriba puedo ver que esta isla es una mujer, "¿la nativa?", la cara no alcanzo a verla, está allá lejos, "¿y el mar?", como siempre, voy nadando debajo del agua y no se ve el fondo de tan profundo que es pero debajo del agua mi madre oye todo lo que pienso y estamos hablando, ¿querés que te cuente lo que me pregunta?, "sí", bueno... me pregunta si es cierto todo eso que sacaron los diarios, que murió mi compañero de celda, en un tiroteo, y si fue culpa mía, y si no me da vergüenza de haberle traído tanta mala suerte, "¿qué le contestaste?", que fue culpa mía, y que estoy muy triste, pero que no hay que ponerse triste porque el único que sabe es él, si estaba triste o estaba contento de

morirse así, sacrificándose por una causa buena, eso solamente lo
habrá sabido él, y ojalá, Marta, de veras lo deseo con toda mi alma, ojalá se haya muerto contento, "¿por una causa buena?
uhmm... yo creo que se dejó matar porque así se moría como la
heroína de una película, y nada de eso de una causa buena", eso
lo sabrá él solo, y hasta es posible que ni él lo sepa, pero yo en la
celda no puedo dormir porque él me acostumbró a contarme todas las noches películas, como un arrorró, y si alguna vez salgo
en libertad no lo voy a poder llamar e invitarlo a una cena, él
que me invitó tantas veces, "¿y en este momento qué es lo que
más te gustaría comer?", voy nadando con la cabeza afuera del
agua así no pierdo de vista la costa de la isla, y estoy muy cansado al llegar a la arena, no quema más porque el sol ya no está tan
fuerte y antes que se haga de noche tengo que buscar alguna fruta
en la selva, no sabés qué linda es esta mezcla de palmas, de lia-
nas, a la noche está todo plateado, porque la película es en blanco y negro, "¿y la música de fondo?", maracas muy suaves, y
tambores, "¿no será una señal de peligro?", no, es música que
anuncia, al iluminarse un foco muy fuerte, la aparición de una
mujer muy rara, con vestido largo que brilla, "¿de lamé plateado, que le ajusta la figura como una vaina?", sí, "¿y la cara?",
tiene una máscara, también plateada, pero... pobrecita... no
puede moverse, ahí en lo más espeso de la selva está atrapada,
en una tela de araña, o no, la telaraña le crece del cuerpo de ella
misma, de la cintura y las caderas le salen los hilos, es parte del
cuerpo de ella, unos hilos peludos como sogas que me dan mucho
asco, aunque tal vez acariciándolos sean tan suaves como quien
sabe qué, pero me da impresión tocarlos, "¿no habla?", no, está
llorando, o no, está sonriendo pero le resbala una lágrima por la
máscara, "¿una lágrima que brilla como un diamante?", sí, y yo
le pregunto por qué es que llora y en un primer plano que ocupa
toda la pantalla al final de la película ella me contesta que es eso
lo que no se sabe, porque es un final enigmático, y yo le contesto
que está bien así, que es lo mejor de la película porque significa
que... y ahí ella no me dejó seguir, me dijo que yo quería encon-

trarle explicación a todo, y que en realidad hablaba yo de hambre, aunque no me animase a admitirlo, y me miraba, pero cada vez más triste, y le caían más lágrimas, "más diamantes", y yo no sabía qué hacer para quitarle la tristeza, "yo sé lo que le hiciste, y no estoy celosa, porque nunca más la vas a ver en la vida", es que ella estaba muy triste, ¿no te das cuenta? "pero te gustó, y eso no tendría que perdonártelo" pero nunca más la voy a ver en la vida, "¿y es cierto que tenés mucho hambre?", sí, es cierto, y la mujer-araña me señaló con el dedo un camino en la selva, y ahora no sé por dónde empezar a comer tantas cosas que me encontré, "¿son muy sabrosas?", sí, una pata de pollo al espiedo, galletitas con pedazos grandes de queso fresco y rodajas arrolladas de jamón cocido, y un pedazo tan rico de fruta abrillantada, de zapallo, y con una cuchara al final me como todo el dulce de leche que quiero, sin miedo de que se termine porque hay mucho, y me está viniendo tanto sueño, Marta, no te podés imaginar qué ganas tengo de dormir después de comer todo lo que me encontré gracias a la mujer-araña, y después de que me coma una cucharada más de dulce de leche y después de dormir... "¿ya te querés despertar?", no, mucho mucho más tarde, porque de tanto comer estas cosas ricas me ha venido un sueño muy pesado, y voy a seguir hablando con vos en el sueño, ¿será posible?, "sí, este es un sueño y estamos hablando, así que después también, no tengas miedo, creo que ya nadie nos va a poder separar, porque nos hemos dado cuenta de lo más difícil", ¿qué es lo más difícil de darse cuenta?, "que vivo adentro de tu pensamiento y así te voy a acompañar siempre, nunca vas a estar solo", claro que sí, eso es lo que nunca me tengo que olvidar, si los dos pensamos igual vamos a estar juntos, aunque no te pueda ver, "eso es", entonces cuando me despierte en la isla te vas a ir conmigo, "¿no querés quedarte para siempre en un lugar tan lindo?", no, ya está bien así, basta de descanso, una vez que me coma todo y después de dormir ya voy a estar fuerte otra vez, que me esperan mis compañeros para empezar la lucha de siempre, "eso es lo único que no quiero saber, el nombre de tus compañeros", ¡Marta, ay cuánto te quiero!, eso era lo único que no te podía decir, yo tenía miedo de que me lo preguntaras y de ese modo sí te iba a perder para siempre, "no, mi Valentín querido, eso no sucederá, porque este sueño es corto pero es feliz"

FIN

PEDRO PÁRAMO
de Juan Rulfo

Obra maestra del universo literario en español, esta portentosa novela mexicana narra la historia de Pedro Páramo, un caudillo local de quien dependen la vida y la muerte de un pueblo, Comala, y del hijo que va a buscarlo porque así se lo prometió a su madre moribunda. El narrador, Juan Preciado, llega a un pueblo deshabitado pero lleno de susurros, y a través de estos conoce la destrucción que trajo la convulsa pasión de Pedro Páramo hacia Susana San Juan. Publicada en 1955 y aclamada por el público y la crítica, *Pedro Páramo* representa un cambio radical con la novela realista de la época. Edición con introducción de Gabriel García Márquez.

Ficción

EL SEÑOR PRESIDENTE
de Miguel Ángel Asturias

En *El Señor Presidente*, una de las obras que mejor han revelado los horrores de la vida bajo una dictadura, y que inspiró obras como *El recurso del método* o *El otoño del patriarca*, Miguel Ángel Asturias cuenta la historia de un despiadado dictador en un país innominado de América Latina y de sus planes para deshacerse de un adversario político. En esta obra cumbre de la literatura en español, Asturias acude a la sátira y al flujo de conciencia surrealista para resaltar los horrores de un gobierno totalitario. El trabajo de Asturias como diplomático y su compromiso contra todas las formas de injusticia lo llevaron a ser reconocido como portavoz de los oprimidos siendo galardonado en 1967 con el Premio Nobel de Literatura por el conjunto de su obra.

Ficción

DOÑA BÁRBARA
de Rómulo Gallegos

En la parte más desierta y bravía del cajón del Arauca estaba situado el hato de Altamira, primitivamente unas doscientas leguas de sabanas feraces que alimentaban la hacienda más numerosa que por aquellas soledades pacía y donde se encontraba uno de los más ricos garceros de la región. Pues esta es la historia que se cuenta en *Doña Bárbara*: la del hato de Altamira, el más grande del cajón del Arauca, herencia de los hermanos José y Panchita Luzardo. [...] Como un avatar del tremedal motivo del litigio, Doña Bárbara ha ido extendiendo sus dominios cual si la llanura hubiera acordado con ella castigar la codicia y desidia de los dueños legítimos. Es aquí donde Santos Luzardo, joven abogado de la ciudad, hace su entrada en el escenario de la infancia para establecer en esas tierras salvajes el imperio de la ley y recuperar lo que le pertenece.

Ficción

LOS PASOS PERDIDOS
de Alejo Carpentier

Huyendo de una existencia vacía y rutinaria en la ciudad de Nueva York, un compositor viaja con su amante hasta un poblado perdido en las profundidades de una selva en Sudamérica en busca de instrumentos primitivos. El protagonista remonta el río Orinoco hasta sus orígenes y va descubriendo los estratos temporales de la humanidad, mediante una regresión en el tiempo en la que simultáneamente irá descubriéndose a sí mismo. Allí tendrá que decidir si quiere permanecer en un mundo primitivo, carente de bienes materiales pero donde ha encontrado la felicidad, o retornar a la civilización. *Los pasos perdidos* es una profunda reflexión sobre el mundo moderno y el estado de la humanidad vista a través del lente del realismo mágico y narrada en un estilo barroco que Carpentier lleva al límite como ningún otro escritor podría.

Ficción

HISTORIA VERDADERA DE LA CONQUISTA DE LA NUEVA ESPAÑA

de Bernal Díaz del Castillo
Editado por Francisco Rico

El descubrimiento y la conquista de América fueron acontecimientos cruciales de incalculables consecuencias, aun hoy en vías de resolución. *Historia verdadera de la conquista de la Nueva España* es una crónica portentosa y minuciosa de un testigo directo de aquella empresa descomunal. El brío excepcional del relato, el vigor de la prosa y su infatigable capacidad para evocar hombres, acciones y escenarios le conceden, sin lugar a dudas, un sitio de privilegio en la literatura española. El libro contiene tres grandes bloques temáticos: el descubrimiento de Yucatán por las expediciones de Francisco Hernández de Córdoba y Juan de Grijalva (1517–18); la epopeya propiamente dicha bajo los estandartes de Hernán Cortés (1519–21); y el viaje a Honduras, complementado con una extensa miscelánea de noticias sobre la Nueva España. Cada página es un dechado de prodigiosa intensidad, producto del talento narrativo de Bernal Díaz, de la energía de su estilo y del terrible verismo con que narra la aventura. Nada queda fuera de su crónica en esta edición concentrada en sus mejores capítulos, que se incluyen por entero: ni las vicisitudes y sucesos militares, ni la caracterización de los personajes más relevantes (Cortés, Moctezuma, etc.), ni los sentimientos y experiencias personales de un soldado empeñado en dar exacta y precisa cuenta de los avatares vividos en esa tierra desconocida. Pero quizás la grandeza de esta obra radique en el aliento épico que la anima.

Historia